体育馆之谜

〔日〕青崎有吾 著

李讴琳 译

人民文学出版社
PEOPLE'S LITERATURE PUBLISHING HOUSE

著作权合同登记：图字 01-2024-6165 号

Original Japanese title：TAIIKUKAN NO SATSUJIN
© Aosaki Yugo 2012
Original Japanese edition published by Tokyo Sogensha Co.，Ltd.
Simplified Chinese translation rights arranged with Tokyo Sogensha Co.，Ltd.
through The English Agency（Japan）Ltd.

图书在版编目(CIP)数据

体育馆之谜/(日)青崎有吾著；李诇琳译. —北
京：人民文学出版社，2017(2025.6 重印)
ISBN 978-7-02-012849-5

Ⅰ. ①体… Ⅱ. ①青… ②李… Ⅲ. ①长篇小说-日
本-现代 Ⅳ. ①I313.45

中国版本图书馆 CIP 数据核字(2017)第 109710 号

责任编辑 朱卫净 张玉贞
装帧设计 钱 珺

出版发行 人民文学出版社
社 址 北京市朝内大街 166 号
邮政编码 100705

印 制 山东临沂新华印刷物流集团有限责任公司
经 销 全国新华书店等

字 数 200 千字
开 本 890 毫米×1240 毫米 1/32
印 张 11
版 次 2017 年 10 月北京第 1 版
印 次 2025 年 6 月第 10 次印刷

书 号 978-7-02-012849-5
定 价 59.00 元

如有印装质量问题，请与本社图书销售中心调换。电话：010－65233595

神奈川县立风之丘高中

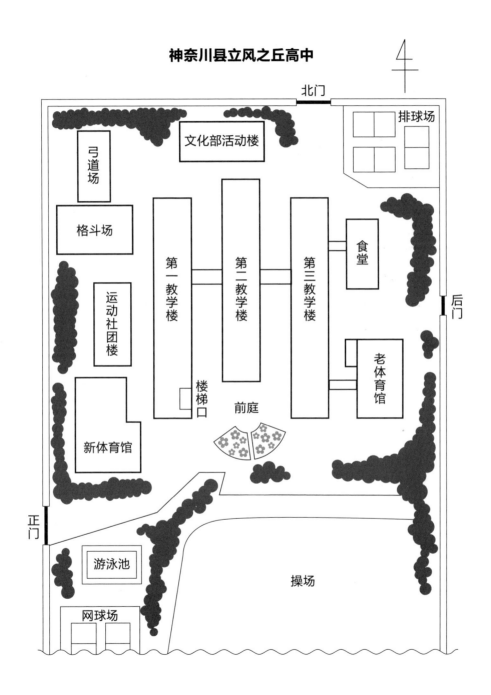

老体育馆

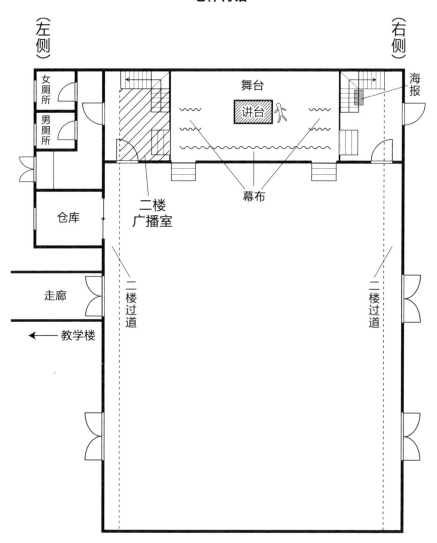

（左侧）

（右侧）

女厕所

男厕所

仓库

走廊

← 教学楼

二楼过道

二楼广播室

舞台

讲台

幕布

海报

二楼过道

主要出场人物

佐川奈绪……高二，女子乒乓球队队长。

袴田柚乃……高一，女子乒乓球队队员。

野南早苗……高一，女子乒乓球队队员。

增村慎太郎……教师，女子乒乓球队顾问。

梶原和也……高二，话剧团团长。

三条爱美……高二，话剧团副团长。

志贺庆介……高一，话剧团团员。

松江椿……高一，话剧团团员。

正木章宏……高二，学生会主席。

八桥千鹤……高二，学生会副主席。

日比谷雪子……高一，学生会书记。

椎名亮太郎……高一，学生会会计。

朝岛友树……高三，广播站站长。

森永悠子……高三，广播站副站长。

津田沼宽二……高二，广播站组员。

莳田千夏……高二，广播站组员。

秋月美保……高二，广播站组员。

巢鸭康平……高一，广播站组员。

针宫理惠子……高二，一放学就回家的人。

早乙女泰人……高一，吹奏乐团。

向坂香织……高二，校报报社社长。

里染天马……没用的人。

仙堂……神奈川县警察局搜查一科警部。

裤田优作……仙堂的下属。

白户……保土之谷警署的刑警。

目 录

序章 引子

"真是难以置信!"

听完我的讲述,少年摇摇头这样说道。话说回来,他有这种反应也确实在理。

"要是开玩笑我就不来找你商量了。"

我没有直截了当地表示自己没有说谎,而是故意采取了这种绕弯子的方式回答他。至少我的确没有说谎,我是当真的。

我是当真想要陷害眼前这个人。

少年伸手摸摸剪得整整齐齐的刘海,似乎有些烦恼。墙对面时不时传来运动队活动的呼喊声,每当这时他的目光就警惕地左右逡巡。实际上并不需要担心被人看见,我们是在历史悠久的体育馆背后见的面,尽管谈话内容和耀眼的青春光芒完全不搭界。

"如果我不愿意呢?"

"那就算了,虽然我不甘心。"

少年看看挎在自己右肩上硬邦邦的黑包。那是摄像机的套子。这个男人一定不会拒绝,他的性格我已经把握得一清二楚,我也相信自己拥有看透人本质的能力。

"我该怎么做?"

很快,少年就下定决心抬起了头。你瞧,和我想的一模一样。

我简短地说清时间地点,并交代了几个细节。

我在滔滔不绝的同时,也在大脑的某个角落复习着计划。没问题,毫无漏洞。没人会注意到我是凶手。对于陷入不利处境的我来说,这是个大逆转。消灭元凶,让一切回到原来的平稳状态。

将他抹杀,然后夺走"那个"——

对于我的吩咐,少年一一点头表示听从。他并没有因为情况太过万事俱备而感到不对劲。我轻而易举地搞定了这件事。

最后,我道歉说,为了这样一件莫名其妙的事情把他叫出来很抱歉。少年听了这话,坦诚地笑着说:

"没关系。对这件事置之不理是不公平的……谢谢你告诉我。"

我也不由得露出笑容,低下头来鞠了个躬。这是对将要引发悲剧的可怜英雄行的礼,其中包含些许敬意和满腔蔑视。

"那就麻烦你了——朝岛同学。"

毫无破绽的犯罪行为,就这样完成了准备工作。

第一章　和案件同时开始

1　升起幕布就是开幕

"哎呀，这雨下得太大了。"

柚乃似乎听见跑在她前面的早苗嘟囔了这么一句话。

大雨不停地猛烈敲击地面，哗啦啦的声音让人听不清她到底在说什么。但是，她肯定是在抱怨天气不好。如果没听错，柚乃也完全赞成她的意见。

倾盆大雨。

现在正是梅雨季节，北上的梅雨前锋发起了猛攻。头一天的天气预报说今天多云，可是没说准，一大早开始就是这种情况。气象预报员说，降雨大概会持续到晚上九点。虽然预报员面带销售人员一般的笑容，但是没人能笑得出来。

现在是下午三点零七分。

这场暴雨还要下六个小时，单是想想都让人沮丧。

"哎呀，淋湿了……还是应该打把伞呀。"

早苗早一步到达第一教学楼的小门，像小狗小猫常做的那样

3

晃晃脑袋甩掉雨水。柚乃也跑了进来，站在她旁边。

五月份刚做的训练服被雨水湿透了，贴在身上。脚上还穿着室内鞋，沾满了泥巴狼狈不堪。从社团活动室大楼到教学楼就十米出头，她们还以为跑过来不会被淋湿呢，想得太轻巧了。

雨伞和书包、校服一起塞进了活动室的储物柜。眼下随身携带的只有运动饮料、球拍、乒乓球鞋、装在收纳袋里的汗巾。这是参加球队活动最基本的四件套。

她们把训练服下摆上的水拧干。前胸上印刷的文字——"风之丘高中女子乒乓球队"被扯得皱皱巴巴。

"就因为这样，所以我才讨厌雨天！"

早苗还在嘟嘟哝哝。

"唉，就这样吧，我们赶紧走。"

事到如今叹气也不管用，柚乃决定自我调节。她们在垫子上蹭掉室内鞋上的泥巴，向走廊走去。刚打完下课铃，第一教学楼里挤满了拥向出入口的学生。

"哦呵呵！"从身后传来呼唤，就像在山顶上大家常常喊叫的那样。她们回头一看，还穿着校服的乒乓球队队员们正在下楼。

"柚乃，你们好快！"

"今天轮到我们值日做准备工作。"

"哦，原来如此。那就麻烦你们摆球桌啦！"

伙伴们挥挥手，朝社团活动室大楼的方向走去。慢悠悠地换好衣服，到体育馆时训练的准备工作都完成了——柚乃觉察到了这种胜者的自若。不过，值日生每天都换，平时柚乃她们也充分享受了这种悠闲。

"我们会不会是第一个到体育馆的呀？"

早苗说道。棒球队的男生紧挨着她们喧喧嚷嚷，就像在大雨里一样，难以听清她在说什么。柚乃一边从男生身边穿过，一边为了让朋友听清而抬高音量说：

"佐川可能已经到了吧！"

她们刚才到达活动室的时候，地上已经有一个书包了。师姐一定已经换好衣服，早她们一步去体育馆了。她总是这样。

佐川奈绪。

高二学生，乒乓球队队长。

才华横溢而智勇双全，朴实刚健且自由豁达。但她并不会只知道鲁莽地往前冲，而有冷静沉着的一面。可以用四个字更加直截了当地描述她，那就是"热衷训练"。

无论是早晨的训练还是下午的训练，她一次也不会缺席。不仅如此，每回她都第一个换上训练服来到体育馆。她会先做好伸展运动，等值日的师妹们来了，就帮着做准备工作。其他队员集合的时候，她已经和教练在商量训练内容了。

实力和干劲是成正比的。在去年的新人赛中，她虽为高一学生，却在全县的单打中排名第八。在只有中等水平的风之丘高中乒乓球队里无疑是打出了一记久违的快拳。参加高中校际比赛已经不再是幻想，甚至实力强劲学校的王牌选手也把她当作了竞争对手。

她是大约一个月前高三学生退役的时候就任队长的。当时，她在队员中的信任度已经出类拔萃。就在柚乃她们走进体育馆的一瞬间，这位短发的健美女子便嗔怒地叫道："怎么来这么晚呀？你们俩！"——这一幕似乎已经出现在柚乃眼前。

柚乃用毛巾擦拭着湿漉漉的头发，脸上浮现出了微笑。

女子乒乓球队的活动场地老体育馆，位于学校最深处，在第三教学楼的边上。它远离出入口，周边的确没什么人。

她们一路经过语文教材室、教师及来宾的卫生间、学生会备品室等不起眼的房门，在还没到走廊尽头的地方左转，就来到了连接教学楼和体育馆的短走廊。说是走廊，其实只是在混凝土路面上方架起了屋顶而已。不过，单是能避雨已经让她们高呼万岁了。

体育馆的门开着，从走廊这头就能看见里面的情况。

不出所料，佐川队长果然已经到了。她正在门里和顾问并排做着屈伸运动。

"你看，她已经到了吧？"

"还真是。真不愧是队长啊……哟，雨小了点。"

听早苗这么一说，柚乃朝走廊外望去，的确觉得雨势比刚才小了些。

"要是赶在我们回家前雨停就好了……"

当她把视线从灰色的天空移开时，看见左手边体育馆卫生间的窗户前站着一名女生。伞下是她的金发和颦蹙的脸庞，一副"我已经受够这雨了"的表情。

不过话说回来，她怎么会站在这种地方呢？如果是在等朋友，有屋顶的出入口要舒服多了——

她正在纳闷，却听到一声大喊：

"怎么来这么晚呀，你们俩!"

这是发现柚乃的队长在叫她们。这声大喝把柚乃的不解赶到了九霄云外。和她爽朗的外貌完全相符的洪亮声音在体育馆里响起。柚乃两人一边齐声道歉，一边换好鞋子走进体育馆。

这是名副其实的"老"体育馆，一栋有些年头的建筑物。

钢筋骨架交错的高高房顶，等距摆放的篮球架，地板上各色线条。乒乓球鞋用力一踩，发出好听的"啾啾"声。在这个飘荡着独特气味，笼罩着独特氛围的地方，除了她们之外没有一个人影。在室外雨声的衬托之下，这番熟悉的景象竟然显得有些寂寥。

"……嗯?"

眺望整个体育馆，她发现除了人少之外，还有一个地方和平时不同。

舞台的幕布低垂着。

在大门进来的左手边，有一个大概一米高的舞台。上面摆放着一个讲台，随时准备有人来演讲、发言。这个原本让体育馆显得更大的空间，现在被胭脂色的厚重幕布遮盖，隐藏了身影。

这是为什么？即使在话剧团排练的时候也很少把幕布放下来。

但是这个疑问被早苗的话打消了。

"还说我们晚呢，这才三点十分嘛。我们已经够拼的啦。"

早苗指指舞台旁边的钟。队长调皮地笑着说：

"这也晚啦，我三点就来了。"

"……三点，不就是下课时间吗？你是瞬间移动吗？"

"我们第六节提早下课了。"

"呵呵……不愧是队长。"

虽然提早下课和队长的实力没有任何关系，但是她们不知为何却心生佩服。

"那就麻烦你们准备一下球桌吧。"

一直在旁边做拉伸运动的顾问兼教练、青年教师增村催促道。柚乃她们把球拍、毛巾放下，朝用品仓库走去，队长也跟过来帮忙。

"那我去搬发球机；麻烦你们准备球桌。"

她一边说着，一边抱起训练用的发球机，快步走出了仓库，行动比平时还要快一步。

"对了，柚乃。"

望着队长的背影，早苗缓缓说道。

"期中考试的成绩，你看了吗？"

"考试？嗯。嗨，说行也行，说不行也不行，就那样。"

"不是，你说的是你个人的成绩。我指的不是这个，是排名。"

风之谷高中也算是个以升学率高而自负的学校，每次考完试都会把成绩优异者的姓名和分数排名，贴在出入口的告示牌上。今天早晨公布的是三个星期之前举行的上半学期期中考试综合成绩。

柚乃当然也知道有这么回事。但是，这跟所有科目的分数都在平均分上下几分的她没有什么关系，所以她并没有特别关注。

"我还没看。早苗，不会是你上榜了吧？"

"傻瓜，我怎么上得了榜呀。上榜的是佐川。"

"啊……"

正准备拉开折叠球桌的柚乃猛然停下了手上的动作。

"不会吧？队长上榜了？"

"真的真的。而且是第六名，高二整个年级的第六名！"

在接近三百人的高二学生中，取得了第六名的好成绩……

"我以前就觉得她聪明，没想到这么厉害！"

"对呀对呀！看上去她倒只是在一心一意地参加球队活动呢。佐川果然了不起！"

"嗯……我也想像她那样！"

这是柚乃发自内心的想法。

必须再给队长加个称号——"文武双全"。不，叫她"完美超人"更容易理解。

"喂，你们倒是快点呀！"

仓库外面传来完美超人的声音。柚乃她们连忙把球桌搬出了仓库。不知何时来到体育馆的两名羽毛球队男队员和她们擦肩而过，走进了仓库。

"然后，说到考试成绩呀……"

把装有轮子的球桌推到固定位置的过程中，早苗继续说道。

"成绩厉害的不只是佐川呢。我看了一下高二其他人的排名，真是吓死宝宝了。"

"怎么了？"

"第一名居然考了九百分！"

"……九百分？"

柚乃花了点时间才明白早苗的意思。

期中考试的排名，无论哪个年级应该都是按照九个科目的总分来计算的。那么，得了九百分，就意味着这个人：

"所有科目都是满分？"

"就是就是！"

天哪，这种远离现实的成绩到底是怎么一回事啊？

"谁啊？是正木吗？"

柚乃的脑海里浮现出上个月刚当选的学生会主席的面容。

五月初举行的学生会大选，和走流程的初中不一样，是气氛相当热烈的一个活动。对于意在大学推荐的师哥师姐来说，学生会主席这个位置是十分重要的，好几个候选人进行了激烈的角逐。这一点她记忆犹新。最后，高二学生正木章宏艰难地当选。他是从高一开始就活跃于学生会的优等生，如果获得全科满分这一优异成绩的人是他，倒是让人心服口服。而且，他在女生当中也很受欢迎。

但是早苗却摇摇头说：

"很遗憾，主席是八百七十分位居第二。虽然这也算超厉害了，但还是败给了满分呀。"

"那么，会是谁呢？是不是副主席八桥？"

"呵呵，可惜。八桥是第三名。第一名是我完全没有听说过的。叫什么里面什么的……是个名字怪怪的人。"

"里面……？"

这个名字头一回听说。本来高一的柚乃和早苗认识的高二学生就屈指可数，除了乒乓球队的师姐之外就没几个人了，所以没听说过此人也是理所当然。

"然后，关于这个里面呀，有一个特别奇怪的传闻呢。"

摆好第一张球桌，她们回到仓库准备搬第二张。早苗的话还没说完。

"据说他住在活动室里。"

"啊？"

打刚才起柚乃就一直在反问。

"文化部不是有活动室大楼吗？那里有一个'打不开的房间'。在一楼最西头，一直锁着门。"

"只是没人用那个房间吧？"

"是的。不过据传他一直住在'打不开的房间'里，也有人说不是……"

"什么意思啊？"

明明在聊期中考试，怎么又跳到校园七大不解之谜来了？

"哟，哟，你看你那表情。不相信是吧？"

"我当然不信了。怎么可能有人住在活动室里呢？"

"真的真的。几乎没有老师和学生注意到这一点。我是听校报报社的小池说的。他是从报社社长那里听来的……"

"难道这还不是道听途说？"

"你们说老师怎么了？"

正在确认训练内容表的增村对她俩的对话产生了兴趣。早苗慌慌张张地岔开话题说：

"啊，没什么。我们在说老师今天真帅。"

"呵呵，这话说的。想拍我马屁？"

增村嘴上这么说，却害羞地挠挠剪成板寸的脑袋。这个单纯的男人。

"你们要我训练时温柔点我可办不到哦！马上就到夏季了，从今天开始要动真格了！"

"不，我们不是这个意思……难道训练要更严格了？真不情愿。"

"别抱怨哦。"

佐川队长插嘴道。

"从今天开始，抽球组的扣杀练习要翻倍，没有攻击力是无论如何都赢不了的。削球组使用发球机……"

就在这个时候。

咚——咚——

不知什么地方响起了敲鼓一样的声音。

声音虽然含混不清，音量却很大。体育馆的人都停止了活动。在回声明显的体育馆里，这声音的余音长得让人觉得有些害怕。

"……这是什么声音？"

过了一小会儿，增村终于作出了反应。

"是打雷吗？"

"我觉得不像。"

队长不同意早苗的意见。

"好像更有节奏感……是吹奏乐团在排练吗？"

"咦？音乐教室在第二教学楼哦，不可能传到这里来啊……"

"各位，打扰一下！"

又突然传来巨大的声音，不过这回是人的声音。一个头发乱蓬蓬的男生从连接舞台侧面的门口探出头来，那是话剧团团长梶原。

"是你们把舞台的幕布放下来的吗？！"

柚乃和早苗面面相觑，摇摇头。她们来的时候幕布已经被放下来了。

"哦，我觉得有可能是朝岛同学把幕布放下来的。"

从三点钟开始就在体育馆的佐川队长回答道。朝岛是柚乃也很熟悉的广播站站长、高三学生。

"刚才他一个人从舞台侧面上了台，然后幕布立刻就放下来了。对吧，老师？"

她向增村确认了一下。增村也"嗯"地点了点头。

"啊？朝岛放下来的？为什么？"

"这个就不知道了。"

"真奇怪啊……算了算了。喂，三条，把幕布拉起来！"

梶原纳闷地轻轻歪歪头，然后朝门里吩咐道。

于是，在舞台侧面待命的话剧团团员打开了电动拉幕机。伴随着机器低沉的呜呜声，幕布朝天花板的方向升了起来。

梶原的到来吸引了柚乃等人的注意力，她们不由得愣愣地注视着发生在舞台上的这一幕。

接着，"啊……?"

她们注意到了不寻常之处。

慢慢现身的舞台。摆在中央的讲台。

就在这张校长和年级组长总是用来进行无聊发言的讲台旁，斜倚着一个人。

一个穿着学校要求的藏青色马甲的男生。

他的脑袋无精打采地低垂着。双肩也毫无力气。一眼看上去像是睡着了。在这种地方睡午觉？等等，他的胸口好像插着什么东西。

那东西、那东西简直就像是——

细长的刀。

银色的刀刃将鲜血映衬得格外鲜红。

"……"

所有人都无法理解眼前的场景。

柚乃、早苗、队长、羽毛球队队员都不理解。连增村也不理解。

没注意到舞台上异常情况的梶原，在幕布升起之后，从舞台侧面探出头，终于发现了这一幕：

"啊？这是怎么了……朝岛同学？"

疑惑的声音。

还有，大家同时发出的刺耳尖叫。

柚乃意识到这是自己的声音，或许是在这之后了。

2　能干的警部和忧郁的刑警

神奈川县警察局搜查一课的刑警、袴田优作下了车，抬头看看眼前的白色校舍，无精打采地叹了口气。

"怎么了？"

仙堂警部问道。"没什么。"袴田马马虎虎地敷衍道。他没有义务连私人问题都一一报告上司。

"唉，我也明白你为什么要叹气。学校里发生的案子，肯定很棘手。"

"是啊……"

袴田的担忧稍有不同，但是他也大致同意仙堂的意见。

发生在高中体育馆里的谋杀案。虽然还不清楚具体情况，但是一想到"高中"这个地点，他就已经预见到搜查工作会很麻烦。而且媒体也会大肆报道，再加上他自身的情况，不祥的预感越来越强烈。

"啊，在这边。"

有了这群喧喧嚷嚷聚集在一起、好奇心爆棚的学生，他们不用特意寻找，也能立刻搞清案发现场在哪个方向。跟着学生们绕到教学楼背后，眼前便出现了外墙涂料斑驳陆离的破旧体育馆。

"来的学生好多啊，我明明听他们说已经让无关人员回家了呀。"

"如果还在下雨，人倒是会少点。"

仙堂瞥了一眼天空，对这停得不是时候的雨干瞪眼。

一直下到午后四点左右的瓢泼大雨，现在已经完全停了，只剩下薄云飘在天空。早间新闻的气象播报员还笑眯眯地说，降雨可能会持续到晚上九点呢，看来天气预报一点都靠不住。

他们从学生中间挤过去，终于到达了印着"KEEP OUT"字样的、熟悉的黄色带子前。一名警察正在拼命安抚看热闹的学生们。他们出示了警官证，走进了黄带子围起来的区域内。

"您好！请问发生什么事情了？您说说吧！"

就在他们跨过边界的那一瞬间，一个戴着眼镜的少女询问道。每一个人都去理会可受不了，于是他俩对此不理不睬。她胸前挂着一个单反相机，造型让真正的媒体工作人员都相形见绌。她或许是个校报记者。

少女后来还朝着负责警戒的警察叫嚷说：

"你们应该跟我们说说情况，因为这是在学校里发生的案子！我们有知情权！知情权！"

高中生，真让人头疼……

袴田不由得苦笑起来。

然后，他再一次认识到，这里正是如假包换的"风之丘高中"，于是再度陷入了忧郁。

他们穿过走廊上的门进入体育馆，立刻闻到了一股木头、汗水和球类皮革混合在一起的、令人怀念的气味。

这是高中毕业典礼之后第一次来到学校的体育馆。虽然袴田并不是毕业于这所高中，但是这座建筑物的构造和自己熟知的"体育馆"样子基本相同，越来越让人怀念。

出现在眼前的是微微泛着光泽的木地板，与不同颜色的线条一起向远处延伸开来。墙边二层的过道是铁制的，到处都锈迹斑斑。

朝左边望去，是一个高出一截的巨大舞台。大部分搜查人员都在台子上来回走动。看来那里就是案件发生的真正舞台了。

舞台的左右各有一扇通往侧台的门。在左侧门口上方，是二楼的一扇小窗户。那里可能是调节舞台音响等设备的广播室。右侧门口上方没有小窗户，在那个位置挂着刻有校歌歌词的拼花木板和挂钟。

袴田对照自己的手表看看挂钟，确认了时间。五点零四分。手表和钟的时间都是准的。

"上去看看。"

仙堂径直朝舞台走去。袴田也跟在他身后。他迟疑了一瞬，不知该不该穿着皮鞋踏进体育馆，后来一想，这是紧急情况，也顾不上那么多了。

"哎呀，你们好！是县警察局的同事吧？"

一个穿着皱巴巴旧西装、略上些年纪的男子注意到他们，沿着短短的台阶从舞台上走了下来。袴田和仙堂也点头致意。

"我是警部仙堂。这是我的下属袴田。"

"你们好、你们好！我是保土之谷警署的巡查部长白户。"

这位自报家门为白户的刑警忙不迭地一边反复问好一边低头鞠躬。他的年龄大概在五十五岁到六十岁之间，看上去比仙堂大个五六岁，和袴田的年龄差距比父子之间还要大。

"我听说是起谋杀案。"

"是的是的，在这边。你们请。"

白户有一张弥勒菩萨般极具亲和力的脸，他点点头把两人领到了舞台上。看来他不太在意警署和县警察局的倾轧以及与对方的年龄差异。袴田暂且安下心来。就因为他还是个25岁初出茅庐的小子，所以在老牌刑警聚集的一线常常被人看不起。

讲台旁边的薄布一拉开，就露出了尸体。

尸体背靠讲台侧面，两条腿摊在地上，上半身略微倾斜，左肩偏下，右肩偏上。

场面并非惨不忍睹。除了插在胸口的细长刀子、流淌的鲜血，还有苍白的脸色，其他的和人活着时没有太大差异。这是位额前的头发剪得整整齐齐，看上去很认真的少年。他的面部表情也比较平静。别在藏青色马甲上的校徽，残酷地强调，他是这所学校的学生。

"这孩子叫什么？"

仙堂略微合掌致意后问道。

"他叫朝岛友树，是高三（2）班的学生。据说他是广播站站长。"

白户回答了他已经背下来的信息，袴田记在他喜爱的笔记本上。

"衣兜里有他的学生手册，我们也向发现他的教师确认过了，不会有错。"

"死因是什么？就是胸口那东西？"

"是。刚才正好在讨论这个……医生，麻烦您。"

站在一旁的白衣男子向前迈出一步。白户给人圆乎乎的印象，而这位医生不论是身材的轮廓还是肩宽，整个人都显得四四方方。他语气生硬地介绍自己是"法医弓永"。

　　"死因是胸部的刀伤，不会错，没有其他外伤。当然，如果是毒杀就是另外一回事了。"

　　"原来如此。是当场死亡吗？从尸体上看不出他经受过痛苦。"

　　"几乎是当场死亡，一刀刺中心脏。如果是孩子干的，这本事也太大了。"

　　弓永鼻子里发出"哼"的一声，像是在讽刺让人一刀毙命的凶手。

　　"你说凶手是孩子？"

　　"不知道。不过，发生在这种地方的谋杀案，肯定是孩子干的吧。"

　　"哦，你是这个意思呀。"

　　"估计也不会有误。正门和北门的视频监控没有拍到可疑人员出入，也没有接到校内发现可疑人员的报告。"

　　白户插嘴说。

　　"……嗯，就算不能一口咬定凶手是学生，是学校相关人员的可能性也很大啊。你说的对，毕竟案子发生在这种地方。"

　　仙堂仰头看看体育馆里高高的天花板，再次转过头观察被害者。马甲的左半身被流出的鲜血浸透得发黑，源头在那把现在依然闪着银色光芒的凶器。

"刀是从哪儿来的？"

"好像是市面上销售的用于露营的产品，具体情况还不清楚。上面也没有指纹。"

"没有指纹……果然是谋杀啊。弓永先生，推测的死亡时间是什么时候？"

"已经出现了轻微的尸斑，不过边界还算清楚。尸体轻度僵硬。估计死亡时间在两小时前。"

"现在五点刚过，也就是说，他是三点左右死亡的。"

"是的。"

"和目击者的证词倒也一致。"

白户还是那副弥勒佛表情，似乎话里有话。

"……这方面的情况我们接下来再详细了解。遗物都收好了吧？那就把尸体送到法医那儿去吧。麻烦您调查一下凶器。"

搜查人员依言用准备好的担架把尸体搬了出去。弓永也跟着离开了。就这样，案件的主人公——被害人从舞台上消失了。

这样一来，另一件东西吸引了袴田的注意力。

"……唉，白户警官，那是什么？"

"如你所见，是血迹。"

"血迹……"

在面对舞台墙壁时的右侧——也就是观众席面对的右侧——的地板上，残留着一道黑色的点滴血迹。

这道血迹从分割舞台和右侧副台的侧幕后方开始，笔直地延伸到讲台旁用来标记被害人发现地点的白色带子旁。

"尸体是刺杀之后被拖到这里来的。因此，真正的案发现场在这边。"

白户朝舞台右侧走去，进入两道侧幕形成的黑暗中。

地板上有一摊血。

"果然如此。"

站在袴田身边的仙堂表示同意。

"我就想嘛，如果是一刀刺中心脏，怎么会只出了这么一点血。原来都流在这里了。"

"是啊。不过，因为刀子起到了栓塞的作用，所以没有鲜血四溅。你瞧，地板上没有溅上血滴吧。"

"哟，还真是。确实身手不凡啊。"

"这里是现场……那么，凶手杀人后搬动了尸体？"

为什么要搬动呢？

刚一想到这儿，袴田就赶走了这个念头：算了，先等等！

让大脑运转起来的信息还不充分。用没有掌握充分信息的大脑来进行推理，反而更容易落入陷阱。

因此，自己现在的工作是先记笔记，搜集信息。这是来自仙堂的教诲，袴田也认为这种做法是正确的。袴田和这位能干的警部迄今为止就是这样成功破案的，这是明摆着的事实。

一件件地搜集事实证据，不需要做没必要做的事，也能多少看出端倪。这个端倪一定就是真相。

"那我们去了解情况吧！"

不知道是不是和袴田心有灵犀一点通，仙堂催促着白户，想要获得更多的线索。

"好的。我让当时在场的相关人员都在附近的空教室里等着呢。是去那边呢，还是把他们叫过来呢？"

"可以把他们挨个叫到这边来吗？这么大的建筑物，还是请他们直接介绍更为方便吧？"

"好的。"

"对了，您说的相关人员指的是……"

袴田若无其事地问道。

"有一位男老师，其他就都是学生了。话剧团团员、乒乓球队队员，等等。"

"乒、乒乓球……"

听到这个让他害怕的单词，袴田不由得畏惧退缩起来。

"嗯？怎么了？"

"没，没什么。不要紧。"

袴田拼命控制着自己——不要紧，我想象的事情应该不会发生，不用担心。

保土之谷警署的巡查部长疑惑地瞄了他一眼，但是立刻就忘了这事，和旁边的搜查人员简短地交谈了几句。然后，又朝这边露出了弥勒菩萨一般的表情。

"我让他们把相关人员名单和被害人的随身物品拿过来。"

"谢谢……还有，白户警官您刚才提到的事……"

仙堂一边这么说，一边从旁轻轻捅捅下属——他正一心一意地忙着劝慰自己"不要紧，不要紧"。仙堂这动作是在提醒他好好记笔记。袴田回过神来，赶紧摆好姿势。

"什么事？"

"您不是说，推测的死亡时间和目击者的证词'倒也'一致吗？'倒也'是什么意思？"

"哦……其实吧，也没什么深意。而且也有可能是我搞错了。"

"您这么一说我就更加感兴趣了。案子有什么可疑之处吗？"

"不是，没什么大不了的……"

白户无聊地挠挠头上稀疏的白发。曾经在暴力团伙应对措施科工作过的仙堂，眼神变得更加凌厉。

巡查部长无可奈何地开口说道：

"第一个赶到现场的，是在这所高中紧后面的岗亭执勤的土屋。他保护好了现场，然后简单地询问了情况……于是就打听出了一条奇怪的证词。"

"是吗？什么证词？"

"案发时，这座体育馆的舞台……是密室！"

"密室？"

一贯以冷静著称的警部，此时此刻也猛然高喊起来。

"是啊。所有的出入口，要不就是锁着的，要不就是有人看着。"

密室。虽然警部要求他做好笔记，可是袴田却犹豫了起来，不知该不该把这两个字写下来。

这个巨大的舞台，案发的时候是间密室？

但是——

"但是，谋杀是确凿无疑的吧？刀上没有检测出指纹，被害人死后还被拖行了五米以上。"

袴田确认道。白户也深深点头表示同意。

"是的，确实如此，这绝对是他杀。然而当时这里是间密室。奇怪吧？"

这位圆脸刑警兴致盎然地哈哈大笑起来。然后，他注意到了大家的尴尬，猛然醒悟过来，拍拍手说：

"对了，要在这里问话，还是需要几把椅子吧？我去搬！"

这回他没有把任务交给下属，而是自己离开舞台，走出了体育馆。

看来他并不想被人追问。

"仙堂警官，刚才提到的情况……"

只剩下他们两个人后，袴田问起了上司的意见。仙堂紧抿双唇。

"不先了解实际情况，无法做判断啊……或许就像白户警官说的那样，是搞错了。"

"是、是啊。"

"这还用说嘛。否则……"

仙堂没再接着说下去，但是袴田轻而易举就想象到了下文。

否则——这就是起密室谋杀案了。

这是难以想象的，也是他不愿去想象的。发生在高中的命案，而且是在风之丘高中，在体育馆里，还和乒乓球队有关！光是这些情况已经太让人郁闷啦！居然还要加上一条——不可能发生的犯罪？

唉。

袴田又叹了一口气。

他觉得胃有点疼。

3　未解的记号是红与黑

很快，一名搜查人员把相关人员名单和被害人的随身物品拿回来了。随身物品不太多，只是放在托盘上的一些琐碎物品。与此同时，白户也费劲儿地抱着三把钢架折叠椅回来了。

仙堂首先浏览了一下相关人员名单。袴田也想看一眼，但遗憾的是，警部早一步将纸叠成四折装进了衣兜。

"那么，请您先把第一个发现尸体的人——增村老师叫来吧。"

仙堂简短地发出指示，然后将视线移向了托盘上被害人的随身物品。袴田一面还在为没看见名单而懊恼着急，一面挨个做记录。

染上血迹的便携纸巾。同样染血的学生手册。钱包和手机、钥匙串。还有一张装在薄薄透明文件袋里的DVD。碟片的表皮是绿色的，没有写标题。

"除了学生手册，其他东西都装在裤兜里。纸巾装在左边口袋，钱包和手机在右边口袋，DVD装在右侧屁股的口袋里。学生手册是在衬衫左侧胸口的兜里发现的。"

白户一边拍着自己的衣兜一边说明情况。原来如此，纸巾和学生手册上附着有血液，是因为装在鲜血流淌的左半身衣兜里啊。

"这钥匙是做什么的？"

仙堂又迅速用戴着手套的手拿起了钥匙串。钥匙有三把，分别挂着被称为"不看·不说·不听"的日光三猴钥匙链，显得有些落伍，并没有标注钥匙对应的房间。

"是这样，据说这是广播室的钥匙。'不看'是教学楼的广播室。'不说'是教学楼反面新体育馆的广播室。'不听'是老体育馆，也就是这里广播室的钥匙。"

"哦，对，你说过他是广播站站长。这里的广播室，就在那儿吧？"

仙堂指着舞台左侧——观众席面对的左侧——二楼的小房间。白户点点头说"正是"。

"我们检查了广播室，但是没什么特别发现。"

"那么这张 DVD 呢？也和广播站有关吗？"

"是的。刚才已经确认了，这里面的录像是'风之丘高中介绍'，类似于广告片。可能是广播站的孩子们拍的。"

"然后由站长保存着……那这个呢？"

接下来拿起来的是黑乎乎的学生手册。

"被血浸透了呢。"

"毕竟这东西当时紧贴着伤口啊。被害人在手册上写了很多计划，我本来期待上面能写着今天的计划……"

仙堂从塑料袋里取出手册翻开。但是记录格里完全被主人的血迹所占据，字迹难以辨认，连今天的计划写在哪里都找不到。

"……这个就交给鉴定科吧。"

仙堂把学生手册放回托盘，问道：

"找到的东西只有这些吗？"

"其实在侧台有些东西很令人在意……是领结和伞。"

"领结？伞？"

"我一边介绍现场一边指给你们看。在这儿。"

彻底成为向导的白户将手大大地一挥，把两人领上了舞台。来到侧幕背后，经过那摊鲜血，下四级台阶就到昏暗的侧台了。

说是侧台，因为是在体育馆，所以空间并不是很大。左侧是通往二楼的长长台阶，正面和右侧的墙壁上各有一扇看似沉重的门。正面的那扇门前，铺着绿色的玄关地毯。

袴田心想，从位置上来看，右侧的门应该是连接屋内，正面的门是连接外部的。眼下白户也确实是这么说的。

"这里是通往外部的出入口。总是从里面锁着。"

"哦。"

仙堂和袴田在昏暗中凝神观察，找到了锁。这是随处可见的圆筒锁，一拧小把手就可以从里面锁上。仙堂试了试，一拧把手打开门就来到了体育馆背后。大概这是校园的最边上，只有树丛和齐人高的栅栏，栅栏外的小道上连个人影儿都见不到。不过，沿着栅栏往左边去一点，有一道貌似后门的小门。

"那是什么？"

"听说是后门。这所学校有正门、北门和后门三道门，只有后门这么小，所以没有安装摄像头。"

仙堂一边听白户介绍，一边来到体育馆背后，朝这道门走去。地面覆盖着疏于打理的野生杂草，靠近后门的地方露出了一块裸土。因为下雨，地面泥泞不堪，大概是有人从这里出入过，留下了两行足迹。不过足迹并不清晰，看来难以判断出这是什么样的鞋子留下的。

"地上有脚印。这道门常常有人出入吗？"

"完全相反。这里是名副其实的后门，老师和学生几乎都不从这里经过。"

"那么，也有可能是与学校不相关的人员从这里进入了学校。"

警部回到体育馆里，关上门并再次锁好。然后在地毯上蹭蹭皮鞋上的泥巴，忽然想起来似的问道：

"这道门的锁当时处于什么状态？我是说案发时。"

"啊……门是锁着的。唉，这也是个谜啊。"

白户不拘小节地呵呵笑着，用下巴指指舞台隔壁的墙。

"言归正传，领结就是这个。"

在通往二楼的台阶后面，有一张展开的模造纸手绘海报。走近一看，上面用万能笔写着"第59届文化节"。这张海报一定在某个全校性集会上使用后，就一直放在这里没动。

海报上有一条散开的红色领结。

"领结……看起来像是学生校服上的东西。"

"是的。听说这所学校男生佩领带，女生用领结。"

"那这条领结是校服上的吗?"

"恐怕是,可能是某个学生的。"

袴田想起了聚集在体育馆前的风之丘学子们。女生校服的衬衫领口,确实有一个蝴蝶结形状的领结。

仙堂蹲下身拾起领结。领结很干净,也不凌乱,但是并不像刚从身上取下来的样子。

没什么特别之处的红色领结。

"刚发现的时候拍了照片。嗯……找到了,就是这个。"

白户从胸前取出了打印出来的照片。画面和眼前的情景一样,只显示出干燥的海报上落着一个领结,没有什么值得关注的地方。

"这和案子有什么关系吗?"

袴田冷不丁地问道。他无论如何也不这么认为。白户耸耸肩说:

"这就不知道啦……不过,据午休之后打扫体育馆的勤杂工讲,他当时没看见有这东西。问了相关人员,也都说不知道。倒也有人作证,说看见一个女生走进后台。所以领结和案子或许有些关系吧。"

他又一次用到了"倒也"这个字眼,袴田记在了心里。

"还有一把伞在哪儿?"

"在观众席面对的左侧。"

袴田他们回到舞台上，白户领着他们穿过舞台，来到另一边。

侧幕的另一方，和右边的侧台几乎相同。只是因为二楼伸出来一个广播室，所以天花板显得低一些。

不，还有一处不同。右边正门的门是铁做的，而这一边却是木头做的。门上到处是伤，显得很廉价。门把手上没有旋钮，好像也没有锁。

他立刻就明白了这是为什么。白户把门打开，展现在眼前的不是外面，而是另一个昏暗的走廊，从右到左排列着女卫生间、男卫生间的两道磨砂玻璃门。

"如你们所见，这边的侧台因为有卫生间，所以比较宽敞。"

仙堂和袴田跟着白户穿过木门。走廊向左延伸大约三米后右转，稍往前走，这回看到的才是连接外部的出入口。这道门也不是铁门，但是样子时髦精致，是道对开的玻璃门。透过玻璃，能看见对面的白色教学楼。

门前是一小块水泥地，墙边上立着四把伞。

"你提到的伞……"

"哦，不是。那些伞和水泥地上的鞋子是第一个发现尸体的话剧团团员们的东西。"

袴田想问的是："你提到的伞就是那些吗？"可是还没等他说完，白户就抢先一步回答了。

"我在意的是男卫生间发现的伞……在这里。"

三个人走进男卫生间。真是名副其实的老体育馆啊。瓷砖上的污渍显而易见地说明这是个上了年头的卫生间。

白户指给他们看的，是两个隔间中靠里的那一间。里面有蹲便器、银色的把手和突出的管道，墙上还有卫生纸支架。由于过度冲水一类等原因，隔间的地面淌着水。这是这类卫生间常见的现象，这里也不例外。

就在地砖上，躺着一把合上的男士用黑伞。

这把伞很长，是商务人士使用的款式，看上去很高档。警部把伞拿起来，上下观察一番，解开带子，按下单触式按钮，撑开了伞。在伞布表面，淡淡地印着袴田也知道的商务品牌标志。没有破洞，骨架也没有损坏，和全新的一样。非要指出瑕疵，也就是把手顶端有大概两厘米的划痕而已。

"据说一开始就泡在水里，湿淋淋的。"

白户又从胸口掏出发现伞时拍的照片。画面同样和眼前的景象一致。

"这是朝岛同学的东西吗？"

"不，不是。听说他的伞和东西都还在教室里放着呢，目击者也说他两手空空。"

"那这把伞是谁的呢……"

"还不清楚。伞连把手的顶端都打湿了，所以查不出指纹。

和领结一样，我们找相关人员进行了确认，可是不属于他们任何一个人。不过，刚才提到的勤杂工作证说，午休结束时没看见有这把伞。对了，这个勤杂工有确凿的不在场证明。"

"……没有指纹的、湿淋淋的伞……"

仙堂把双手交叉搭在胸前，陷入了沉思。过了一会儿，他朝袴田转过身去。袴田把笔记本翻给他看，告诉他所有的东西都已经记下。本子上密密麻麻，写满了这些难以解释的遗留物品的信息。警部满意地点点头说：

"那我们就回去吧。增村老师也快到了。"

警部说完这话，精神抖擞地转过身去。

袴田觉得这样的上司很可靠。虽然把握案子的全貌还有待时日，但是数据确实已经越来越齐全了。

——不要紧。

无论是案子，还是个人问题。

增村和搜查人员一起等候在体育馆的入口。他很年轻，剪了一头板寸，穿着白底黑条纹的运动衫，体型健壮。适合他的应该是精悍的笑容，但是他现在的表情却紧张僵硬。

把椅子摆在舞台前，县警察局的刑警和高中老师面对面地坐了下来。

然后，他们在这个太过开放的奇特审讯室里开始问话。

4　奔跑在边缘的少女

"您的姓名？"

"增村慎太郎。我在这所高中教物理和化学，也是女子乒乓球队的顾问兼教练。"

"女、女子乒乓球队？"

问话才开始短短四秒，袴田就意识到自己"不要紧"的自信遭到了猛烈的撼动。果然案子和女子乒乓球队有关。

"袴田？你怎么了？"

"没、没什么。请您接着说。"

"……那么增村先生，您是第一批发现朝岛同学尸体的人之一，对吗？"

"是的……当时我在这栋建筑物里。"

"您能讲讲发现尸体的始末吗？从您刚到达这里的时候讲起。您可能已经给当地警察局的人讲过了，但是还要麻烦您再说一遍。"

"好。嗯，今天我是三点整到的体育馆，和下课同一时间。"

"您总是这个时间来吗？"

"不，平时要晚一些。今天碰巧第六节课我没有课，所以能提前来。"

和仙堂锐利的眼神形成对照的，是他和蔼的态度。或许这种态度让增村感到安心，他一点点放松下来。

"您确定自己是三点整到的？"

"是的。因为我记得我听见了下课铃，而且和我一起走进体育馆的队员佐川还看看表说：'正好三点。'"

"您是和学生一起来的？"

"是的。我从办公室往这边走，在半路上遇见了她。我当时还想，明明没下课，她怎么来得这么早。她告诉我她们班提前了大概十分钟下课。"

"确实如此。我向办公室确认过，只有高二（4）班提前下课了。"

站在一旁的白户对仙堂耳语道。

"早下课的班级可以立刻离开教室吧？"

"我们学校一般不在放学回家前开班会。"

"原来如此……我们言归正传。您走进体育馆时，馆内有人吗？"

"就我看到的来说，没有一个人。今天没有第六节在这里上课的班级。"

"您是从连接走廊的那道门进来的吗？"

仙堂指着自己进来的那道门。增村回答说："当然是这道门。"

"因为下雨嘛，我和佐川一起从那道门进来的。"

"原来如此……刚才您说当时体育馆里没有人，那门是锁着的吗？"

"没锁门。走廊的那道门在上课和运动队活动的时候基本上都是开着的。其他的门倒是锁着。"

"没锁门。那您三点钟进入体育馆之后做了些什么呢？"

"我和佐川一起靠着墙做拉伸。然后，大概过了三分钟，朝岛从走廊的那道门进入了体育馆。"

增村提到死者名字的时候，面部表情出现了一瞬间的扭曲。

"也就是三点零三分左右。他接下来做了什么？"

"这个嘛……他经过那一头的仓库，接着立刻进了边上的门。我不知道他来这里具体是要做什么……我当时想，他或许有事要去广播室吧。"

增村指给他们看的，是舞台左侧、通往观众席面对的左侧台的门。

"哦，不过在那之后舞台幕布立刻就被放下来了。我头一回看见广播站的朝岛碰幕布，觉得有点奇怪。"

"幕布被放了下来。那是朝岛同学放的吗？"

"我没有亲眼看见他操作拉幕机，没法说得那么肯定……总之，他刚一进入后台幕布就放下来了。"

"哦。"

仙堂把手放在下颚上，陷入了沉思。袴田拼命地继续做笔记。

"幕布降下来之前，舞台上有没有什么东西引起了你的注意？"

"我没有仔细看，不过我觉得没有什么奇怪之处。"

"例如，灯光如何？我们到达的时候，灯是亮着的。"

"啊，刚开始的时候没开灯。我们发现朝岛的时候灯是开着的，可能是放下幕布后他自己打开的吧。灯光也可以用舞台左侧的开关控制。"

"那他还是有事需要上舞台啊。"

仙堂自言自语地说道。

"当时，朝岛同学的样子有什么奇怪的地方吗？"

"也没什么奇怪的地方。他只在我的视野里出现了那么一瞬而已……不过，我肯定他是两手空空，没有带任何东西。"

"明白了，然后朝岛同学就消失了身影。就是说……直到他的尸体被发现。"

"是的。不过，我三点零五分到三点十分左右回了一趟办公室……"

"回办公室？这又是为什么呢？"

"我把运动队练习的项目表忘在办公室了，所以回去取。"

"这一点也向办公室进行了确认。增村老师三点零八分左右回了一趟办公室，然后立刻又离开了。"

白户再次耳语道。

"那在此期间，体育馆里……"

"我觉得只有佐川一个人在。哦，不，朝岛或许也在后台。"

"你从办公室回到体育馆的时候，情况如何？"

"没什么变化。佐川仍然在做拉伸运动。我和她站在一起开始活动身体，紧跟着又进来两名乒乓球队队员。"

增村平淡地叙述了接下来的过程。

队员们和平常一样开始做练习的准备工作。其间，羽毛球队的学生也进入体育馆开始做准备。然后三点十五分左右，大家听见了敲太鼓似的声音。

"太鼓的声音？"

"是啊。具体怎么回事我也搞不清楚，就是听到了'咚咚咚'的声音。接着，剧团的梶原从朝岛走进的那扇门里出来，问大家是谁把幕布放下来了。"

"啊，稍等。这个学生是从哪儿进体育馆的呢？"

"剧团的学生每次都是从左侧台的门进来。"

"左侧台就是有卫生间的那一边对吧？哦，所以门口才放着伞。"

"对。从那边进来离舞台近，便于搬运话剧使用的道具，等等……然后，佐川说是朝岛放下来的，梶原就说，算了算了，拉起来吧。于是其他的团员就把幕布拉了起来……"

"接着就发现朝岛同学死在了舞台上。"

增村低垂视线，默默地点点头。

"发现尸体后，您怎么做的？"

"我靠近舞台……确认他已经死亡后，让羽毛球队的男生去办公室找人，把其他学生集中到一处，让他们安静等待。有两三个学生听见惊叫声朝体育馆里看，我怕他们叫嚷起来惹麻烦，也立刻让他们进来了。情况就是这样，保土之谷警署的警官嘱咐过我们，没有任何人直接触碰尸体。我自己也没有碰。"

"这是聪明的判断。"

"不是，老实说，我只是害怕碰到而已……总之，大概五分钟左右警察就来了。接着体育馆就被封锁，直到现在。"

增村说完了。

仙堂沉默了一会儿，最后提了一个问题：

"你在体育馆里的时候，有人从后台出来过吗？除了话剧团的学生之外。"

增村皱着眉头，似乎在记忆里努力搜寻。然后他摇摇头说：

"没有，一个人都没有出来过。"

"清楚了。非常感谢！"

"也就是说，朝岛友树大概在三点零三分到三点十五分之间被人杀害。"

增村回等候的教室之后，袴田重新读了自己的笔记，总结了他的供词。

"是这样啊。不过，我在意的是朝岛刚刚进入后台幕布就放下来这件事。还有就是太鼓的声音。"

"……唉，就算暂且不提太鼓，朝岛打算去后台做什么也是个问题啊。广播站站长为什么要去放幕布？"

"尚未搞清啊……尚未。"

大致弄明白事情的脉络，仙堂的眼睛似乎更亮了。他麻利地转过身，命令站在背后的白户说：

"那么下一个，请把和增村一起来体育馆的女生佐川叫来吧。"

白户好像揣摩到了仙堂的意思，已经让人去接她了。这名女生立刻就走进了体育馆。

她是个穿着乒乓球队蓝色练习服、有些引人注目的漂亮少女。虽是个女生，个子却很高，人很精神，和她的短发很般配。但是，面对这种冲击性的案件，她的表情有些阴郁。她那双亮晶晶的眼睛一直注视着刚才还躺着尸体的舞台，直到在椅子上坐下。

"你好！"

仙堂的态度比对待增村的时候还要温和。

"我是神奈川县警察局的仙堂，这是我的下属袴田。"

"啊，哦……你好！"

不知是害怕还是紧张，或许两者都有吧。她的回应有些含糊。

"请你先说说你叫什么，几年级的。"

"嗯，我叫佐川奈绪。高二（4）班，学号18号，是女子乒乓球队的队长。"

"你才高二就当队长了？真厉害！"

"嗯，不是。大概一个月前高三的同学引退了，所以我才……"

"哦，原来如此。不过，能当上队长还是很不得了啊。"

"哪里哪里……谢谢。"

佐川奈绪在交谈过程中没看仙堂，却一直盯着袴田。这是怎么回事？袴田脸上有东西？

"话说回来，你是和增村老师一起来的，对吗？"

当仙堂的提问进入正题时，奈绪才终于把视线从袴田身上移开。

"是的。因为早下课了一些，所以我在活动室里换好衣服，打算去体育馆……半路上遇到增村老师，于是就和他一起进来了。那时候正好三点。"

"你肯定是三点？接着呢？"

"我和老师两个人在那边做拉伸运动。"

她指着墙边的一角。从连接走廊的这道门看过去，恰好在正对面。旁边放着球拍套、矿泉水瓶和装鞋的袋子等物品，各有三件。应该是她和后来到达体育馆的两名队员的物品。

"两三分钟之后，朝岛同学来了，并且立刻走进了左侧台。我以为他有事要去这里的广播室，所以没太在意，但是舞台的幕布紧跟着就放了下来……"

"你确定走进左侧台的是朝岛同学？"

"是的，我和朝岛同学很熟，所以不会搞错。"

"你记得他当时什么样子吗？比如他拿着什么。"

"嗯……有点远，所以看不清他什么样，不过我觉得他没拿什么东西……对，他也没拿运动鞋。还有，哦，他是穿着拖鞋进来的。不过，我当时想，反正他也不运动，无所谓吧。"

不愧是以体育馆作为根据地的乒乓球队队长，观察如此细致。

袴田把笔记本往前翻了几页，简单地确认了一下。到这里为止，她和增村的供词是完全一致的。问题在那之后。

"然后，增村老师三点零五分的时候回了办公室。"

"是的。"

"那段时间你一个人在这里对吗？三点零五分到三点十分

之间。"

——对，我一直一个人在这里做拉伸运动。

就知道她会这么回答。可是——

"不是。"

结果完全相反。

佐川奈绪抬起一直微微低着的头，一清二楚地作证说：

"从走廊还进来了一个女孩子。她穿着校服，两手空空，直接走进了左边的侧台。"

"你说什么？"

原本眼神犀利直视少女的仙堂也很意外，不由得瞪大了双眼。

哎呀哎呀——白户微笑着耸耸肩。这么说起来，他刚才提到过——

倒也有人作证，说看见一个女生走进后台。

对！当时白户第二次用了"倒也"这个词。

看来这个笑眯眯的刑警，是个好人，也还有格外好事的一面。哪怕是与案子相关的事情，他也会装模作样不把麻烦的话题说出口，并以此为乐。

也就是说，这个证词大概可以归类为"麻烦"事。

"……是个什么样的女孩？你认识吗？"

稳定住惊讶的情绪后，仙堂紧紧追问。佐川奈绪略微思考一下说：

"我说不清。感觉好像在哪里见过她，但是她的脸被头发遮住了，又是从边上小跑过去的，所以我搞不清她是谁……不过她的个子偏矮。"

"嗯。那她是紧跟着朝岛同学进入侧台的，对吗？"

"是的。时间嘛，因为就在老师回来之前，所以我觉得应该是三点零八分左右。"

"……"

县警察局的两位刑警对视了一下。

如果真是这样，那么后台除了被害人，还存在另一个人。她的话将成为极为重要的证词……

"你们不相信吧？"

奈绪观察两人的表情，一语中的地说。

"我告诉站在你们后面的刑警时，他也不相信。"

"啊，不是不是。我并没有不相信你。"

白户为难地解释道。

"因为没有其他人看见那个女孩子……"

"所以我才告诉你，我们班的针宫同学一直站在女卫生间的窗户前！"

奈绪申诉一般地抬高了音量。

"你可以问问针宫同学，她应该记得那个女孩子经过了走廊。"

"可是她作证说自己不知道……"

"停！我明白了。"

这么争吵下去事情也不会有所进展。仙堂打断他们说：

"佐川同学，我们暂且相信你的证词。"

"真的？"

"对。但是说到底只是暂且相信。所以，请你接着往下说。"

"……好吧。"

奈绪好像对这种模棱两可的说法不满意，但是依然不再纠结于神秘少女，而是接着讲述了接下来发生在老体育馆里的事。

她的话和增村的证词毫厘不差。三点十分老师回来。紧跟着到达的是两名队员，以及羽毛球队队员。她也不清楚三点十五分左右听到的太鼓的声音是什么。话剧团登场，发现尸体。

"我大吃一惊。应该说现在还很吃惊。朝岛同学人特别好，居然会出这种事……"

"我理解你的心情，我们一定会抓住罪犯！"

面对再一次低下头的她，仙堂一如既往地鼓励道。

"接下来我还想问你一个问题，是个非常重要的问题……你在体育馆里的时候，除了话剧团团员之外，还看到其他人从后台走出来吗？"

"没有，没看到一个人走出来。"

"你确定？"

"我确定。体育馆里几乎没人。如果有人活动，我应该立刻就能注意到。二楼的走廊也是，如果有人经过，我也能凭声音和迹象发现。"

这是从每天都在体育馆训练的她的嘴里说出来的话，应该值得信任。

"我知道了，谢谢！"

听见仙堂道谢，佐川奈绪说了声"不客气"，从钢架椅上站起身来。

就在她转身朝走廊走去的那一瞬间，她又看了袴田一眼。

四目相对。

"……怎么了？"

"嗯，没什么。"

她羞涩地转过脸，走出了体育馆。反倒是袴田难以释怀。

"……仙堂警部，我对她做了什么吗？"

"不知道啊。是不是她迷上你了？"

警部开了个玩笑，接着说：

"可是，后台还有一个人吗？……白户警官，你说没有其他人看到那个神秘女孩，是真的？"

"是啊。就像佐川奈绪说的那样，在能看到走廊的地方，有个叫针宫的学生在等她的朋友。她作证说自己不记得了。"

"哦……"

仙堂双手交叉放在胸前，袴田在他身边陷入了思考。差不多到了应该开动脑筋的时候了。

假设佐川奈绪的证词是真的，那么走进后台的少女才是杀害朝岛的凶手。这一可能性将非常大。不管怎么说，她进去了就没再出来。或许是为了避人耳目，从侧台的某道门逃走了，这种推测应该是妥当的。

但是，其他学生却说没有看见她。

如果是这样，就有可能是佐川奈绪在说谎——可是，她为什么要说谎？

"那么，我们接下来把针宫同学叫来吧。"

就在袴田和笔记本对峙的时候，他身边的仙堂从胸前掏出相关人员的名单。他把折成四叠的名单展开，看了一眼：

"嗯，不过，还是先按照进入体育馆的顺序来问话更好吧。要是这样，就该轮到乒乓球队的……咦？"

似乎是留意到了什么，仙堂把鼻子凑到名单前。

"喂，袴田，你看这个！"

"啊？什么东西？"

袴田依言朝一直没看成的名单瞅去——浑身战栗。

"刚才队长一直盯着你看，一定也是因为这个。"

"……"

他无法作答。

"白户警官，下一个把乒乓球队那两名队员叫来吧。"

仙堂作出指示，并不在意部下的状态。

搜查人员向空教室跑去，很快就把两名少女带回来了。

在这期间，袴田一直在发呆，更谈不上开动脑筋了。倒不如说，他快要头晕目眩。在两名穿着训练服的少女出现在体育馆入口的时候，他差点因为太过绝望而猛然倒下。

"请坐……哦，椅子不够呐。喂，把你的椅子让给她们坐！"

毫不知情的上司命令道。他听令摇摇晃晃地站起身。

"哦，对了，我是县警察局的仙堂。这位是我的下属袴田。"

"袴田……？"

两人中那位梳着马尾辫的活泼少女滴溜溜地转着眼睛，对他的姓氏产生了反应。

"嘿，好巧啊，她也姓袴田……嗯？"

马尾辫少女看了看坐在身边的同伴，脸上露出些许畏惧。

也难怪。另一位少女一反常态，她目瞪口呆，一动不动。

在她视线的另一端，是同样一脸呆傻的袴田。

"你、你怎么了？没事吧？"

"哦，你不用担心，尸体已经抬走了……"

"不，仙堂警部，不是这样。"

袴田终于挤出一句话来。

"不是这么一回事。"

"可是，你……？你也有点奇怪啊。不要紧吧？"

袴田没有理会仙堂的关心，走近少女。

黑亮的齐肩中发，大大的眼睛。胜雪的肌肤，训练服里伸出的纤细胳膊。怎么看她都是个文艺少女，却偏偏是个只知道打乒乓球的运动派，让人咋舌。

"你……在这干嘛？"

他向终于变成现实的忧郁元凶打了个招呼。

"我还想问你呢，哥哥，你在这里干什么？"

袴田柚乃回应道。

5 巨大的密室

"就是这么一回事，这是我妹妹柚乃。"

"就是这么一回事，这人是我哥哥。"

"啊！？"——体育馆的天花板传来了三个人的回声，让袴田想把耳朵塞住。

"妹妹？袴田，这是你妹妹？"

"嘿，是你妹妹呀。我看你们一个姓还觉得挺稀罕的。"

"哥哥？这个人？不会吧，这也超凑巧啦。啊呀，柚乃，你哥哥是刑警？你不是说他是公务员吗？"

"警察也是公务员嘛。"

"话是这么说，可是……！"

"……不过我万万没想到哥哥居然会在这里。"

"我也没想到你会和案子扯上关系呀。"

这是在说谎。确切地说，是"我也不想你和案子扯上关系"。

"我、我又没和案子扯上关系！"

相差十岁的妹妹加强了语气，看来很不服气。

"只不过是发现朝岛同学的时候我也恰好在场罢了。"

"这就是扯上了关系！"

接下来居然要把亲妹妹当作重要证人来问话，他打心底里不乐意。

"我虽然听说你有个妹妹在上高中，可是没想到就是这所学校的……那么，你刚才叹气也是因为这个了？"

"这事到此为止吧，请您快点开始问话……"

袴田打断了能干警部多余的推理。关于这件事，他不愿意被人继续追问下去。仙堂转过身面对两位少女，连声道歉，然后说：

"那么我们就不谈私事了，请两位回答几个问题。首先是你们的姓名和班级。"

"我是高一（2）班的野南早苗。"

"……我也是高一（2）班的，袴田柚乃。"

听到家里人这么毕恭毕敬地做自我介绍，他感觉很怪异。

"嗯，你们俩都是女子乒乓球队的，对吧？今天是几点到这里的？"

"三点十分。我还看了表，所以不会有错。"

马尾辫的野南早苗回答。

"在那之前，你们在什么地方？在做什么呢？"

"做什么啊……下了课我们就立刻去了球队活动室换衣服，然后就来这里了。今天轮到我们做准备工作，所以当时急急忙忙的。"

"在此期间，一直是你们两个人？"

"是的。所以我们是有不在场证明的！我们在来体育馆的路上，还碰上了其他队员。"

这是个在内行面前也一点不犯怵的孩子。袴田不由觉得，这孩子才像刑警的妹妹呢。

"不是，我们只是作为参考问问而已……然后，你们进入体育馆时，有人在吗？"

"队长佐川和顾问增村老师在。他们在那边做拉伸运动。"

早苗指着的地方，和刚才佐川奈绪说的是同一处。

"当时体育馆里有异常情况吗？"

"嗯，没什么异常吧……不过，幕布是放下来的，我当时觉得有点奇怪。"

"我也觉得奇怪。"

柚乃同样点点头。

随后的证词，与其他人提供的一致。羽毛球队、咚咚声、话剧团登场、发现尸体。

"吓死我啦！死了人本来就让人吃惊，而且死的还是朝岛同学。"

"你们以前就认识朝岛同学？"

"嗯，他是广播站站长，挺有名的。而且有几次我还看见他使用这里的广播室。虽然不是很熟，但也算是认识吧。"

"他人挺好的……怎么会出这种事呢？"

柚乃阴沉着脸嘟囔了一句。袴田感到如坐针毡。

"嗯……后来呢？我听说增村老师把你们集中到一个地方了。"

"对。他让我们和佐川、话剧团的人不要动，让羽毛球队的两个人跑去办公室喊人。接着，听见柚乃的尖叫声，学生会主席正木呀，我不认识的师姐呀，也进了体育馆，来看发生了什么事。他们也被集中到一起。好像说是要保护现场。"

你竟然还会尖叫啊！袴田看了一眼妹妹。妹妹也瞪了他一眼，像是在说："你真烦人，这不是没办法的事吗？"然后袴田说道：

"那个师姐起先是站在卫生间窗户前面的。我进体育馆的时候看见她了。我记得当时我还觉得有点奇怪，不明白下雨天她怎么还会站在那种地方。"

"哦……也就是说，那是针宫同学。"

"啊，队长就是这么叫她的。"

"明白了。非常感谢！……接下来是最后一个问题。"

仙堂靠近两人，询问最重要的事项。

"你们在体育馆里的时候，除了话剧团的人之外，还有人从后台走出来吗？"

"……我觉得没有。"

"我也觉得没有。"

两个人老老实实地摇摇头。就这样，袴田如同身在炼狱的时间，出人意料地顺利结束了。

"你这人真不够意思。"

柚乃她们离开体育馆后，仙堂笑话起他来：

"既然是你妹妹就读的学校，为什么不先说一声？"

"我觉得不值一提。"

"你认为我会让你回避？"

"不是，嗯……"

也有这个因素，但是最大的原因是自己在逃避现实。但这一点他不想说出口。

"你不用担心，我不会让你回避的。就算我要找人替代你，现在一科也没有人手啊。而且你妹妹又不是嫌疑犯，不是挺好的吗？她不可能参与犯罪嘛。"

"这种玩笑可开不得。"

"哈哈，抱歉抱歉。总之，你不要公私不分哦！"

"……我知道。"

虽然知道。

但是，精神负担是无法衡量的。

"下面两位到了。"

唯一保持自己节奏的白户对袴田二人说。

第四组作证的人是羽毛球队的两名男生，分别是高一的浜冈和长濑。

据称，他们是三点十分过一点、十二分左右来到体育馆的。虽然没有获得什么有价值的新信息，但是仙堂问起站在体育馆外的女生针宫时，他们的证言却让人饶有兴味。

"哦，她确实在。她站在卫生间的窗户前，打着伞玩手机。然后，我们就看见话剧团的人从对面走过来。"

"话剧团。来了几个人？"

"这个嘛……四个人吧。"

"他们都打着伞，推着两轮推车，上面罩着蓝色塑料布。"

"可能是在搬运话剧用的道具吧。"

浜冈和长濑交替着聊了聊情况。仙堂道过谢，让他们回去了。

"……那么，终于轮到话剧团的学生了。"

话剧团。

如果不考虑佐川奈绪的证词，清楚后台情况的也就只有他们了。按照白户的说法，后台是一间"密室"，这一点需要向他们求证。

袴田握着圆珠笔的右手已经汗津津的了。

"我是高二（1）班的梶原和也，话剧团团长。"

"我是高二（3）班的三条爱美，副团长。"

"哦，我是高一（5）班的志贺庆介。"

"我是高一（6）班的松江椿。"

话剧团团员们挨个介绍了自己。虽然仙堂也把椅子让了出来，可还是不够，所以团长梶原独自一人站着。这样的四个学生和穿着西装的他们相对而坐，怎么看都像话剧的一幕场景，让袴田感觉有些怪异。

仙堂问起放学后到刚才的情况，梶原代表大家说：

"我们和平常一样，先在剧团活动室集合。刚一下课，大概三点零三分，我和松江一起进了活动室。紧跟着志贺也到了。那会儿应该是三点零五分吧。最后来的是三条，三点十分左右。平时，就算大家到齐也会在活动室里磨蹭一会儿，但是今天下雨，准备工作需要花费时间，所以我们觉得最好动作快点，所以立刻就朝这边来了。"

"你们肯定是来体育馆排练的吧？"

"是的。我们很快就要公演了。是一部名叫'今天也会从天而降'的喜剧，内容讲的是……"

"啊，这个就不用讲了。你继续说。"

"哦……然后，我们用两轮推车把大型道具什么的往体育馆运，是几点到达的来着？"

"三点十五分。"

叫做松江椿的那位干练女生救了场。

"团长掏钥匙开门的时候我看了一眼手表，所以很确定。我记得当时我还在想，我们比平时早到了五分钟。"

"对，是的是的，就是三点十五分。不愧是松江啊。"

"你开的门，是左侧台那道门吗？有卫生间的。"

"对。那道门只有我们在用。相当于话剧团的专用出入口。"

"你有那道门的钥匙？刚才松江说，是团长开的门。"

"嗯。因为频繁使用，所以请老师给配了把钥匙。"

"有钥匙的只有你？"

"只有我，没借给过其他团员。除此之外也没再配钥匙，原版钥匙在办公室保管得好好的。顺便说一句，右侧台的钥匙我们没有。保管那把钥匙的只有办公室。"

还没问，他就源源不断地提供了信息。刚才野南早苗也是这样。现在的孩子是不是警匪片看多了呀？

"三点十五分。其他人大概就是在这个时候听到了敲太鼓的声音。你们呢？"

"啊？太鼓？没有……我不记得了。各位如何？"

梶原询问其他团员，他们也都歪歪脑袋表示不知道。

"这个嘛，雨声太大了，所以我们不清楚。抱歉……哦，不过我记得门边上站着一个人。应该是四班的针宫吧。"

又出现了关于针宫的目击证词。看来她就没有离开过那里。

"进入体育馆之后呢？"

"嗯，那个，我们四个人正要把两轮车推进门里头的时候，三条先跟体育部的人打招呼……"

"稍、稍等！把两轮车推进门里，是什么意思？"

"是这样，下雨天在外面摘塑料布的话，道具会被打湿，所以我们总是把整个两轮车推进去。不过，如果按照一般的方法推的话，会卡在楼梯上，所以……"

"嗯？……什么？"

"啊？"

双方对话不合拍，仙堂和梶原互相抛出了问号。白户听了嘟哝道：

"让他们实际操作一遍理解起来或许更快。"

因为是从这位刑警嘴里说出来的，所以闹不清他是认真的还是在开玩笑。可悲剧的是，至少话剧团员们把这个当真了。三条爱美拍拍手说："对呀！"梶原也一弹指赞成道："这没准是个好点子！"

这完全出乎袴田等人的意料。

"实际操作，难道……"

"在侧台重现三点十五分发生的事。这样不是更好理解吗？"

"不、不用不用……"

他们还来不及阻拦，话剧团团员们就一拥而上走进了侧台。仙堂和袴田面面相觑，只好跟上他们的脚步。

真是让人无语的高中生啊……

"我们拉过来的两轮车就是那个。"

梶原隔着玻璃指着外头说。用品仓库前，距离走廊大概三米的地方，放着一个农村常见的两轮大车。风把塑料布刮开了一半，能看见车上堆满了用于话剧的布景板、衣柜、桌子、纸箱、古董风格的椅子，等等。

"我们四个人把这家伙搬运过来的。校舍里台阶太多过不了，所以每次我们都从外面绕，但是今天下雨，必须打伞，可费劲啦。"

"原来如此……然后呢？"

仙堂有些不耐烦。指纹已经采集完了，也是自己为了便于理解，要求在体育馆里问话的。但是尽管如此，他还是不愿意进入现场。

"首先打开锁，把门彻底打开，以便能把两轮车运进来。"

"两轮车真能通过这道门？"

袴田比较着门和两轮车的大小。虽然是道左右两开的门，但是最多只有一米二宽，感觉幅宽不够。

"勉强能进去。下雨天使用老体育馆时我们总是这么干。您看看。"

一头自来卷的部长昂首挺胸走在前头，其他团员也都穿上鞋子，把双开门打开，向两轮车走去。高二的梶原和三条爱美抓住把手，高一的志贺和松江椿在另一头推，从梶原那边开始向入口进发。

"你们看！"

门框和塑料布摩擦着，两轮车勉强通过了门口。但是，通过的只有前半部分，两轮车在半道上戛然而止。

如同梶原作证时说的一样，那一小块水泥地前面有十厘米的台阶，轮子被卡住了。

"然后，我和志贺、松江想把车推上台阶。三条先一步去舞台了。"

"先一步？为什么？"

"是这样，我们有个不成文的规矩，使用体育馆的时候，我们会派个人从侧台跟运动队的人打声招呼，告诉他们我们要使用舞台。我们那些台词在运动队看来稀奇古怪的，会分散他们注意力，所以通知他们是理所当然的礼仪。"

"对、对。"

"所以，今天三条借口要去通知大家，趁机躲过了拉两轮车的任务。"

于是，话剧团团员们开始重现当时的场景。梶原演绎了拼命拉车的动作。三条爱美哒哒哒地从袴田他们身边跑过，打开木头门。

"喂，三条，你别跑啊！"

"啊，三条师姐真狡猾！你帮帮忙啊！"

高一的志贺庆介抑扬顿挫的声音和梶原的台词重叠在一起。爱美则故作姿态地回答："我先走啦！"

"就在这时，我瞟了一眼舞台，看见幕布是放下来的。"

她回过头来用平常的声音作证说。接着又说了一句："咦？幕布是放下来的呢。"

"你说什么？为什么幕布是放下来的呢？"

梶原回应着，离开两轮车朝三条爱美走去。堆成山的行李和塑料布挡住了两轮车对面的两个人，只听见他们的埋怨："不会吧？连团长也走啦！""那谁来拉车呀？"

这就是一部滑稽短剧。不过，确实简单明了地说明了情况。

"接着，我就出面去问运动队队员，是谁把幕布放下来的。"

"这一点我们已经知道了。乒乓球队队长说'是朝岛同学放下来的'。"

"是的是的。然后我就想，为什么广播站站长会把幕布放下来呢？不过我也没真当回事，就让一旁的三条把幕布拉起来了。"

"我打开了幕布升降机的开关。"

电动升降机安装在左侧台，紧挨着通往外面的门。她展示了按开关的演技。梶原乘这工夫走台阶上了舞台。

"幕布呜呜呜地升了起来，我就这样上了舞台……从侧台看过去，讲台是个死角，我并没有发现朝岛被刺死了。"

"嗯……接下来呢？"

仙堂看来也对发现尸体时的情景再现产生了兴趣，催促他讲下去。

"接下来乒乓球队的女生尖叫了起来，我也慌了，大叫一声'啊呀！朝岛被杀了！'三条站在我身边，也目瞪口呆。"

"你们呢？"

仙堂回过头朝门口问。两个高一学生把两轮车从门口撤回，回到这边说：

"我们因为部长走了，没事可干。只从后面推的话，轮胎上不了台阶。我们其中一个想要到前面去，可是两轮车把门堵死了，也没有回旋空间。"

"就在这时，我们听到了尖叫声和部长的喊声，吓了一跳。我们决定先进去看看，所以就像刚才那样把两轮车拉到外面，自己进了体育馆。"

"门锁呢？"

警部追问道。"我锁的门。"满脸雀斑的男生志贺回答。

"不过我当时并没有深想。我们关门的时候总会上锁，无意识中已经成为了习惯。"

"哎呀……你这门锁得可真好。"

"啊？是吗？喔唷，得到刑警夸奖，我可真高兴！"

"我们剧团的一年级学生就是能干啊。"

志贺不好意思地笑着，梶原也自顾自地点头称赞。话剧团团员们看上去很幸福的样子，刑警们却完全不是这种状态。

"志贺同学，还有一个问题要问你。在门开着的过程中，有人从你们身边经过到外面去吗？"

"嗯，没有这回事。"

"你确定？会不会有人经过你们却没有注意到？"

"我觉得不可能。"

松江椿冷冷地回答。

"门开着的时候，一直都被两轮车堵着。从物理角度来说，是不可能有人通过的。眼下我们不就绕不到前面来吗？"

"……确实如此。"

的确，穿过像刚才那样被两轮车堵死的门口到外面去，是任何人都办不到的。车子底部的轮胎缝隙也就三十厘米，不可能在旁人注意不到的情况下钻过去。

"那么梶原同学，在你开门的时候，门确实是关着的？"

"是的。百分之百是关着的。我开锁的时候手上有感觉。"

"是这样啊……那个，后来你们就被增村老师集中起来，没有动，对吗？"

"是的。完全没有碰过尸体，也没有碰过舞台上面。"

"还有就是，这非常重要哦。除了你们之外，后台……"

"一个人都没有。就我们看见的而言。"

"哦……那就谢谢你们了。"

也谢谢您！——就像演出结束闭幕时一样，他们点头致谢。

"您辛苦了。我是风之丘第二派出所的土屋。"

紧跟在话剧团后被仙堂叫来的巡查嚓嚓地行了个礼。他是个和袴田年纪相仿的年轻人，目光中饱含的热忱和诚实就要把人烤化。

"土屋巡查，听说你是第一个赶到这里保护现场的。"

"是。我确认了尸体，并对现场进行了简单的搜查。"

"哦……那我问问你，后台的出入口当时什么情况？"

"是。确认尸体之后，我立刻检查了左侧台和右侧台的出入口，两边都锁着门。"

"窗户呢？卫生间你检查了吗？"

"是。所有窗户，包括二楼和卫生间的都检查了，全都关着，还上着锁。我觉得可能是因为下雨吧。"

"……"

门窗都上着锁。

"明白了。你可以走了。"

"是。我告辞了！"

巡查再次标准地敬了个礼，回到了他刚才的岗位——去面对一个接一个拥过来的看热闹的人。

袴田和仙堂呆呆地目送他的身影，白户尴尬地咳了一声。

"我们梳理一下信息吧。"

片刻沉默之后，袴田翻开了他的笔记本。

"没有人从幕布内侧和侧台走到舞台外面来。话剧团到达的时候，左侧台的门确实锁着。另外，在门开着的过程中，从物理角度看来不可能有人能到外面去。门再次被关上的时候，从里面上了锁。"

每当确认一项事实，仙堂眉间的皱纹就更深。

“左侧台那扇门有两把钥匙，由话剧团团长和办公室管理。但是，从朝岛友树出现在体育馆的三点零三分开始，他一直和团员们在一起，有不在场证明。白户警官，有记录显示钥匙被人从办公室拿走过吗？”

“有的话早就汇报啦。”

当地警方回答道。

“另外，右侧台那扇门的钥匙，最近几个月也没有被取出的记录。因为还有其他很多出入口，所以没必要非得从那里走。”

“说得也是啊……也就是说，右侧台的门是不可能使用的。可是，土屋巡查检查的时候，窗户也好门也好，都是锁着的。而朝岛友树却在舞台上被杀害了……”

“不会是有人藏在某个地方吧？你们看，体育馆一类的地方，在舞台底下都有容纳钢架椅的空间啊。”

“这是栋旧建筑物，没有这一类的设施。舞台上面和后方都没有通道。”

“那么广播室呢？”

仙堂不甘心地问。但是，白户摇摇头，打破了最后的希望：

“我刚才不是已经说了吗？我们仔细检查了广播站，没有能藏人的地方。”

“那么……”

“就是这么回事。”

袴田合上笔记本，叹了口气。这是他今天第二次叹气。

"还是白户警官的调查准确啊。这个巨大的后台，案发时完全就是一间密室！"

6　残留的最后一个路标

密室谋杀案。

"这怎么可能啊！"——如果能这样一笑了之，那该多轻松啊。

不可能发生的情况发生了。在不可能逃脱的空间中，凶手杀死了少年，然后消失了。

"这是怎么一回事呢？"

无计可施的袴田瞅瞅上司的脸色。

仙堂一动不动地沉浸在思考中。

尽管遭遇这种奇怪的状况，他的双目却并没有失去神采。反而更加炯炯有神，像是抓住了某些线索。

"……如果后台是密室……"

他用只有袴田才听得到的声音喃喃道。

"能够想到的可能性只有一种。"

"啊？"

只有一种——

这意味着案子已经有眉目了？

"仙堂警官，您发现什么了？"

"或许吧。"

当他说出"或许"一词的时候，通常都已经有了相当的自信。

"真、真的？可是现场是密室……"

"正因为是密室！这不像你的风格嘛。袴田，你冷静点，重新读读记录。"

他话中有话。然后，仙堂指示白户说：

"白户，我们继续询问情况吧。请你把听到尖叫后进入体育馆的两名学生叫来。"

最后到达的证人，是对比鲜明的二人组。

一个是男生，戴着金属框眼镜，规规矩矩地系着学校指定的领带，一看就是优等生。不过，他并不是那种只知道埋头学习的类型，自来卷的头发显得很洋气，看上去应该很受女生欢迎。他虽然身材并不高大，但是挺拔的姿态显示出他十足的自信。

另一个是女生，金色的波浪发，犀利的眼神完全不亚于仙堂。她的罩衫领口没系扣子，红色的领结也松散地低垂着，感觉难以接近。她一副辣妹打扮，但是因为没有化妆，反倒更像个女阿飞头子——袴田脑子里想着这种老掉牙的东西。

"我是高二（4）班的正木章弘，是这所学校的学生会主席。"

"我是高二（4）班的针宫。……啊？名字也要说呀，理惠子。"

连说话方式也完全相反。不过，也有相同的部分。

"你们俩是一个班啊。"

"对。"

"我们可不是好朋友。"

针宫理惠子吐出这么一句话来。正木苦笑了起来，他耸耸肩，笑容显得很老成，就像个面对孩子恶作剧的大人。

"听说你们俩是因为听到了尖叫声而跑进体育馆了解情况的，能跟我们说说当时你们在什么地方，在做什么吗？"

"我在学生会备用品办公室里写文件，开会要用。"

还没等指定先后顺序，正木就干脆利落地开始讲述。

"本来我在学生会办公室写文件也是可以的，但是我需要参考备用品办公室里保管的财务记录。备用品办公室紧挨着走廊，所以能够从窗户清楚地看到体育馆。今天三点十五分……不，十六分左右，我听见雨声里混杂着女生的尖叫。我好奇发生了什么事，就跑去体育馆看。"

"嗯……你什么时候到达备用品办公室的？"

"大概两点五十五分。我花了些时间汇总记录，然后就一直在里面。"

五十五分不是还在上课吗？袴田正想问，突然发现：

高二（4）班，不就是乒乓球队佐川奈绪那个班吗？4班下课早，所以这个班的学生能比其他班更早离开教室。仅此而已。

——等等！

佐川奈绪？

裤田的头部如同遭受电击。他猛然领悟了刚才仙堂所说的话。

佐川奈绪。密室。

——只有一种可能性。

"备用品办公室就你一个人吗？"

没人理睬他的灵光一现，询问还在继续。听到仙堂的问题，正木老老实实地回答："是的。"

"这是不是意味着我没有不在场证明？"

"不是不是，我们并没有怀疑你。"

"我先跟你们说一下，三点十分左右我给学生会的一名干部、副主席八桥打过一个电话，进行了事务性联系。我告诉她自己正在备用品办公室写文件，弄完后会带到学生会办公室。"

"嗯，原来如此。明白了……那么接下来请针宫同学讲讲情况。"

"那个……我呀，两点五十下课后就立刻到体育馆外面等朋友。然后，我听到尖叫声就看了一下里面的情况，就这些。"

理惠子郁闷地说。

"你具体是从几点钟开始站在那里的？"

"啊？这个问题，你问我我答不上来呀……我觉得好像是从快到三点的时候开始的。"

"我准备用品办公室的时候朝外面看过一眼，她当时不在。第二次朝外面看的时候是三点左右，她就已经站在那里了。"

正木插嘴说。不愧是学生会主席，看来他不怕在人前露脸。

"既然这样，我们就当成是五十七分吧。那么针宫同学，三点钟的时候，你看见你们班的佐川同学和增村老师走进体育馆吗？"

"嗯——是的是的。我记得有这么回事。"

"接下来，大概三分钟之后朝岛同学进入体育馆，你看见了吗？"

"也看见了。在佐川他们进去之后大概三分钟吧。"

"那位同学确实是朝岛？"

"……嗯，确实是他。"

在那一瞬间，针宫理惠子皱了皱眉头，本来就很有威慑力的眼神显得更加严厉。

袴田产生了一种不协调感。一方面，她皱眉头的表情让人放不下心来，另一方面，这名看上去与广播站毫无关系的女生，竟然如此熟悉与她不同年级的朝岛，熟悉到能够断言那位同学"确实是他"，让他感觉有些蹊跷。

"不过，后来我就一直在玩手机，所以记不清了。"

"那么，你并没有看见增村老师离开体育馆，也没有看见女子乒乓球队的高一学生进入体育馆？"

"嗯，这个嘛……记不得了。"

"三点零八分左右有个穿校服的女生进了体育馆，你看见了吗？"

理惠子又一次"嗯——"地纠结了一会儿，然后左右摇摇她金色的头发。

"这个我也不知道。"

"……这样啊。"

仙堂的瞳仁里闪过一道锐利的光芒。

"那么，在这之后的大约三点十五分，话剧团来到了体育馆。没错吧？"

"哦，是的。他们从我旁边的门进来，推着两轮车。接着我立刻就听到了尖叫声。"

"嗯，原来如此。话剧团来的时候，你听到像敲太鼓一样的声音了吗？"

"这个嘛，不知道有这么回事。"

"你听到尖叫声之后做了什么？"

"不是说过了嘛，我进了体育馆呀。我想从话剧团走的那道门进去，可是那帮家伙把门锁上了，所以我没办法，只好从走廊那道门进去。然后就被老师叫住了。"

"从你听到尖叫声，到话剧团团员锁上门，有没有人从右侧台的门出来呢？"

"没有。"

她似乎对这段记忆有信心。仙堂默默地思考片刻，调转矛头：

"你和正木同学是同一时间从走廊下的窗户往里头看的吗？"

"不，针宫同学离得更近。我进体育馆看情况的时候，她正被集中到舞台前。"

学生会主席当即回答。

"这样的话，最后一个进入体育馆的是正木同学啊……为慎重起见，我再问问你，有没有看见谁从体育馆里出来？"

"没有，没看见一个人。"

又一次当即回答。

"这样啊……好吧，谢谢你们！两位都可以回去了。"

最后的提问结束，正木站起身行个礼说："告辞了。"针宫理惠子则哎哟哎哟地揉揉肩膀站起来。两个人再次形成鲜明对比。

袴田忽然想起妹妹说过，觉得她站在雨里很奇怪。

"针宫同学，你为什么会在那里等朋友呢？与人碰面通常会选在出入口吧。"

他朝着针宫离去的背影问道。金发少女转过身来简洁地回答：

"……选在哪个地方碰面是我的自由吧？"

这回答太符合青春期的风格了。

几分钟之后。仙堂和袴田在走廊里吸了支烟。包括体育馆在内，学校所有校舍都禁止吸烟，所以他们才跑到这里来。不过，因为一直幽闭在刚发生过谋杀案的封闭空间里，室外的空气和云层间天空的开放感让他们心情舒畅。

但是，他们交谈的话题当然是案子。袴田站在吐着烟圈的仙堂身旁，把归纳在笔记本上的各条证言重新读了一遍。

3:00　增村慎太郎、佐川奈绪，到达体育馆。

3:03　朝岛友树，进入体育馆，径直去后台，放下幕布。

3:05　增村，返回办公室。

3:08　（神秘少女进入体育馆，径直去后台？）

3:10　增村返回。袴田柚乃、野南早苗，进入体育馆。

3:12　羽毛球队的两名同学，进入体育馆。

3:15　话剧团的四名同学，从左侧台的大门进入体育馆。

3:16　发现尸体。

"如同你也确认过的那样，现场是个密室。"

基于下属的全部笔记，仙堂一个个地开始确认事实情况。

"但是，这里的重点，不在于舞台的外部锁着门，而是从头到尾都有人在盯着。也就是说，如果监视的眼睛减少，就完全可以在那一瞬间出入密室。而且，这一瞬间也的确存在。"

"您是指，增村返回办公室，体育馆里只剩下佐川奈绪一个人的时候……"

是的。三点零五分到十分之间，体育馆里只有朝岛友树和佐川奈绪两个人。也就是说，佐川奈绪是唯一一个有机会和被害人独处的人。

"从物理角度来看，后台是一间上了锁的密室，既然其他时间有不只一双眼睛监视着舞台，那么杀害朝岛的机会就只有这一个。佐川奈绪说，她看见还有一个女生进了后台，但是没有其他人目击到这名女生。"

"关于神秘女生，还有更为清晰的证据。话剧团进入后台的时候，以及土屋巡查调查现场的时候，那里没有一个人，而且门还锁着。无法说清进入后台的少女去哪儿了。"

既然是这样，答案就很简单明了——从一开始就不存在这名女生。

"也就是说，凶手是佐川奈绪……"

"只能这么认为。"

仙堂沉重地吐出一口白烟。

"虽然还不清楚她的动机，不过，他们是正处于多愁善感年龄的男女，或许两人之间发生过什么事。"

"要这么说来，她是拿着球拍套和鞋袋进入体育馆的。这两样东西的大小太适合藏刀子了……"

"朝岛为了和乒乓球队队长谈话，放学后直接到体育馆来，这种假设并不让人感觉别扭。或许他们有约在先。"

越想越觉得佐川奈绪嫌疑重大。

"但是，她为什么又特意把尸体拖到不易被人发现的地方呢？"

"这一点只能问她本人才知道了……同样的，朝岛放下幕布也是一个谜团。不过，有可能是佐川指示朝岛这么做的。"

"那么侧台的领结、男卫生间里没有指纹的雨伞又是怎么一回事呢？"

"那些东西和案子没关系吧？本来领结呀伞一类的东西，在学校任何地方都有可能发现。"

"这个……倒也是。"

在那之后的片刻时间里，袴田寻找着各种要素，想试图否定佐川奈绪就是凶手的推论。但是所有努力都是白费工夫。

原本打破密室的就只有她一个人。在明确这一点的时候，结论就已经很清楚了。

"凶手是佐川奈绪。"

袴田又说了一遍。

适合短发、看上去责任心很强的少女。女子乒乓球队的队长。

——如果这件事被柚乃知道，她会多吃惊啊。

"等等！"

对，她一定会这么叫喊……

袴田回过神来，往教学楼方向看去，然后哑口无言。

站在走廊入口的，正是他的亲妹妹。

"喂！你怎么站在这儿……"

"佐川队长不可能是凶手！队长不可能是凶手！"

柚乃无视头脑混乱的哥哥，大步流星地朝他逼近。

她的双眼被激动的情绪燃烧。

"你凭什么说队长是凶手？请收回你说的话！佐川同学绝对不可能杀人！"

"稍、稍等，袴田同学。请你冷静一下！"

仙堂也对这个出人意料半路杀出的反驳者感到束手无策，姑且拦住了她。

"你不是回等候的教室了吗？为什么还在这里？"

"……我说自己要上卫生间，就出来了。"

"搜查人员没陪你走到卫生间？"

"本来是陪着我的，但是有个看热闹的人起哄，搜查人员就去支援那边的工作了。我想了解这里的搜查工作进展如何，就看了一眼，于是听见你们俩在走廊里说话……"

原来是在偷听刑警说话呀。这可真是……袴田彻底无语了。这妹妹总是在奇怪的地方有着奇怪的行动力。

"我说，我的事无关紧要吧。你们说佐川同学是凶手，到底是怎么一回事啊？"

情绪激动的少女连连逼问，搞得两个刑警面面相觑。到底是怎么一回事——这可怎么回答是好啊？

"……我说柚乃，既然你听到了我们的谈话，应该已经明白了吧？"

袴田语气柔和地说，就像在哄磨人的小孩子。

"现场是个密室。只有佐川同学才有机会突破。"

"可、可是，既然是密室，也有可能是自杀呀！"

"那不可能。就像你看到的那样，朝岛同学是被刀刺死的，凶器上还没有指纹。而且尸体是在被杀害之后拖到舞台上的。"

"那佐川同学的证言就是真的，后台有人。佐川同学不是说过吗？她看见有个女孩子进去了。"

"你要是听到了这个，也就应该知道我们后面的话了。神秘少女不在体育馆里。那是佐川在说谎。"

"佐、佐川同学不会说谎的……"

泪水顺着柚乃的脸颊流淌下来。

上次看到妹妹哭，是多少年前的事了啊？袴田狼狈不堪，自己的说话方式或许太过残酷。

——但是，这样也好。因为这就是事实。

"佐、佐川同学……是和增村老师一起来体育馆的。老师返回办公室不是偶然的吗？所以，其实佐川同学并没有杀人的机会……"

"尽管你很冲动，但是点却抓得很准啊。"

仙堂把香烟从嘴边挪开后说道。

"不过袴田同学，要这么说起来，佐川同学和增村老师一起来体育馆也是偶然的。如果老师一直在体育馆，她可能就放弃计划了。但是，从结果上来看，老师返回办公室，形成了实施犯罪行为的空隙。所以她杀了人……"

"佐川同学不会杀人！"

柚乃抬高了音量，像是要抹杀仙堂的话语。然后她转过身去，一边擦拭眼泪一边沿着走廊跑了。

她一定不会老老实实回到相关人员等候的教室去。

"啊……喂！柚乃！"

"没关系，随她去吧。"

袴田想去追，却被上司平静地按住了肩膀。

"她们这个年龄，虽然嘴巴不饶人，但是已经知道怎么反抗都是无用的了。她是想一个人待会儿。"

"对、对不起……我妹妹这家伙，真是不懂事。"

"我都说了没关系了。你看，她所信赖的师姐成了凶手，她当然会有情绪了。"

的确如此，变得麻痹的，或许是干着这种麻烦工作的自己。

"不过，这也真是让我大吃一惊啊，居然半道上让监视的人跑了，必须把保土之谷警署的这帮家伙臭骂一顿。"

仙堂半开玩笑地在便携式烟灰缸里掐灭了烟头，走回体育馆。他肩膀宽阔的背影传递出案件解决后的轻松感。

袴田迟疑了一瞬。他在犹豫该不该去安慰或许正在失声痛哭的妹妹，但是他立刻想到自己的本职工作，于是追上了上司的背影。

不懂事。

哥哥一定在这么说自己。

不，自己懂。他们的推理合理得不能再合理了，让人无法反驳。但是，柚乃依然无论如何也不能相信佐川队长是凶手。她绝对不能相信，那个坚强、美丽、直率、热衷于训练的完美超人师姐会杀人。

泪水在流淌，耳鸣，柚乃任凭情绪卷起漩涡。胸口发紧，就像输掉了比赛，不甘心的感受超过了悲伤。

"啊、啊……"

她看见走廊的尽头就在眼前，很快停下了脚步。

时间早就过了六点。太阳光倾斜地洒在没有人影的鞋柜上。

不知何时，她已经穿过一栋栋校舍，来到了出入口。

"……我该怎么办？"

她问自己，却得不到答案。

这样下去，那个叫仙堂的警部就会把佐川队长抓起来了。情况证据一应俱全。无论是队长、自己、队员们如何否认，警察也不会改变想法。

我必须想办法做点什么。必须想办法做点什么。

可是。

"想办法……又有什么办法呢？"

"我不是让你待在房间里吗？"

就在她束手无策喃喃自语之时，走廊深处传来了说话声。

"可是，副主席……"

"被叫去的只有我一个人，如果大家都要去的话，也会让对方为难的。正木同学能搞定，你回学生会办公室吧。"

有两个人影一边争执着一边沿着走廊走过来。是眉眼秀丽的大和抚子 ① 和一位留着可爱波波头的少女。

"袴田同学？"

两个人正要转弯走向第二校舍的时候，波波头少女留意到了她，于是掉头向她走来。柚乃擦干眼泪，终于看清了对方是谁。

---

① 传统日本优秀女性的代称。

是高一（2）班的同学，学生会干部日比谷雪子。

"袴田同学，你在这里做什么呀？"

"哦，没有，没什么……"

柚乃转过脸去，不想让她们看见自己哭肿的眼睛。但是，另一位女孩子，大和抚子却绕着圈子走过来看她。

她是位适合穿和服超过其他任何服装的少女。光亮的头发、赛过秋田美女的肌肤、裙边露出的修长双腿。给人印象最为深刻的，是她湿润的双眼和嘴角的微笑。

袴田知道她的名字。

"……八桥、同学？"

那是学生会副主席八桥千鹤。在上个月的大选中，高二的她与正木一起成为候选人，最终将仅次于主席的位置纳入囊中。用早苗的话来说，她是高二排名第三的学霸。

"……哦？"

副主席把她湿润的瞳仁从柚乃身上移到同伴身上：

"喂，日比谷同学，我叫你回去嘛。"

"可是，可是，我还是一起去……"

"不行。你和椎名同学一起老老实实待着吧。"

在她语气温和却不留任何反驳余地的指示下，雪子不情愿地返回走廊。

然后千鹤向柚乃转过身来说：

"穿着女子乒乓球队训练服的女孩子，为什么在这里哭泣呢？"

"啊……"

她果然看出来自己在哭鼻子。

"算了，你不说也没关系。对了，你知道体育馆出什么事了吗？"

虽然她们是第一次交谈，可是千鹤却像在和朋友聊天。

"广播里说老体育馆发生了一起案子，也有传言说是谋杀案。这是真的吗？有人被杀了？"

"哦，是的……是广播站的朝岛同学。"

"朝岛同学？"

千鹤的声音高了八度。

"朝岛同学被杀了？……我说，正木同学与这件事也有关系吗？"

"正木同学？对。他算是目击者吧。"

"不是嫌疑犯？"

"我觉得……他应该没有嫌疑。"

柚乃想起了真正的嫌疑犯佐川队长，不由得再次低下头去。

"这样啊。太好了。"

副主席松了口气。

"其实啊，刚才我接到了内线电话，让我证实一下'正木同学打来电话时的情况'，所以我正忐忑不安呢。"

"哦……那么八桥同学，你现在……"

"对。我正要去警察那儿……你在做什么？普通同学应该都被请出校舍了，相关人员也不可能一个人在这种地方待着。"

"……"

她犹豫着不知是否应该作出解释。说了也没用，千鹤或许会像哥哥那样批评她。她默默地任凭视线在地板上逡巡。

但是，拽着训练服下摆的右手，被师姐的双手握住了。

柚乃抬头一看，千鹤正凑近她，温柔地朝她微笑。近在眼前的双眸，肌肤上传来的温暖感触。她的嘴唇似乎在无声地说："不要紧。"

缓过神来，柚乃发现自己已经开始讲述走廊里发生的事了。

不知道是被偶然相遇的副主席身上的师姐气场所感染，还是因为自己只是想要把所思所想向人倾诉，又或是两者皆有，柚乃也搞不清楚。总之，柚乃握住安抚她的双手，开始诉说佐川队长遭到怀疑这件事。她开了口便一发不可收拾，从头到尾和盘托出。

"原来如此。"

千鹤似乎感情真挚地接受了她的想法。

"我也很熟悉佐川同学……她确实不会做杀人这种事。"

"对吧，对吧！"

"可是证据确凿。"

"是，是的……"

"如果她不是凶手，就必须向警察证明……我想不出有什么办法。"

"……"

她无法附和。连这位看上去值得信赖的副主席都这么说，那就确实束手无策了。

她的眼泪又要流出来了。佐川队长——她的声音带着哭腔。不行，自己不过只是高中生而已，怎么可能消除警察的怀疑呢？

"我倒是认识一个人，他或许有办法。"

"啊？"

听到千鹤出人意表的话，柚乃抬起头来。

"你是说，你知道有人或许能救佐川同学？"

"只有一个人。我不知道他是不是真的能够帮上忙，但是比我们在这里犯愁管用。因为他不同寻常，脑子特别好用。"

"他……？"

听她这么问，千鹤松开她的手，指着墙壁。两个人正站在出入口。宽大的公告牌上贴着期中考试的成绩。

——她想起来了。

那是她还在享受平常生活的时候。从时间上来看，仅仅在三个小时之前。搬球桌的时候，早苗曾随意地提过：

"高二的第一名……"

"但是，他可能不愿意帮忙吧？据说他性格乖僻。而且，他今天应该已经回家了吧？"

"不，也许不会有问题。"

即使回家了也不会有问题。这是因为，传言里说，他的家就在学校里，他就住在文化部活动室的某个房间里。

柚乃靠近平日里完全视而不见的公告牌前。这个人的名字，和他远离现实的分数一起写在印有"高二"两字的表格最上面。

不是"海龟"（日语里海龟念做"Umigame"）同学。

第一名　里染天马［高二（1）班］…………900分

这个姓是念做"Urazome"吧？确实很少见。

她回过头望着千鹤。为她指明道路的副主席，扑闪着她湿润的双眸点点头。然后鼓舞她说："加油！"

"好的！"

柚乃用乒乓球队训练时的方式回答。

冲出教学楼入口，她目不斜视地朝文化部活动室飞奔而去。和刚才不同的是，现在的她有了瞄准的方向，她向前方奔跑，冲破了大雨刚停之后的潮湿空气。

对于现在的柚乃来说，这是能想到的唯一一种可能性。

要营救佐川队长，只能依靠这个人。

这个叫做里染天马的未曾谋面的少年。

第二章　侦探登场

1　见到宅男

作为目的地的文化部活动室在三栋相连的校舍中央，悄悄地矗立在第二教学楼的北侧。

因为主要活动在室内进行，这边的活动室比体育社团要豪华一些。从外表上看，如果把运动队的活动室比作破破烂烂的公寓，文化部的活动室就是建成刚刚五年、名叫"某某高地"的高级出租公寓。走廊上的门一字排开，其间塞满了吉他的扩音器、漫画誊写机等各种社团活动物品。

早苗说的应该是一楼最西边的房间。不用找，大步流星走过去立刻就看见了。

门旁有一个小窗户，但是拉着窗帘，看不清里面什么情况。门上挂着门牌子，上写用毛笔写着"百人一首研究会"，墨迹已经有些浅淡了。

虽然她很容易就猜到了活动内容，但是她从未听说过还存在这样一个社团。

"……好！"

柚乃停顿了一下，立刻抓住了门把手。

据传这个房间常年上锁。她原本打算确认这一点，然后再敲门，没想到——

咔。

门发出了细小的金属碰撞声，然后顺当地打开了。

"咿？"

柚乃有些失望。

正因为常年上锁才叫做"打不开的房间"吧？还是说早苗的话不可信？难道这个房间里百人一首研究会的会员们日日夜夜在努力研究百人一首？

在她思考的过程中，门完全开了。没有允许她迟疑的余地。

柚乃下定决心，一边小声地说了句"打扰了……"一边脱鞋进了屋。

等待她的是大约二十名少女。

"……"

那是动画片的海报。墙上贴满了好几张不亚于柚乃上半身大小的特大号海报。

有怀抱吉他的乐队、女仆装束坐在沙发上的三人组合，还有以身着海军服、比划着胜利手势的黑发女高中生为原型的图画。其他的少女，有的头戴猫耳朵发饰、在空中飞翔，有的穿着白色斗篷裙划船，还有的肩上坐着不知名的吉祥物、手里拉开粉色弓箭……

热闹而且五彩缤纷虽然无可厚非，但是绝对不会有错的是——这些东西和百人一首毫无关系。

就在这间被海报包围的房间里，连百人一首的"百"字都没有一个。

房间中央是一个短腿桌，上面放着喝了一半的矿泉水、杂志、漫画、DVD，等等。这些东西不仅出现在短腿桌上，也层层叠叠堆在地上，书店、动画屋的纸袋子点缀其间。与其说是乱糟糟，不如说是这部分东西塞不进书架，只好无奈地堆在一起。总之，因为数量不少，所以还是只能用"散乱"这个词形容。

书架放在右墙边，就像特别教室里的那种大个头铁质书架一样。摆放在上面的依然是杂志、漫画和DVD，偶尔穿插着蓝光碟，以及CD和游戏软件等。总之都是二维关系，没有地方能塞入三维物体。非要举出例外物品，无非只是配音专业杂志而已。身高二十厘米左右的女孩子们在各个空隙向柚乃微笑，都是动漫人物。

书架对面是一张桌子，一台笔记本和台式机正在情况绝好地运转，但是主人却不在那里。

这个单间的左侧靠里放着一张床，房间的主人正身穿衬衫、背朝柚乃躺在上面，学校指定佩戴的领带散开放在他身边。时不时能听到他翻书的声音。但是，他读的肯定是文库本嘛。

这个人，就是里染天马？

"你好……"

柚乃设法找到下脚之处靠近床铺，正要跟他打招呼——

"怎么来这么晚啊？你在搞什么呐？"

对方却先开了口。

"啊？我在搞什么？"

"体育馆情况如何？据说出事了。"

又传来啪啦啪啦翻书的声音。柚乃惊呆了。

这个人已经预料到自己要来找他商量，而且还在等着她？真厉害！他的爱好虽然有点怪异，但是人没准靠得住。

"嗯，嗯，佐川同学遭到了警察的怀疑，所以我想请你帮忙……"

"啊？"

这时候他才第一次转过身来。

漆黑的双眸与她的眼睛视线交汇。这是个五官端正的少年。虽然懒洋洋的双眼皮有些拖后腿。他的皮肤像幽灵一样惨白，衬衫最上面的两粒扣子是松开的，透过领口能看到他锁骨的线条。

少年盯着柚乃，就说了一句话：

"你是谁啊？"

问得一点都不客气。

"哦，我叫袴田柚乃，高一的。"

柚乃虽然意识到形势急转直下，但还是介绍了自己。少年的眼神略微一偏，微微皱眉说：

"袴田柚乃。Younai 啊。听起来真像个住在公寓里、学美术的人的名字。"

"美术……？不是，我是乒乓球队的。"

"一看就知道了。那么袴田，我来问问你，你是怎么进来的？"

"怎么进来的……平平常常地从门口进来的。"

她老老实实地回答。一听这话，他用手撑住额头，就像在抑制头疼似的说：

"这个傻瓜……忘记锁门了呀。"

"啊？"

"不好意思啊，袴田。我不知道你来这儿干吗，如果可以我也不想知道。就像你看见的一样，这里是私人场所。你能赶快出去吗？然后把在这里看到的一切都忘了吧。就这样，再见！"

他趴在床上，一副往外赶人的姿势。

看来，刚才他那句"怎么来这么晚啊"，是搞错了对象，以为进来的是其他人。可事到如今，她已经没有退路了。

"你，你是，里染天马同学……对吧？"

"里染？谁啊？我不知道这个名字，你认错人了。好了，你快出去吧，现在马上出去，迅速出去。然后把在这里看到的一切都忘掉！"

"啊，你不是里染同学吗？"

怎么回事？总之，自己不受欢迎，岂止是不受欢迎，完全就是个累赘。看来还是不应该不敲门就进来。

突然，房门砰地一声被推开了。

进入房间的，是一名戴着红框眼镜、短头发上别着红色发卡的少女。柚乃对她的相貌印象模糊，但是却记得她脖子上挂着的单反相机。这个记忆与刚入学时举行的课外活动统一介绍会有关。

"嗯，你是报社社长……向坂同学？"

"哎哟！有人在房间里！啊？为什么？"

少女一见柚乃，明显反应过度。然后，她转身对躺在床上的少年说：

"这是谁？天马，是你的女朋友吗？"

"为什么她能进来，还不是怪你！"

"啊？"

"我都告诉你多少次了，走的时候要锁门。"

"哦，原来如此。哎呀，对不起，我刚才手忙脚乱的……"

"对不起管什么用啊？如果来的是老师呀警察呀，那就翻天啦！"

真是的！——少年一边自言自语，一边坐起身。他的身材瘦削得很不健康。

"哦，说到警察我想起来了。真是不得了啦！体育馆整个都封起来不让人进了。我去找警察问情况，他们也都不开口。到了最后的最后，见我一直纠缠不休，大概五个警察把我团团围住，差点就把我给抓走啦！"

柚乃在一旁听明白了。跟着自己的那位搜查员之所以离开，恐怕就是因为她又吵又闹。

"真可惜啊，你要是被抓走就好了。"

"你太、太、太过分了！我可不愿意！年纪轻轻就有了前科，我可不愿意！"

"我知道我知道。你赶快说说，发生什么事了？"

"哦，嗯。果然是谋杀案呢。好像是有个学生被杀了。"

"是这样吗？"

少年向柚乃确认道。柚乃连忙点头。报社社长一看，问道：

"这同学是乒乓球队的？不过，我听说使用体育馆的人已经统统被赶回家了呀。"

"这家伙是第一个发现尸体的人。"

"哦……啊？你是怎么知道的？"

柚乃大吃一惊，靠近少年。

"啊？啊？啊？"

但是报社社长抢先一步抓住了她的肩膀：

"第一个发现尸体的人？也就是说，你在现场？真的？你快给我讲讲情况吧。谁被杀了？是我们学校的学生吗？什么时候？在哪儿？怎么杀的？你看见凶手了吗？是谁？"

"不，不是这样的。嗯……"

摇晃着柚乃双肩，两眼发光的少女。"啊——"地打了声哈欠的、困兮兮的少年。

本来就没搞明白的情况，现在更是稀里糊涂，这次柚乃不得不大吼一声：

"你们等一等！"

2　里染天马

"嗯，我有几件事想要问一下。"

等三个人在短腿桌旁坐好，柚乃开口说道。

首先，她指着虽然从床上爬起来却依然不愿扔下漫画杂志的少年问：

"这个人，就是里染天马吧？刚才你叫他天马。"

"他就是里染天马。"

戴眼镜的少女回答。少年也点点头说："好像是这样。"

"你刚才说我认错人了。"

"我不记得了。我刚才正痴迷地读着这周的杂志。"

这种搪塞方式真是老掉牙。

"……接下来是第二个问题。你是报社的向坂同学吧？"

"嗯。我是报社社长、高二（1）班的向坂香织。请多多关照。"

香织一边自报家门，一边递上了名片。柚乃姑且收下。极粗的黑体字大得惊人地显示出她的姓名和头衔。

"向坂同学和里染同学是什么关系？"

"同班同学。"

"这是一方面，另外，我们老早就认识了，所以我会时不时到这里来玩。"

如果他俩是男女朋友关系，那柚乃在这里待下去多少会有些不自在，但貌似他们不是这种关系，这让柚乃松了一口气……不对，自己干吗要在意这种事儿呢？

"你说你来玩……可是，这里不是百人一首研究会的活动室吗？"

"这是对外宣称的。实际上根本没有会员，这里就是我的私产。"

里染相当干脆地回答。

"私产？指的是你住在这里？在这种地方？"

"还挺舒服的呢。活动室大楼里有自来水和卫生间，附近还有公共浴室和投币式洗衣房。"

柚乃心想，一直泡在活动室里，宣称"这里就跟我家"的那种家伙，估计见了这男的也会光着脚就逃。

"对了，我来泡杯茶吧。"

香织说着，推开堆成山的杂志，从书架边上拽出茶壶和电水壶。那里算是个家电角，还放着小冰箱和微波炉，甚至还有电饭煲。他真是把这个房间当作私产了。

"你为什么住在活动室呢？你父母呢？"

"都活着。父亲、母亲，以及一个妹妹。我家离这里一站远。"

"那你为什么住在这里？"

"有各种原因吧。"

"茶泡好了，请——！"

香织熟练地泡了壶绿茶，摆好三只茶杯。香织连"你不用客气"这句话都还没来得及说出口。

"没被学校发现？"

"我已经在这里住了一年了，目前看来没什么问题。我总是锁着门，晚上也会拉好窗帘。不过嘛，就在刚才被你发现了，这都怪香织。"

"我已经向你道过歉了。我听见广播里说老体育馆出事了，就大吃一惊冲出去了嘛。"

"……对不起，我并没有随便闯进来的意思。"

"无所谓，只要你保密就行。"

不要把这件事泄漏给旁人已经成了大前提。那么，顺便问问她最在意的事：

"对了，这个房间看上去太滑稽了。这里头有什么缘故吗？"

柚乃注视着周遭无数个亚文化物品问道。

"我喜欢逃避现实。"

里染眼神模糊地回答。哦，原来如此——她只能这样反应。

"向坂同学也喜欢这些东西吗？"

"这个嘛。干报社这活儿，什么类型的东西都需要了解呀。其实我香织本人觉得这还 OK 啦。"

"什么……"

"那么我也来提个问题吧。"

里染喝了口茶，盯着柚乃说：

"你在运动队训练时，运气不好碰上了案子，成了第一个发现尸体的人。于是被警察控制，正在接受讯问。可是你却不顾一切地跑出来，特地来到这里。你这样做是为了什么？"

柚乃除了吃惊还是吃惊，都顾不上回答问题。

"你、你怎么知道？你怎么知道我是第一个发现尸体的人？你怎么知道我是从警察那里跑出来的？"

"也没什么吧。就是大概猜到了而已。"

"可是，你知道得这么详细，是怎么……"

"鞋子。"

里染一副嫌麻烦的表情，用手里的茶杯指向房门。柚乃回过头一看，水泥地上躺着自己的鞋子——是美津浓的乒乓球鞋。

"你是穿着乒乓球鞋来的。但是，乒乓球鞋一般只在体育馆里才穿。女子乒乓球队的训练场所是旧体育馆，所以你本来是在旧体育馆里训练，然后，直到你来到这里为止，一直都没空换鞋。

如果你当时正在旧体育馆训练，那么案发瞬间你一定碰巧就在现场。这样一来，你依然穿着乒乓球鞋，意味着你当场就被警察控制了。这种考虑应该是最妥当的。但是，你现在却离开警察身在此处。是讯问结束了吗？不，如果你是正式获得自由，那就应该有换鞋的时间。依然穿着乒乓球鞋，是因为你在被警察控制的过程中，借口上厕所什么的，硬跑了出来。虽说如此，如果你嫌疑很大，一定会被严密监视，不可能轻易逃脱。也就是说，你不是嫌疑犯。明明不是嫌疑犯，却被警察讯问，而且还在体育馆里遇到了谋杀案。这种人，我认为她只会是第一个发现尸体的人。"

"……"

柚乃手捧茶杯一动不动。过了片刻，才因为指尖传来的热度而回过神来。

刚才是什么情况？

鞋子？只是看了一眼胡乱扔在地上的鞋子，他竟然就掌握了这么多事实。他搞清了柚乃被卷进谋杀案，明白了她逃离警察控制的来龙去脉，非但如此，还清楚柚乃并不是凶手。

而且，从柚乃踏入房门到现在，他没有流露出一丁点思考的神情。非要说的话……只有那一刻。听了柚乃的自我介绍，他略微移开视线，轻皱眉头的那一刻。难道，从留意到水泥地上的乒乓球鞋，到轻皱眉头的几秒之间，他就"大概猜到了"这些情况？

不会吧？——柚乃心想。但是，她刚刚听到的解释合情合理，一个想法在柚乃混乱的脑中成形。

——这个人，是真货。

"是这样，我想请里染同学帮忙！"

柚乃凑近里染，恳切地大声说道。

"这倒让我想起来了，你刚才就这么说过。案子和我有毛关系呀？"

"乒乓球队的队长佐川同学，你知道吗？"

"哦，好像知道，又好像不知道。"

我知道！——香织举起手来说：

"我知道她。其实我们是朋友。奈绪怎么了？"

"她要被当作案犯啦!"

"啊？什么情况？"

"我想阻止警察这么做。但是，单凭我一个人什么都做不了。所以，我想，或许里染同学能帮上忙……"

"我是问你为什么来找我？"

"我听说你是个特别聪明的人。而且所有考试科目都是满分……"

"你看你看，所以我才不愿意呢!"

里染表情不悦地对香织说。这是怎么回事？不，事到如今怎么回事都无所谓了。不论是他回答问题时的胡乱搪塞，还是住在活动室里的怪异行径，以及充斥四壁的那种嗜好，都无所谓。重要的是他的头脑。

"我只有里染同学可以依靠! 请帮帮佐川同学!"

"我不干!"

柚乃拼命请求的诚意，被这三个字扫荡得灰飞烟灭。她情不自禁埋下头去，差点把脑袋扎进 DVD 堆成的小山里。

"为什么啊？"

"对呀，你帮帮她吧!"

"为什么我必须帮佐川呀？既然警察都说她是凶手，难道还会有错？"

"可是，佐川不可能是凶手!"

"对呀对呀。奈绪是个非常认真的人哦！"

"那么，你可以对着摄像机说：'她平常是个好人'！"

里染不无讽刺地回应道，然后手拿杂志站起身来。

"行了，你回去吧。别看我这样，也是个大忙人呢。我要赶紧把这周的《绝望老师》读完，欣赏一下小浴的绷带，接着就得去买晚饭啦！"

"你说什么？"

"就是呀，天马。你不是总说小缠更可爱吗？"

"不是不是，香织同学，我不是说这个……"

怎么办怎么办？在这傻乎乎的对答之间，柚乃的头脑在全速运转。

难得如此顺利地与他相见，也难得他如此靠谱，要这样下去，营救队长的最后一根稻草也要跑没了。

一味请求不起作用。有没有什么交换条件呢？威胁他，把他住在活动室的事曝光？不行不行，自己没有威胁人的胆量，而且，她有预感，如果采取强迫的方式，这小子可能会马马虎虎应付事。需要更为积极的条件。积极的，而且要让他自然而然地答应——

她脑中灵光一现。

"里染同学——"

柚乃叫了他一声。里染已经再次躺回床上，开始翻杂志了。

嗯？——他没精打采地回答。

"你刚才说，要去买晚饭。那么里染同学靠什么生活呢？"

"……靠什么？"

"虽说住在学校里，但是你也算是独自生活呀。生活费从哪儿来呢？你在打工？"

"这跟你没关系吧。"

里染把头埋在杂志里答道。看来他果然没工作。

"钱是你父母给的吧？"

"……"

"嗯，就是这么回事。"

香织代替这位沉默的主人回答。

"不过，你父母恐怕不同意你在这里住吧？"

"……"

"这个嘛，通常不会有家长同意吧。"回答问题的又是香织。

"哦——？也就是说，里染同学的父母，每个月都不得不给住在学校活动室的儿子，未经允许却自顾自离开家的儿子一笔钱？"

"你到底想说什么？"

里染从杂志里探出头，冷冷地看着柚乃。看来有戏。

"里染同学，你不觉得窝囊吗？不觉得可耻吗？一方面无视父母的反对，另一方面却依赖于父母。这种状况也太不干脆太不彻底了。你应该自己去挣钱！"

里染把杂志狠狠地摔在枕头上，慢慢下了床。他右手握拳，死死地按住颤抖的左手，像是在压抑着冲动，否则他会狠揍柚乃一顿。

"我说你……！"

"我付钱！"

"啊？"

半独立的少年猛然停了下来。

"如果你愿意帮助佐川同学，我会付钱给你。乒乓球队全体队员捐款，付给你十万日元。怎么样？"

"……"

这是软硬兼施、非常有效率的提议。

两个人对视片刻。在里染的脑中，生活费、自尊心和这周的《绝望老师》正在天平上摇摇晃晃。

很快，对方松开了紧握的右拳，慢慢把手放下，一字一句地呢喃道："十万日元啊。"这场较量，看来是柚乃赢了。

他再次凑过来，坐在了短腿桌前。

里染天马咳嗽一声，重新展现出房间主人的威严，然后双手交握，缓缓地说："那么，你给我讲讲情况吧。"

"……哦。"

听柚乃汇报完她所掌握的一切信息之后，里染平平常常地附和了一句。

"话说回来，你的运气也真够好啊。要不是你哥哥当刑警，像你这样偷听，还不闯大祸？"

"是啊……我不是让你说这个。你觉得案子怎么样？"

没准儿眼下队长正要被戴上手铐呢。柚乃着急地催他下结论。

一直在记笔记的香织小声说道：

"凶手就是奈绪吧？"

"怎么会呢？"

"你看，后台是个密室呀。既然如此，唯一有机会作案的就是奈绪了。"

"里、里染同学怎么看？"

"啊？嗯——"

里染一边思考，一边嚼着配茶的煎饼。

"我先问个问题。你说男卫生间有把雨伞对吧？泡在水里的。"

"对。"

比起雨伞，眼下我更希望你聊聊佐川队长。

"那把雨伞肯定是男式伞吧？如果女式伞出现在男卫生间，就更让人疑惑了。"

"是的。那是把黑色长柄雨伞。不知道是谁的。"

柚乃又一次想起哥哥他们到达之前，学生们等候的教室。白户巡查给他们展示了领结和雨伞的照片，问他们谁对此有印象。相关人员都聚集在教室里了，可是没有一个人举手。

"然而，这把雨伞在午休结束时并没有出现在那里，对吗？"

"是的。刑警说，勤杂工是这样作证的。"

"雨伞有损坏的地方吗？"

"没有，几乎是崭新的。"

"哦——"

里染又开始嚼煎饼。吃完一块煎饼后，他对报社社长说：

"香织，作为你没锁门的补偿，你能去趟办公室吗？有件事需要你确认。"

"什么事？"

"查一下今天午休后那节课有没有学生迟到。"

"不是早晨？是午休之后？那时候怎么会有人来学校呢？而且还下着大雨。"

"我也这么想。但是为慎重起见，还是查一下吧。老师们应该还在办公室，你去问问。"

"可以啊……不过，我一进办公室，又会被狠批一顿的。"

"到时候你找个借口搪塞一下呗。"

"你的建议也太随意了！算了，不跟你说了。好吧好吧，我这就去。"

香织把笔记本放在前胸口袋里，离开了房间。这回，她听从了吩咐，"嗒"地一声牢牢锁上了房门。看来她配了一把钥匙。

又只剩她和里染两个人了。

里染不慌不忙，喝干了杯里的茶。柚乃在一旁左思右想。雨伞怎么了？刚才他指示香织做的事意义何在？

"……嗯，那么，你发现什么了？"

柚乃谨慎地问道。他懒洋洋地站起身说：

"好像发现了什么，又好像没发现什么。不过，我能肯定的一点是……"

他下了结论：

"你哥哥是个大傻瓜。"

3 黑伞的逻辑

哥哥他们在哪个教室集合，一下子就估摸到了。就在柚乃他们集中的教室隔壁，神情严肃的警官在房前伫立不动。

当里染毫不客气、冒冒失失走近他时，警官吓了一跳，面部僵硬的表情骤然消失，问道：

"你！你干什么？"

"县警察局的仙堂和袴田两位刑警在里面吗？"

"你怎么知道警部他们姓什么……"

"好了好了，您就让我进去吧。我有非常重要的事情要告诉他们。"

"这个，可是……"

这个负责看守的警察当然犹豫不决。他游移的视线捕捉到了柚乃。

"哎呀！喂！你不就是那个叫什么的目击者吗？你去哪儿了？你随便走开怎么能行呀？"

"你不用管我，请赶快放他进去！"

"啊？可是，现在正在讯问重要的相关人员……"

重要的相关人员。不用想也知道说的是佐川队长。

柚乃已经顾不上周遭的形势了。她跑到门口，还没等警官出手阻拦，就已经闯了进去。

这个房间原本是用来做升学就业指导的，里面像会客室一样面对面摆放着看上去很廉价的沙发和桌子。本来归老师使用的座位上端坐着两名刑警，他们对面是一位少女，肩膀缩在一起，低垂着头。

那位少女正是和平常判若两人的佐川队长。

"柚、柚乃！"

亲哥哥首先站了起来。

"你在干什么？你不能进来！"

但是柚乃完全不理会他。

"佐川队长，你没事吧？"

"袴田……你怎么了？"

队长看她的双眼显得很空洞。一看就知道警察在逼迫她开口。柚乃忍不住又要掉眼泪了。

"哥哥，你太过分了，居然干这种事！你现在就把佐川同学放了！"

"不是不是，是这样……"

"袴田同学，请你适可而止！"

仙堂像是看不下去了，冷冷地怒吼道。

"这位佐川奈绪同学，现在已经是一起大案子的嫌疑犯了。如果你还要继续插嘴干涉，我就以妨碍公务的罪名拘留你！"

"可是……"

"你听清楚了，我这是为了你好。行啦，请你现在立刻出去，老老实实……"

"这句话应该由我们来说！"

他们身后传来镇静但是毋庸置疑的声音。

不知里染是怎么甩开门外警察的，他正斜倚在门口。刑警们的反应，当然是一句："你是谁？"

"初次见面，我叫里染天马。"

"你叫什么名字都无所谓。你这个无关人员怎么能进来？出去！"

"如果我不出去，你就以妨碍公务罪来警告我？'为了你好'？真可笑。刑警先生，你把立场搞反了。是我们在为你们好！"

"……什么？"

在天不怕地不怕的里染面前，仙堂气势有些委顿。

"你听好了，刑警先生——嗯，我能称呼你仙堂警官吗？如果你现在不好好听我说，县警察局将会出大丑，有史以来的大丑！居然逮捕清白的未成年少女，让她的大好前途毁于一旦。这可不好，对谁而言都不好。"

"……你什么意思？"

"我的意思是，佐川奈绪非但不是凶手，而且是距离凶手最遥远的人。我可以证明这一点。"

"里染同学……"

队长呼唤着他的名字。恐怕里染在她眼中就像个救世主。在柚乃看来也是同样。

当然，前提是里染接下来讲述的情况能够说服警察。

因为他们刚才是立刻离开活动室来到这里的——半路上里染接到了香织打来的电话，果然午休之后没有人迟到——所以柚乃还没有听过里染的推理。虽然他本人看上去胸有成竹，但是柚乃内心却仍有不安。

"……你是目击到与案件相关的某种情况了吗？"

"不是。案发时，我正在教室里和报社社长讨论《装甲骑兵VOTOMS》，所以我什么都没看见。说到底，连到底发生了什么案子，我都是刚刚才听她讲的。"

里染指指柚乃。哥哥瞪着她："你到底在干什么？"柚乃无法解释，只好慌慌张张地避开哥哥的视线。

"也就是说，你仅仅只是听了一下情况说明，就发现她是清白的？"

"这话应该反过来说。你们听了情况说明，看了现场，也和目击者交谈了，却依然没有发现她的清白。"

仙堂本想嘲弄里染，却反倒被里染羞辱了一番。警部皱起了眉头。

"……好吧。既然你话说到这份上，那我们就听你讲讲吧。袴田，你做一下记录。"

"啊？仙堂警官，您当真吗？"

"听他讲讲又没什么损失。你是叫里染对吧？你快说。告诉我们，为什么你认为佐川同学不是凶手？"

仙堂挑衅地催促他。他的目光锐利，就像正在面对真正的罪犯。也仿佛在说：我不会放过任何模棱两可的诡辩。

但是，里染毫不胆怯。

他毅然地坐在佐川队长身旁，调整好视线的高度，直视刑警，然后干脆地回答：

"我这么认为，是因为后台的男卫生间里有一把雨伞。"

"雨伞？"

仙堂反问道，看了一下房间尽头。

柚乃顺着他的目光望去，发现角落里的长几上，摆放着现场的遗留物品。在为数众多的细碎物品中，那把黑色雨伞存在感爆棚。

"那把伞怎么了？"

"伞本身没什么问题。问题在于，为什么它会出现在那种地方？"

"肯定是谁忘记的呗。"

"会是这样吗？或许你们认为，把伞忘在卫生间里是极为平常的事。但是，那个地方不是车站，也不是家庭餐馆的卫生间，而是学校体育馆的卫生间哦。"

"……我没听懂你的意思。"

里染轻轻地叹了一口气，说道：

"这样吧，我们姑且把伞当作'某个人忘记带走的东西'来想一想。首先，这个人使用卫生间是在第五节课之后。这一点很清楚，因为勤杂工说，午休结束时他还没有看见这把伞。"

"嗯。"

"也就是说，第五节课以后有人用过卫生间。不，说得再严谨些，应该是从第五节课开始，到第六节课下课，也就是到三点钟之间的这段时间。因为，三点钟佐川同学等人就来到体育馆了，如果有人去卫生间，他们应该会看见。"

"嗯……的确如此。"

除了走廊这一处，其他出入口都锁着门，所以，要在三点之后去卫生间，一定要从队长他们眼前经过。

"从第五节课到三点钟放学为止，有人在这个时间带进了卫生间，然后把伞忘在了那里。这是一个大前提。但是，如果情况是这样，就会出现几个奇怪的事实。"

"奇怪的事实？"

"第一，这个人带着伞。"

"……这有什么奇怪的呢？今天不是下雨吗？"

"不，这非常奇怪。喂，袴田妹妹！"

里染冷不丁把头转了过来。柚乃可万万没有想到，他居然会叫自己，于是不由自主抬高了音量，"哎！在呢！"地回应他。

"你，在迄今为止的校园生活中，有没有在还没放学的情况下，带着雨伞进过卫生间？"

"啊？这个嘛。"

这事和佐川同学有什么关系啊？——柚乃一边在心中抱怨他，一边思考这个问题。

小学、初中，还有现在的高中。在九年零两个多月的校园生活中，在上课的时间段带着伞进卫生间，这种情况——

"……没有。因为一到校，我就会把雨伞插在教室的伞架里嘛。"

里染似乎对她的回答很满意。他再次转身朝两位刑警说：

"她说的没错。进入教学楼的学生，一定会把雨伞插在伞架上。不会各自撑着伞到处走的。放学之后是另一码事，但是在上课的时间段内——也就是说完全没有必要外出的时间段内，拿着伞去卫生间，是一种不可理喻的行为。而且，不用我说大家也知道，老体育馆和教学楼之间有带屋顶的走廊连着。"

"从走廊通行，是没有必要打伞的……"

哥哥自言自语道。仙堂总结说："也就是说，在这个时间段，有学生打着伞去体育馆，是很不自然的。"

"就是这么一回事。"里染点点头。

"虽说如此，可是并不是所有的学生都会听话地上课。因此，我们来考虑一下，是否存在例外的可能性。即：有人在上课期间打着伞在校园里瞎转。

"我首先想到的，是迟到或早退的学生。如果从中午到放学为止，有人出入学校，那么打伞也是合情合理的。"

"……刚进入教学楼，以及正要离开教学楼的时候，一定会带着伞……确实如此。"

哥哥也结结巴巴地表示同意。

"但是，这当中的迟到者可以排除在外。根据我们从办公室了解到的信息，今天午休之后没有学生迟到。"

"真的？"

"如果你怀疑这一点，那就请自己去确认一下。"

里染指着挂在墙上的内线电话。哥哥迟疑片刻，站起身给办公室打了电话。信息立刻确认完毕，他对上司点点头说：

"午休之后确实没有人迟到。"

"这样啊。"

"不过，他们告诉了我一件奇怪的事，说是刚才有个女生也问了这件事……"

"我们回到正题吧！"

派遣女生的当事人故意大声叫道。

"没有学生迟到。也就是说，从中午起到放学为止的时间段内有可能打着伞走动的学生，只有早退的学生。顺便说一句，也可以算作早退的，还有提前下课的高二（4）班的学生。"

听到自己班级名称的这一瞬间，一直在呆呆听他们谈话的佐川队长打了个寒颤。坐在她身旁的里染毫不在意地继续往下说：

"还有就是学生以外的人。也就是学校的教职员工和家长委员会的来宾等。还存在一种可能性，就是与学校无关的人员擅自使用了卫生间。"

"你是说有可疑的人闯入了体育馆？"

"大概说来就是这个意思。"

"……好了，先不说这个。你接着往下讲。"

"我来总结一下。早退的学生、高二（4）班的学生、教职员工，或是可疑人员。只有这四种人有可能把雨伞忘在那个卫生间。到此为止没有什么问题吧？"

"……确实如此啊。能这么认为。"

仙堂点点头。看来，他对待里染的态度比起刚开始的时候认真严肃多了。

"那么，基于以上条件，我再来说说另一个奇怪的事实。就是卫生间这一地点。"

"地点？"

"老体育馆的卫生间处于一个地形复杂的位置。通过位于教学楼尽头的走廊，穿过整个体育馆，进入后台，然后还要开一道门，跨过走廊才能到达。那不是一个慌乱中可以立刻跑进去的地方。而且又脏又破。眼下地板上就还浸着水。当然，在老体育馆上课的人一般会使用它。不过，就像刚才说过的那样，在这种情况下，是不需要拿着雨伞进去的。

那么，这样一来……教学楼里明明还有其他很多卫生间，为什么这个人还要特地跑到老体育馆的卫生间来呢？"

里染停顿了下来。

仙堂把胳膊交叉放在胸前，默默地沉思片刻，很快就开口说：

"或许，这个人想要进的卫生间，每个隔间不巧都有人在使用。所以他就去了这个不方便但是人少的卫生间。"

"真不愧是刑警！"

里染微微一笑，似乎等的就是这个答案。

"因为其他的卫生间不能使用。特地使用老体育馆卫生间的原因，我想来想去只能想到这一个。但是，按照刚才的推论，这个人只能是早退的学生、高二（4）班的学生、教职员工，以及可疑人员。关于教职员和来宾，和很多高中一样，这所学校也设置了专用卫生间，那里是不可能满员的。此外，高二（4）班下课的时候，其他班还在上课。在这种情况下，不管是哪里的卫生间，应该都还是空荡荡的。因此，教职员工和高二（4）班的学生不可能使用老体育馆的卫生间。"

"……哦。"

"接下来说说早退的学生。如果是上课期间早退，情况可以说与高二（4）班相同。上课期间卫生间不可能满员。这样一来……"

"课间休息的时候。"

警部打断了里染。

"即使是放学之前，也并不意味着一直在上课。第五和第六节课之间应该有一个短暂的休息时间。如果是在这个时间早退，附近的卫生间满员也就不奇怪了。"

"说的好！"

里染愉快地喝彩。

"但是，如果按照这个假设来看，情况就变成这样了。这个人在第五节课下课后早退。他收拾好东西，把雨伞从伞架上取下来，打算离开学校，可是半路上想去卫生间了。他去附近的卫生间看了一下，因为是课间休息，所以每个隔间都有人。于是他只好跑进老体育馆的卫生间上厕所。松了一口气的这个人，把雨伞忘在卫生间就回家了……怎么样，刑警先生？"

"合情合理。"

"真的？"

听里染这么一问，仙堂不悦地撇撇嘴：

"难道还有什么问题？"

"有个大问题！你看，这个人是怎么冒着雨回家的呢？"

"……啊！"

两名刑警面面相觑。

里染享受地看着这一场景，装模作样地说："这下你们明白了吧？"

"假设，有个学生因为刚才提到的情况使用了体育馆的卫生间，然后把雨伞忘在了那里。可是，在第五节课下课的时候，大雨依然下得哗啦啦呢。明明要出门，却忘记拿雨伞，这种情况是不可能出现的。这个学生在走出老体育馆的那一瞬间，就会发现自己忘记带雨伞。于是，他会立刻返回取伞。如果是这样，放学后就不可能有伞遗忘在卫生间。"

里染指着长几上的雨伞说：

"而且，这把雨伞几乎是新的。如果是把破旧的塑料伞也就罢了，这种雨伞可不是能随随便便扔掉的东西。因此，雨伞不是早退的学生遗忘的，这条线完全可以排除。剩下的……"

"就是可疑人员！"

警部为了挽回颜面，再次大叫起来。

"某个无关人员擅自进入学校，擅自使用了卫生间。教学楼里面人多，因此使用老体育馆的卫生间完全不会显得突兀。"

"可是，可是仙堂警官，正门和北门的摄像机没有拍到可疑人员出入校园啊……"

"可能是从后门进来的吧。脚印就是证据。或者是翻围墙进来的……"

"围墙吗？我们学校的围墙为了防止球踢出去，建得非常高。我觉得要翻进来是不可能的。不过，后门的确是一条路线。"

里染插嘴道。宛如他已经成为搜查总部的一员。然后，他又无聊地补充了一句：

"不过，人从哪里进来，并不会对推理产生影响。"

“你说什么？”

“刑警先生，我听说案发时间是三点十五分左右。然后，没过五分钟警察就来了。在搜查初期，有没有报告说校内发现可疑人员呢？”

“没有……”

“那么，可疑人员最晚三点二十分，或是三点半就已经离开学校了。然而雨下到四点多才停。”

“……”

刑警这次又只能面面相觑。

“这和早退学生的道理一样。不管这个人是谁，只要他在雨停之前走出教学楼，就不可能把雨伞忘在那种地方。因此，最后一种可能性——可疑人员进入卫生间的这条线也消失了。”

里染在这里稍作停顿。他取过笔筒里的铅笔，一边把玩一边接着说道：

“在有可能把雨伞带进卫生间的人当中，一半人不可能使用体育馆的卫生间，另一半即使使用了卫生间，也不会忘记把雨伞带走。因此，那把雨伞说一千道一万也不可能是某个人忘在那里的。”

最初的假设被全盘否定。

如果这不是遗忘的东西，那就是——

“也就是说，我们可以下结论——那把雨伞是某个人故意放在那里的。他的目的何在，我并不知道。但是，尽管后来那里发生了命案，而且全校范围内进行了广播，告诉大家老体育馆发生了案件，物主却依然尚未表明身份。这一点说明，放伞的人和案子有很大的关系，而且由于暗藏的阴暗原因让他无法光明正大地站出来——也就是说，雨伞的主人才是真凶。

"那么，伞的主人是什么样的人呢？细节我还不清楚，但是既然他把伞遗留在男卫生间，至少性别是一清二楚的。"

"……"

"那我来提一个问题。你们到现在为止问讯的学生，是男生还是女生？"

"的确如此。"

仙堂经过长时间的思考，沉重地说。

"你的话很有意思。一把雨伞遗留在那样的地方，确实是值得关注的事实。我们发现伞上没有指纹的时候，也略有怀疑。"

"多谢夸奖。"

"按照你的推理，凶手是名男性。因此作为女性的佐川同学无论如何也不会是凶手。"

"就是这样。"

"但是，仅仅只是这样的话，算不上'证明完成'吧？"

在里染的指间咕噜咕噜转个不停的铅笔落在了桌上。

"为什么？"

他静静地问道。仙堂视线上下逡巡，思考着如何反驳：

"首先，你太过无视其他的因素。例如，现场是间密室。如果存在留下雨伞的第三人，他是如何实施犯罪的呢？"

"所谓的密室，破解的方法数不胜数，多得就像地球上的土壤，连森林都长得出来。"

"你像这样岔开话题可不好。"

仙堂瞪着里染说道。他现在的态度和刚才讯问柚乃和早苗的时候截然不同。在他温和的言辞中，隐藏着锐利的钩爪。

"而且，还有一个问题……在男卫生间里留下男式伞，相当于凶手是男性——这个解释太武断了。用专家的话来说，就是掉以轻心。"

"您有其他解释？"

"有啊。按照这个解释，密室之谜也一下子就解开了。要听听吗？"

钩爪似乎已经搭在了里染的脖子上。他催促道："请讲。"警部便开始阐述起自己的观点来：

"凶手是女性，她故意留下了一把男式雨伞。"

"……"

"也就是说，从一开始就没什么男性。雨伞是佐川同学放在那里的，是一种伪装。"

"啊？"

柚乃没能立刻听懂这句话的意思。

"不会吧……"

"是的。佐川同学在男卫生间里放雨伞，是为了伪装成其他人实施犯罪行为的样子。她进入体育馆时……没带大件行李。那么，她是在午休之后事先把伞藏在后台的。如果这一切都是她做的，密室状态就不显得矛盾。伞上没有指纹的原因也就找到了。要伪装成其他人的东西，怎么能有自己的指纹呢？"

"我、我没干这种事！"

"哎，里染同学，你觉得我的推理如何？"

队长果断地进行了否定，但是警部对此视若无睹。里染刚才的得意神色也黯淡下来，面无表情。

"如何？我自认为这是很合理的推理。你能发表一下意见吗？"

柚乃急了。

不好了，为了营救队长做出的推理被彻底推翻了。按照仙堂刚才的推理，伞的谜团、密室的谜团，全都解开了。而且位于漩涡中心的，正是佐川队长。

她看了队长一眼。一度抱有希望却再次被推入深渊，她的沮丧愈发明显。不，柚乃自己恐怕也是这种神情。追根究底，眼下的状况都是自己造成的。

事到如今只能哭着求情了。柚乃正想一点点蹭到哥哥身边，忽然听到一直保持沉默的里染又开口了：

"你是在承认我的推理正确的基础上——承认在男卫生间发现雨伞的原因超出常理，很有可能是凶手放在那里的基础上——做出推理，认为雨伞是佐川奈绪搞出来的伪装，对吧？"

"嗯，是这样。"

获得胜利让仙堂有些得意，胜利的微笑鲜明地浮现在他脸上。

但是——

"那么，我刚才已经证明了佐川奈绪不可能是凶手。"

"……什么？"

脸上露出胜利笑容的不止仙堂一个。

"你在说什么啊？得到证明的，是佐川奈绪就是凶手……"

"不对，正好相反。得到证明的，是佐川奈绪不可能是凶手。"

"为什么？"

"这是因为，她作证说'看见有个女孩子进入了后台'。"

间隔的时间略微有些漫长。

"……啊！"

刑警们再次齐声大叫。

"没错，请仔细想一想。听清楚了，佐川同学为了伪装成别人的犯罪行为，放了一把雨伞在男卫生间。这个嘛，具有相当高的可能性。但是，问题在这之后。在你们问话的时候，她说'有个女孩子进入了后台'。这难道不奇怪吗？如果她在男卫生间放了一把黑伞，那她就应该说'有个男孩子进入了后台'，没错吧？否则伪装工作缺乏一贯性，最终会失去伪装的意义。"

"不，不对。可是这……"

这次轮到仙堂着急了。

"这还有什么可说的吗？一边要装成男性的犯罪行为，嘴上作证说看见的是女性，怎么可能有这种事嘛，绝对不可能。也就是说，她不是放伞的人。也就是说，放伞的另有其人，他就是凶手。也就是说，佐川奈绪不是凶手。"

"我说完了。"里染进行了总结陈词。仙堂还不肯放弃：

"她也有可能是故意为之！她是凶手，为了扰乱搜查而故意说些自相矛盾的证词……"

"原来如此。她料到伪装会被识破，所以故意说自己'看到了女孩子'。是吗？"

"对！"

"然后，直到临近被捕，她自己都没有指出这一矛盾。作为智能型犯罪这也太愚蠢了。"

"这……"

"哎，我看这样吧，刑警先生。"

里染用教育不懂事的孩子般的语气继续说道：

"我按照逻辑推导出了那把雨伞遗忘在体育馆卫生间里的异常性。你认可了这一点。然后，你自己说，伞很有可能是罪犯的伪装。我也赞成你的观点。要说清这种异常性，只能这样解释。而且，假设这是伪装，那么佐川奈绪无论如何都不会是凶手。这是谁都能看明白的事实。对吧，哥哥？"

"啊？哦，哦。算是吧……"

哥哥回答之后歪着脑袋左思右想。大概是在思考为什么这家伙会叫他哥哥。

"对。按照我的预想，佐川同学看见的女孩子是真实存在的。黑伞是她的伪装吧。这样才合乎情理。至于她是怎么从密室中消失的，我还没搞明白……"

"对，对了，密室！"

仙堂大声叫道。他的额前浮起一层油腻腻的汗珠。

"你的推理解释不了密室。在任何人都无法外出的情况下，除了她之外没有其他人能够实施犯罪！"

"不过，这间密室正好印证了我刚才的结论。"

"什、什么？"

"佐川同学如果是凶手，为什么现场还会保持密室状态呢？"

"……"

仙堂目瞪口呆，眼中的锐利完全消失。在一旁听他们对话的柚乃也轻声叫道："啊！"

对呀。怎么就没想到呢？

如果队长杀害了朝岛友树，且后台保持密室状态的话，明摆着就是只有自己才有作案机会嘛。一般说来，为了伪装成其他人的罪行，会从里侧打开某把锁，或是作证说"看见有人逃走"才在理。

但是，这两件事队长都没有做。为什么呢，是因为她不是凶手。

这是极其平凡而陈旧的矛盾，作为决定性的一击太有力了。警部脸上的表情看上去就像是在迷宫的出口遭到了机枪扫射一般。哥哥也哑口无言，忘记了自己还在做笔记。

"因此，要按照你的风格来说……就是'证明完成'。"

里染往后一靠，深深地陷入椅背里，吐出了这样一句话。

4　一次十万，延长五万

雨云终于彻底散去，透过窗户可以看到群青色的天空，还残留着傍晚的余韵。虽然处于夏至时节，但毕竟已经过了七点，太阳快要下山了。

毕业出路指导室里，只剩下柚乃、里染和佐川队长三人。刑警们正在另一个房间里集中进行紧急讨论。议题当然是"佐川奈绪的清白"。

队长在那之后，像是紧绷的弦猛然间断了一样，一边向里染道谢，一边就双手掩面哭了起来，现在都还坐在椅子上，蜷成一团小声啜泣。虽然知道她是喜极而泣，但是这和队长平常的形象实在是差异太大，柚乃觉得有些不忍面对。

而拯救了她的里染，已经走到窗边，正在仰头望着逐渐被夜色笼罩的天空。柚乃陪伴在队长身边，呆呆地望着这位少年。

玻璃中映照着他的身影。扶在窗框上的右手，无所事事插在衣兜里的左手。衬衫的第一和第二粒扣子是解开的，而下摆却塞在了裤子里，瘦削的身材一目了然。从他的表情无法判断他心里在想些什么，他双眸比窗外的景色还要黯淡。

这位少年面对警察，真的证明了队长的清白——这明明是自己请求他做的，可是却缺乏真实感。

"那个，里染同学……谢谢你！"

柚乃心想，还是先道个谢吧，于是向里染走去。

"十万日元，你可别忘了！"

他头也不回地说。对了，还有这么一个约定呢。

她在脑中简单计算了一下。女子乒乓球队目前十六个人，大概一个人不到七千日元。

"你能少收点吗？"

"不行。"

"我、我想也是啊。我会想办法凑齐的。"

"尽快哦。我想买一套魔法少女小圆的原创绘画集。"

"……原创绘画集？"

"对。有好几本，价格高，所以我认为买不起，现在正好是个良机。十万日元的话，轻轻松松就能买下来，顺便还能买到同人志展会（Comic Marcket）制作人员的书呢。"

虽然柚乃搞不清他说的是什么，但是看来他并不打算把这笔钱用到正道上。

"你不把这笔钱用作生活费吗？"

"我这就是用作生活费啊。"

……生活费的定义好像不太一样。

他是厉害呢，还是差劲儿呢？柚乃觉得刚才对他抱有的印象在心里哗啦啦地分崩离析。

"无所谓，怎么都行。总之，非常感谢你！"

"不客气。那不过是个表演罢了。"

"表演？"

设计好两段式推理，中间一度故意让对方掌握主导权，然后以极为自然的形式引出对方的推理，最终利用它直接证明自己的结论，反败为胜。

这种暗算刑警的手段，确实是让人瞠目结舌的表演。

"能够让他们信服也算是运气好吧。其实这个推理当中有一个漏洞。"

"啊？什么漏洞？"

"就是早退的学生在外出的那一瞬间，会返回取伞的部分。这所学校里单单就有一名学生无法套用这种常理。这个学生就住在校内，外出时即使不打伞，也可以不被淋湿能顺顺当当返回自己的房间。"

"这个人难道就是……"

"我。"

里染面无表情地说。

"不过，我当然没有早退啦。"

"……里染同学，你不是凶手，对吧？"

"不巧啊，我有不在场的证据。"

他摆出了客观事实。但是，他没有立即否认说"我可不是凶手！"这一点有些令人毛骨悚然。

"真是的，我开始觉得给你十万日元真愚蠢。"

"你可别这么说。如果把我算成例外，推理本身是没错的哦！我本来就认为那把伞是凶手的伪装……"

里染挠挠脑袋，转头望着摆放在房间角落里的遗留物品，含糊不清地说：

"咦？"

"……怎么了？"

柚乃问他，可是里染却依然一动不动。他凝视着放置遗留物品的长几，微皱眉头。

"奇怪。"

"奇怪？什么奇怪？"

柚乃也朝那边望去。各个遗留物品分别装在塑料袋里，附带着小纸条，上面马马虎虎地写着发现地点。

餐巾纸，在"受害人左侧裤兜"。学生手册在"受害人左前胸口袋"。钥匙串、手机、钱包在"右侧裤兜"，像是 DVD-R 的光盘放在"右臀裤兜"。到此为止是受害人朝岛友树的东西，其他的是女生用的红色领结和那把伞。领结在"右侧台楼梯下"发现，雨伞当然是在"左侧台男卫生间"发现的。

这当中有什么可奇怪的呢？

"是领结吗？"

柚乃不假思索地问道。既然伞在卫生间里很奇怪，那么领结落在侧台也不自然。虽然她没有根据。

"不对，不是这个。我觉得不均衡。"

"不均衡？"

里染大步流星走向长几，眯着眼睛凝视着遗留物品，就像是在露天市场的商摊前挑选商品似的。

"左侧裤兜里只有餐巾纸，而右侧却既有钥匙，还有手机和钱包。这不是很奇怪吗？不均衡也得有个限度吧。"

"哦，你这么一说……好像还真是。"

的确，装在右侧的小东西偏多。兜里塞满了东西，一定不方便活动。

"为什么？"

里染低声地自言自语，伸出食指一个个地确认每一件物品。很快，他的手在餐巾纸上停了下来。

"餐巾纸上有血呢。"

"是啊。学生手册上也沾满了鲜血。"

"一看就知道。"

"……对不起。"

"你道歉干吗？不过，血啊……你说过，朝岛的尸体存在搬动过的痕迹，对吧？"

"对。好像就是因为这个，才被认为不是自杀而是他杀的。"

"具体是从哪儿搬到了哪儿？"

"什么？"

柚乃回想着从刑警那儿偷听来的对话，但是没有找到答案。哥哥只提到尸体被拖拽过。

"不、不好意思。我没听到那么细节的东西……"

"是从右侧台的侧幕后面，拉到了舞台中央。"

背后传来冷静的声音。

她回过头去，目光正好碰上佐川队长的视线。队长已经停止呜咽，擦干了眼泪。她像在赛场上一样，脊背挺得直直的，显得精神振奋毫不懈怠。

这才是平时的队长。

"刚才刑警怀疑我，责问我的时候，就是那么说的。"

"从侧幕里面拉出来的呀。"

里染挠挠下巴，完全不理会因为队长复活而兴高采烈的柚乃。

"真有意思。"

他轻声说。

"有意思？又发现什么了？"

"没发现什么。只不过我想到了一件事。"

"什么事？告诉我吧！"

"为什么要告诉你啊？我们的合同已经终结了。"

"……"

他说得如此不以为然，柚乃不由得闭上了嘴。对呀，怎么又忘了呢？我是花钱把这男孩雇来的呀。

"合同内容如下：我证明佐川的清白，你付十万日元给我。"

"十、十万？袴田你和他订立了这样的合同？"

队长大吃一惊，然而现在的情况不仅仅这样。焦急的柚乃费了好大的劲儿才听清里染在说什么。

"然后我做到了。如果你想让我继续工作，就必须和我延长合同。无论是录像店、卡拉 OK 店，还是替人解谜，延长时间都是要花钱的。"

他俯视的目光很可怕，但是她却无法违逆。这真是太悲哀了。

"……你是说要我再加钱吗？多少钱啊？"

里染打招呼似的，轻快地把右手伸到柚乃面前，张开五指。

"五千日元？"

"位数错了。"

"五百日元？"

"你别故意瞎说啊。是五万日元。你再给我五万，我可以一直工作到破案。"

"五万……什么？"

吸引柚乃注意力的，不是金额，而是后面那句话。

"破、破案？你能破案？"

"这个嘛。"

里染露出讽刺的笑容，耸耸肩。

"不过，我会尽我所能。我也仔仔细细想过了，如果警察一直不走，也会影响我的生活。"

"……原来是因为这个呀。"

也就是说，因为他住在活动室这一情况有可能会曝光，所以他希望警察早点撤走。

"你管我是因为什么呢！总之如果破案，我收十五万日元，你干不干？"

"拜托你了！"

叫起来的是佐川队长。

"你试试，里染同学。钱我们乒乓球队会想办法凑的。你要把凶手抓住！他杀了朝岛同学，还害得我差点被警察抓走，我头都气炸了！"

"我、我也拜托你啦！"

既然队长都这么说，柚乃也就没有反对的理由了。她也弯下腰来。

如果平均每人付九千三百七十五日元就能抓住凶手，那也太便宜了——如果真能抓住的话。

"好的，我明白了。延长！"

他一拍手结束了对话，再次盯着遗留物品去了。

虽然他的背影看上去像个靠得住的能干私家侦探，可是柚乃还是不小心听到了他的真心话：

"这样一来，《千子》和《夏娃的时间》也能买齐了。"

……唉。这个人恐怕还是靠不住啊。

哥哥袴田优作回到房间，是在这番对话刚刚结束之后。

"佐川奈绪同学，你的嫌疑消除了。"

筋疲力尽的他，开口第一句话说的就是这个消息。

"估计要重新搜查……我们把你当成了嫌疑犯，抱歉！"

柚乃气不打一处来，给人戴上了嫌疑犯的帽子，这么简单的一句道歉就够了吗？

她正想责怪哥哥不应该这样，里染却抢先一步说：

"哥哥，方便说话吗？"

"……我刚才就想问你，为什么你要叫我哥哥？"

"我觉得需要把您和您妹妹区分开来。如果您觉得我应该叫您的姓氏我照办。"

"啊？……算了算了。你想说什么？"

"这是朝岛同学带着的钥匙。这是广播室的钥匙吗？"

"对。"

"老体育馆的广播室钥匙也在里面吗？"

"是啊。嗯，应该是挂着'不听'钥匙链的……喂！"

哥哥抬高了声音。因为里染一听到他的回答，就在手上裹着手帕从袋子把钥匙取出来了。

"你干什么？不要擅自接触遗留物品！装回去！"

"不会留下指纹的。"

"不是这个问题……喂，你要去哪儿？"

他的嚣张没有一点收敛的意思，直接从哥哥身边穿过，伸手抓住房门。就在他马上就能冲到走廊上的一瞬间，哥哥好不容易抓住了他的肩膀。

"不许随便拿到外面去！你到底要干什么啊？"

"不能随便拿，那就请您批准一下吧。还是说哥哥也跟着我去？"

"你要上哪儿去啊？"

"哪儿？既然我拿的是广播室的钥匙，那当然是去广播室了。老体育馆的。"

"广播室？到那里干什么？"

"你说呢？"

"啊？"

里染极其含糊地回答道，然后肩膀哧溜一滑，从哥哥手里逃走，跑出了房间。哥哥无可奈何地一边喊着"喂，你给我站住！"，一边跟着他跑了出去。

"里染同学真厉害，连刑警都不怵！"

留下的佐川队长眼神憧憬地说道。柚乃也"哦"地附和一声，语气有些微妙：

"我、我说不清……虽然我觉得他确实挺厉害。"

可是，要说他值得尊敬，好像又差点意思。罢了，她也不忍破坏了他营救队长的骑士形象，所以还是保持沉默为好。

"啊，我也去，我在的话哥哥比较好对付。"

"嗯，说得也是。那就拜托你啦！你们要破案哦！"

"啊……好！"

柚乃用不自然的笑容回应了队长充满信任感的鼓励，也冲出了房门。

实际情况会是什么样呢？

里染——还有哥哥他们，真的能破案吗？

5　侦查广播室

柚乃气势如虹地冲出房门，但实际上连跑都不用跑，就追上了哥哥他们。里染和哥哥就站在隔壁的空教室——柚乃刚才也在的那间等候室——前面。

哥哥发现妹妹跑过来，依然没有给她好脸色看。但是，他似乎已经开始死心，叹了口气往旁边站站，给她让出一个位置来。柚乃泰然自若地在他身边站定。旁边执勤的警察也没说什么。不知道是因为哥哥跟着，还是因为已经厌烦了这些一个接一个出现的不讲道理的高中生。

就是这个不讲道理的高中生里染，正从敞开的房门往里扫视整个房间，眼神和刚才盯住遗留物品不放时一模一样。室内的情况，和刚才柚乃还在的时候没什么两样。

首先，是相关人员中唯一的老师增村。穿着训练服的早苗。羽毛球队的两名男生。还有围坐在一起的梶原等话剧团四人组。房间角落里无精打采的是被佐川队长称为针宫同学的金发女孩。

剩下的学生会主席正木和他身边的新面孔——在出入口为柚乃提供信息的八桥千鹤，看来她为正木做了不在场证明后被领到了这里。

大家一见突然登场的里染和去了这么久才回来的柚乃，都露出了惊讶的表情。当然，了解情况的千鹤不在此列。副主席和柚乃一个对视，便明白队长已经被成功营救，嫣然一笑。

"袴田，你上哪儿去了？这不是高二的里染吗？"

"柚乃，你回来得太晚了！担心死我啦！"

"里染同学，你在这里做什么？"

"这不是里染吗？你也是目击者？"

增村、早苗、学生会主席和梶原异口同声地问道。可里染却不理不睬，直接问道：

"这里面有人熟悉老体育馆的广播室吗？"

突如其来的问题，让教室在一瞬间变得鸦雀无声。

很快，六个人都怯生生地举起了手。话剧团的四个人和正木章弘、八桥千鹤。

"学生会和话剧团啊。确实，你们应该是用得上广播室的。"

"算是吧。在老体育馆开大会的时候经常用。因为要调节话筒音量什么的。"

"因为广播室有戏剧音响，所以我们经常用。"

正木和梶原分别回答。两个人脸上都露出了疑惑的表情，不明白为什么他要问这个。

"而且还有录像机和DVD……"

"什么？"

梶原的补充说明引起了里染的注意。

"体育馆的广播室里可以看录像？"

"对啊，有电视和播放器。昨天做完舞台练习后，我们还看了师哥师姐的公演录像呢……哎呀！"

"怎么了？"

"没什么，我就是想起来，好像录像带放在播放器里忘记取出来了。"

"……我以为是什么大事呢！"

他觉得这完全是多余的担心，皱起了眉头。

"那么梶原也行吧。你跟我一起……啊，等等！"

里染自言自语，又自己等了片刻，然后转过头对哥哥小声地说了几句话，哥哥不悦地打开笔记本，两个人又交谈了三两句。连紧挨着他们的柚乃都没听见他们在说什么。

他转过身来再次面对教室里的各位，这回正式点了梶原的名：

"你跟我一起去一趟，我有很多事要问你。"

"去哪儿？"

"还能是去蔬菜店吗？当然是广播室了。"

"……行吧，你让我去我就去呗。"

"请你们等一下！"

就在梶原站起身的时候，又有人喊停。是学生会主席正木。

"刑警先生……袴田先生对吧？我还没搞清状况，为什么里染同学会在这里，而且和刑警先生您一起行动呢？如果可以，请解释一下好吗？"

诚然如此，这是个理所当然的疑问。本来应该由那位目光炯炯的刑警仙堂占据的位置，不知何时被这个同年级的乖僻少年替代了。而且，虽然还没顾得上问，可是柚乃在等待室外面，也是一件相当奇怪的事情。

"哦，这个嘛……"

"里染同学是我叫来的。"

八桥千鹤代替含含糊糊的哥哥稳健地答道。

"因为呀，他是个侦探。"

"侦探？"

"对呀。他是来破案的，对吧，里染同学？"

"因为我需要生活费啊。"

侦探牛头不对马嘴地答道。

"总之就是这么个情况。梶原，这边走。"

里染为了避开其他追问，迅速地叫出梶原，关上了门。在拉门合上的过程中，柚乃看见正木一副丈二和尚摸不着头脑的表情，旁边的千鹤则嘻嘻地笑了起来。

"好，这就去体育馆……哦，对了。"

里染又让大家稍等，回到毕业出路指导室里去取东西。他立刻又出来了，右手添了一个DVD盒子。

"喂，这也是受害人的……为什么你连这个都要带着？"

"因为我听说广播室可以看影像呀。"

"这也算是你的答案？"

"里染，原来你是侦探呀？够帅的！"

一行人热热闹闹地向体育馆进发。四个人里有三个人根本就不知道为什么要去。

"哥哥，你刚才和里染在说什么？"

来到走廊，柚乃装作若无其事的样子问哥哥。

"没什么，他问了我一个问题，不是什么大不了的问题。我也不知道他问这个干嘛。"

"是关于广播室的吗？"

"不是。"

袴田刑警看了一眼正在客套着讨论是否是侦探的梶原和里染，压低声音说：

"他问我，那个话剧团团长……梶原有没有不在场证明。"

来到室外，发现太阳已经下山了。雨停之后的风略带凉意，露在训练服外面的胳膊也觉得有些发冷。伫立在黑暗背景中的破旧体育馆，仿佛黑压压地向他们袭来，看上去比平时要可怕得多。当然，馆内发生了谋杀案这一事实也为这种气氛的形成做了贡献。

他们打开门后，发现还有几个搜查员留在舞台上工作。他们也对这些突然造访的人投来了疑惑的目光。但是一认出哥哥，他们就想当然地认为这是搜查的某个环节，把注意力转回了自己的本职工作。

里染本来就不在乎这些人，大步流星地进了左侧台的门。柚乃他们紧随其后。等他们进入侧台，里染已经登上了通往二层的楼梯。

四个人在金属楼梯上奔跑的声音交织在一起，响起一片喧闹的回声。到达二楼走廊，左手边立刻就是广播室。虽然柚乃知道有这样一个房间，可实际上这是她第一次进来。

"好。"

在阴暗狭窄的走廊上，里染回头看着和他同一年级的同学说：

"梶原，你不是经常用广播室吗？有钥匙吧？"

"没有，说是经常，其实只在公演之前才用。我还真没有钥匙，要用的时候我就去办公室借。"

"哦。学生会也是这样？"

"是啊……这有什么问题吗？"

"不是。既然没有其他钥匙，那我还是用这把吧。"

里染把朝岛的钥匙插进锁孔，打开了门。

一开灯，四个榻榻米大小的房间展现在众人面前。

房门正对面的墙边摆放着两张桌子，上面是调音台。周围散乱地堆放着耳机、RCA 数据线等，围绕机器还放着扩音器和大型 CD 机，显得房间更加逼仄。

正面墙壁和右侧墙壁上各有一扇小方窗。从正面的窗户应该可以看到舞台，从右侧可以一览无余地看到整个体育馆，但是现在都拉着窗帘。

房间中央摆着一张长几。这也是导致房间拥挤不堪的原因之一。桌上放着话筒、话筒架、古老的录音机和一堆磁带，以及布满尘埃的照明灯，已经完全变成了堆放小型器具的地方。

然后，靠着左侧墙壁，立着一个锈迹斑驳的高架子，最上面放着一个显像管电视机，下面一层是一台年代久远的 DVD 机，再下面一层是同样古老的录像机。

"老古董啊。"

看到电视机和播放器，里染嘟哝了一句。"那是，"梶原说，"这些东西原来放在主教学楼的广播室，但是今年换了新的，扔掉了又觉得可惜，所以就搬到这里来了。"

"今年……那么，在此之前这些东西不在这儿？"

"嗯。大概两个月前搬过来的。这可解决大问题啦。舞台上拍的影像立刻就能看见，师哥师姐的公演记录也能在这里……哦，对了。录像带！"

"这事一会儿再说。先办我的事。"

里染把话剧团团长搪塞过去，往前一步靠近铁架子。

他首先打开电视机的主电源，在黑色屏幕的边缘，出现了一行文字："输入切换1"。接着，他把手伸向DVD播放器。

"喂！你别不戴手套就瞎摸！"

哥哥立刻批评道。

"不是已经采集过指纹了吗？"

"采集倒是采集过了……我倒是想问问，你打算在这里干什么？"

"先举行一个录像欣赏会吧。"

里染一边不得要领地嘟哝着，一边按下了DVD播放器的电源。

但是，播放器没有启动。

"……咦？"

"是不是没插插头？"

梶原指指柚乃脚边。墙边上是电源插头和好几根电线的延长线。

"这些是最近才搬进来的机器，能用的电源都已经被占上了，所以录像机和DVD机共用一个。"

"哦，应该是这个吧。"

柚乃蹲下来，在众多电线中找到了两个插头，一个贴着"DVD"标签，另一个贴着"录像机"的标签。果然，插在插座上的是"录像机"。柚乃把它拔下来，换成了"DVD"的插头。

里染再一次按下开关，"嗡——"静静响起机器工作的声音。DVD播放器的电源接通了。

"行了!"

面对这么有眼力价儿的柚乃，别说道谢了，里染连看都没看一眼，继续工作。他从盒子里取出遗留下来的光盘，塞进播放器，开始播放——假的，实际上又出问题了。

"喂，这回好像是播放键不管用。"

"哦，是的是的。这个播放器的播放和暂停键非常不好用。必须使用遥控器。"

"什么破烂货啊。遥控器……在哪儿？喂，袴田妹妹，遥控器!"

"你跟我说有什么用啊……"

但是，不需要柚乃做什么，梶原已经把手伸到桌上，从堆成山的小东西里，找出了一个立方体盒子。深绿色的盒子上印着红色的"名点·樱花羊羹"。打开盖子，里面装的不是羊羹，而是大小不一的四个遥控器。

"这里和新体育馆不同，乱七八糟的，所以机器的遥控器都装在这个盒子里。"

接着！——梶原把其中一个扔给了里染。里染这次说了声
"Thank you！"，按下了遥控器的一个按钮。

接下来，录像终于开始播放了。

啦啦啦啦啦~《县立风之丘高中介绍》

"大家好！感谢各位今天前来参加风之丘高中的介绍会，我
是广播站副站长森永。接下来，我将带大家参观校园。"

以前庭和教学楼为背景，站着一位用发圈将头发拢起来，露
出前额的笑眯眯的少女——就像她说的那样，她是广播站副站长
森永悠子——在向大家打招呼。副站长是主演，那么站长朝岛应
该就是摄影师了。

"风之丘高中秉承重视传统和自由的校风，有一百一十年的
历史……"

她很快开始介绍学校，场景一个接一个变换。过去的黑白照
片、现在的教学楼、平时的课堂风景和上学时的场景。在兴趣
小组活动的宣传中，介绍了田径队和吹奏乐团，还播出了文化
节和二年级修学旅行时的照片。对在校生的采访大概是最近刚拍
的，柚乃见过的一名高一学生笑着讲述自己的感想："这是一所
怪人很多的有趣学校！"也不知她说这话的目的到底是不是正面
宣传。

"这是学校介绍会的录像。"

"是啊。一放暑假，就会举行针对考生的介绍会。"

听到柚乃的嘀咕，梶原回应道。

"原来广播站是做这些工作的呀。"

和充实的兴趣小组活动无缘的男生里染，把胳膊交叉放在胸前，露出一脸的意外。

"与其说是广播站，不如说是朝岛同学很厉害吧。听说他还在挑战摄像竞赛呢。"

"现在你应该说他是'挑战了'。"

"……"

"森、森永同学的确能说会道啊。就像播音员！"

柚乃为了缓和尴尬的气氛，勉强抛出一个话题。

"嗯，没错没错。我们话剧团也想要她呢，声音也好听。"

"她的声音确实很好听呢。让我想起了松冈由贵。"

"……那是谁？"

"给妹尾爱子配音的人。"

听了他给的答案柚乃依然一头雾水。

很快，随着合唱团的歌声响起，森永悠子向观众挥手道别，录像结束。

"……然后呢？"

哥哥的一句话，简洁地描述了全部情况。来到广播室，也看了录像——然后呢？这算什么？

"这和案子有关系？"

"没有关系。"

里染一边取出DVD，一边干脆地回答。柚乃和哥哥并肩站立——

"那、那你为什么要这么做？"

"你们别误会。不是完全没有关系，而是'没有关系'的关系。这可是相当重要的线索哦！"

"你在说什么？"

"没事没事。我们还要调查好些其他事情呢。"

在这番意义不明的言行结束之后，里染离开电视机，开始对广播室进行正式调查。

他把脑袋伸到机器背后，擦擦灰尘，又拉开小窗户的窗帘，凝视舞台，还仔仔细细地把桌上的东西看了个遍，最后又像寻找隐藏的门一样，咚咚地四处敲打隔音墙。柚乃三人呆呆地注视着他的行为。

"对了，录像带。里染，我可以把录像带取出来了吧？"

过了一会儿，梶原像是刚想起来的样子，对里染说道。里染正在靠墙沉思着什么，一听这话便连连点头。

梶原在柚乃身边蹲下，把插头换成"录像机"的，然后按下录像机的开关，接通主电源。从里染手中接过遥控器，熟练地按了大概两下。这回，从录像机卡座里吐出一盘 VHS 录像带，上面贴着一张标签，写的是"98 年夏季公演"。

"哎呀哎呀，差点又被松江骂一顿……"

话剧团团长吐露出对严厉的高一团员的畏惧，取出了录像带。就在这个时候。

"等等!"

里染插嘴说。

他的声音很尖厉。梶原一下子蜷起了身体，说:

"你、你干吗? 这个录像带? 这可不是什么可疑的东西。要不然我们当场播放一下……"

"不，不是录像带。是遥控器。那个遥控器是录像机和 DVD 播放器共用的吗?"

"啊?"

梶原看看自己右手里的东西，说道:

"对。虽然播放器不同，但是厂家是一样的。可以用按钮来切换模式。"

"模式……"

"按 DVD 键可以操作 DVD 播放器，按下录像机键就可以操作录像机。据广播站的津田沼说，以前这两台机器都有各自配套的遥控器，但是全坏了，而且播放器的按键也都不能用了，所以在二手商店淘来了一个可以通用的。"

"原来如此。"

里染又思考片刻，嘴角微微放松。

这是他跨进广播室后露出的第一个笑容。

"还有一个问题，是关于昨天的。你们在这里看了录像对吧？在排练结束之后。"

"对，对呀。"

"然后你忘记把录像带取出来就回家了。为什么忘记了呢？"

"为什么……因为马上就要到全校彻底放学的时间，我怕校门关闭，因此慌慌张张地离开，所以就忘记了。"

"原来是这样呀。谢谢。"

"……？"

梶原不知道他打的什么主意，加强了戒备。里染见他这样，显得非常高兴。他眯缝着睡意蒙眬的双眼，离开斜倚的墙壁，转身对哥哥说：

"哥哥，这间广播室，警察肯定已经搜查过了吧？"

"嗯。我说，你对我的这种称呼……"

"什么程度的搜查呢？一处不漏地搜了个遍吗？"

"这个啊，得问问白户警官才知道。"

"哦，我来咯我来咯！这里全都搜了一遍。"

耳边传来沙哑的嗓音。说曹操曹操到，从门外探出头来的，恰好是这位保土之谷的刑警。

"白户警官……"

"袴田警官，你在做什么？警部都发火了，说你擅自带走目击者。"

"不对不对，带走他们的不是我……"

"白户警官。你是白户警官？"

里染依然毫不畏惧地站到刑警面前。

"哎呀？你不会就是里染同学吧？"

"您知道得好清楚！我是里染天马。请多关照。"

"哦，果然如此。听说你证明了嫌疑犯的清白？嗯，有意思的孩子。哈哈哈。"

看来他是个好事的刑警。他一边快活地笑着，一边砰砰地拍拍异己分子里染的肩膀。

"对了，白户警官，我有些问题想问您，可以吗？"

"可以，你说。"

"这怎么能行呀，白户警官！"

里染无视哥哥的满面愁容，问道：

"听说您搜查了广播室，是一种什么程度的搜查呢？"

白户歪歪他的大圆脸，说道：

"因为我们的重点在于确认是否有人藏匿在此，所以查得不是很仔细。指纹是在各处挑选着采集的。"

"你们碰电视机和播放器了吗？"

"电视机？没有。遗留物品中的 DVD 也是在其他教室观看的。"

"是这个吧？"

"对，是这个是这个。怎么会在你手里啊？真是服了你啦。"

一见里染手中的 DVD，白户笑得更欢了。柚乃身边的哥哥叹了口气。

"那我们回去吧。"

里染对哥哥说道。

"啊？这就回去了？"

"如果你不想让我回去，我可以一直待在这里。"

"不是这个意思，回去吧。一定要回去。不过……最后你有什么发现吗？"

"我发现了一个十分重要的信息。"

他意味深长地回答，从白户身边愉快地走出房间。

"嘿？有新发现？"

不了解情况的巡查部长两眼放光地问哥哥。

哥哥只能愁眉苦脸地耸耸肩。

仙堂已经在体育馆入口等着他们。他焦躁不安地晃动着点着火的香烟。女乒乓球队队员正想提醒他体育馆里禁烟，可是，见他正往这边瞪眼，就打消了这个念头。

"袴田！你究竟在搞什么？"

警部的吼声传遍了整个体育馆。

"你怎么能擅自把学生带出去？你在开什么玩笑！啊？"

"对、对不起！我本想拦住他们，可是……"

哥哥拼命道歉。看见家里人在自己面前挨批，柚乃心里并不好受。但是仙堂的注意力立刻转移到了别人身上：

"里染天马！"

柚乃心里正想着：有必要这么大声吗？可是马上就搞清了原因。她身边的里染不见了。转过头一看，他不知何时已经站到舞台上去了。

"你别得寸进尺！赶紧给我下来！你妨碍公务，我要把你带走！"

"不要生气嘛，刑警先生！"

里染在舞台上大声回答。看来他完全没有下来的意思。

"你说话的句尾怎么那么像'刃牙'啊？哦，不对。刃牙一句话说到最后，只会有促音停顿，不会加感叹号。你知道吗？"

"你说什么？"

"没什么。对了，尸体是向左倾斜的对吧！"

"……啊？"

仙堂反问道。于是里染这才从舞台上走下来。

"我看了标识尸体位置的胶带。接触侧板的上半身略微左倾。

被拖过来之前、刺中倒下的时候，应该也是左侧在下。所以血才只流到了尸体的左半身。"

"这有什么问题吗？"

"'这有什么问题'？您用词好轻松啊。这可是所有推理的起点呐。不，进一步说，应该是朝岛同学的遗留物品发生了什么情况，是所有推理的起点。"

里染说着，一步步走近仙堂。当里染走到柚乃身旁的时候，警部似乎被他奇特的自信所压制，气势委顿不少。

"……你别再玩侦探游戏了。你和这个案子没关系。"

"我并不是什么侦探。只是想多多少少挣点生活费罢了。"

"麻烦的小鬼！赶快给我回家去！喂，你们也一样。今天到此为止！"

仙堂在铁门上戳灭了香烟，催促着柚乃等人。三个高中生巴不得获得解放，略微施礼道别，便离开了体育馆。应该说，被赶出了体育馆。

本来老老实实直接回家就好，可是里染来到走廊之后，又回头叮嘱般地问刑警：

"对了，你们搜查朝岛同学家里了吗？"

"……我没必要告诉你。"

仙堂答道，那目光看上去就像面对的是杀父仇人。可是一旁的好事巡查部长却说：

"还没有呢。怎么了？"

"你、你别说啊！白户刑警！"

"朝岛同学喜欢摄像，他家里应该有很多 DVD。请你们注意看一下，有没有 DVD 丢失。"

就算是仙堂，也不能不对这句话产生反应。

"为什么？"

"因为凶手应该偷走了他的某张 DVD。"

"……你怎么知道？"

"这是侦探游戏的成果呀。"

里染微笑着讽刺道。

刑警们沉默不语，里染也就不再开口，跟在柚乃和梶原身后继续往前，走进主教学楼。

但是，就在这时，他像是刚想起来似的，又一次转头朝着体育馆说：

"对了，刑警先生，我忘记告诉你们了。"

"这回又是什么？"

"体育馆禁烟！下次你们要多加注意哦。那么，明天见！"

第三章　用来锁定嫌疑犯

1　我妹妹做事太不公平，让我很为难

哔哔哔哔哔哔哔哔。

不关掉就会永远吵下去的刺耳电子音，让袴田优作从梦乡跌落到现实。

"哎——"

一看钟，六点半。他晕头转向回到家，一头钻进被窝，是半夜三点的时候。

连四个小时都没睡到，疲劳当然还没完全消除，站起身来还觉得两腿发软。

但是，即便头脑尚不清醒，他也是搜查一科的刑警，就在睡眼蒙眬换衬衫的当口，还在脑中反复回味着昨天的搜查。

那个叫里染天马的可恨学生回去之后，袴田等人（被仙堂斥责不许擅自行动）前往朝岛友树家。

设法得到备受打击的家属同意后，他们搜查了朝岛的房间，但是没有收获有价值的线索。遗书当然没有，也没有任何显示他

与人有矛盾或惹上麻烦的东西。就像妹妹他们作证时说的一样，朝岛应该是个相当认真的学生。

不过，不愧是广播站站长，他对摄像的爱好也远远超过一般人。房间的书架上摆放的不是书，而是数百张 DVD，其中三分之二是市面上销售的电影和电视剧，剩下的三分之一是他自己拍摄的作品，例如家庭活动等。外出时他也带着摄像机，把自己感兴趣的东西挨个拍下来。就说眼下，和雨伞等物品一起放置在教室的朝岛的物品当中，就有一台面向业余人士，却以专业为目标的摄像机。据说装在黑色的套子里，保养得很好。

不知道是不是听从了里染的劝告，警部把搜查重点放在了 DVD 上。幸亏一丝不苟的朝岛对买来的 DVD 和刻成光盘的个人作品都逐一做了记录，所以只要花费时间，就能轻而易举地确认清楚。仙堂一边翻看记录本，一边给大家做了一个不祥的预告："搜查人员需要彻夜不眠地工作。"

因此，在这一时间点，搜查尚未取得进展。凶手当然没有锁定，朝岛在体育馆出现的原因，以及密室的谜团，都没能解开。

找到重要证据，是在返回保土之谷警署之后。

袴田在朝阳的照射下皱起眉头，穿上西装，从前胸口袋里掏出了笔记本。他打开最近记录的那一页，张口念了一遍昨晚写下的记录。

"二十七日，三点十分，老体育馆。放下幕布，把右侧台的门锁打开……"

那是在回到警署之后。

仙堂等人在形式上休息了一下，紧接着就把鉴定科、辖区刑警们集中起来，赶在搜查会议之前，围坐在桌前开了一个朴实的汇报会。

"体育馆采集到了大量的指纹。不过，这里是学生们常来常往的地方，出现这种情况也是理所当然的。要从这里锁定凶手的指纹很困难。"

"既然没有在刀上采集到指纹，凶手戴着手套作案的可能性也就很高。"

白户的部下和他们好事的上司不一样，汇报的语气生硬却干脆利落。

"血液呢？"

"现场和遗留物品上附着的血液都是朝岛本人的。除此之外，现场没有发现擦拭血液后留下的痕迹。"

"凶器从哪儿来？"

"不知道是从哪家商店购买的。在侧台发现的领结也没有找到任何线索。雨伞也是一样。"

听到这句话的那一瞬间，仙堂动了一下眉头。或许他想起了不愉快的回忆。

"说到雨伞，你们查清出勤记录了吗？"

"风之丘高中今天没有早退学生。有几名学生迟到，但是他们上午都到校了。"

又一个印证里染推理的情况。

"安防摄像头呢？有没有拍到雨伞的主人？"

"早上上学时，有几个学生打着类似的黑伞，全都是男生。但是，单凭摄像头拍的影像来看，图像不清楚，无法判定是不是那把雨伞。而且学生面部被伞遮挡，所以……"

"……算了，本来也没有抱太大希望。"

不屈不挠的警部此时也显得沮丧不堪。

"没有其他报告吗？有没有什么报告，让你觉得世上有安防摄像机这种东西真好？"

"一整天都没有拍到可疑人物出入校园。汽车和摩托车方面，除了教职员工的车辆和我们的巡逻车之外，也没有其他车辆进入校园。"

"就这些？"

"……对不起。"

"这不怪你们，好吧？下一个。"

仙堂催促道。鉴定科的搜查人员开始汇报朝岛遗留物品的情况。

钱包里有八千日元左右的现金和月票，几张积分卡，没有被人拿走过东西的迹象。手机里没有发现可疑的邮件，钥匙串和纸巾上也只发现了朝岛的指纹。然后，他们补充道：

"前胸口袋里学生手册上的血迹，我们清除掉了……"

摆在眼前的朝岛的笔记本，使用药物处理后，红色变浅了很多，显现出工整的圆珠笔字迹：

"二十七日，三点十分老体育馆放下幕布之后，把右侧台的门锁打开。"

二十七日，就是今天，也就是案发日。三点十分当然是指下午，还有体育馆……

"也就是说，朝岛去那儿，是早就计划好的。"

仙堂呻吟般地说道。手拿笔记本的搜查人员点头说，看来是这样。

"但是，没有其他关于今天的记录。而且，笔迹确实是受害人本人的。"

"这条信息是什么时候……"

"从前后的文字推测，大概是在五天前写下的。"

"……哦。"

"让人在意的，是'把右侧台的门锁打开'这句话。"

袴田插嘴说。

"右侧台带锁的门，当然就是侧台的外部出入口了，没有卫生间的那个。如果那道门是朝岛本人打开的……"

"那密室之谜就解开一半了。"

仙堂接过他的话，视线依旧落在笔记本上，

"朝岛从里面打开了侧台的门。无论舞台外侧有多少双监视的眼睛，杀人犯都可以从后台进入体育馆……不过怎么能在门上锁的状态下出去，还是个谜。"

正如仙堂所说，密室之谜的一半，以及杀害朝岛的背景开始逐渐明了。

他打算在那里和某人见面。既然放下幕布，估计他们的谈话内容也是不能让人听见的。结果，他被杀了。

问题在于，"某人"的真面目是什么。

新发现的代价，是三点零三分到十五分之间没有不在场证明的人，几乎全都成了嫌疑犯。因为，任何人都可以从后台进入体育馆。

没有明确不在场证明的人当中，唯一能够排除嫌疑的，只有里染彻底否认的佐川奈绪。

"……他妈的！"

面对这种如同里染谋划的反论般的情况，仙堂不悦地咂舌。

刮完胡子洗完脸后走进起居室的袴田，看见妹妹坐在餐桌前，穿着睡衣在啃面包。

"哥哥，早上好！"

"早上好！你起得可真早啊。有早间训练……哦，怎么可能呢，体育馆都封了。你怎么了？"

"没怎么。我烤了面包，你要吃的吧？"

"嗯……"

她平常明明总要睡到快迟到才起床，真奇怪。他一边在心里嘀咕，一边坐下来。

"你不会是因为昨天受了刺激睡不着觉吧？"

"不是不是，就是碰巧醒得早。"

"没事就好……今天上学吗？"

"嗯哪。喔唷呵啊那哦。"

"你别一边吃一边说！"

柚乃咕嘟一声把面包咽下肚，说：

"上学。不过只上上午半天，说是要开紧急大会。估计，不，绝对是要解释案子的情况。"

"也是，学生们都还不了解情况呢。这也是理所当然的吧。你们要上学，也帮了警察一个大忙哟。"

"为什么？"

"学生集中在一个地方，不是更容易问话吗？"

柚乃默不作声地继续嚼面包，然后又对袴田说：

"那今天你也要来学校？"

"那当然。要做的事都堆成山啦。不管怎么说，学生手册导致嫌疑犯……啊，没什么。"

在千钧一发之际，袴田管住了自己的嘴巴。昨天就是因为这样一点点透露了信息，才闹出了问题。本来和妹妹在早餐桌上聊谋杀案就是件蠢事。

幸亏柚乃忙着吃早饭，没注意他在说什么。其实，这也让他很受伤，相当受伤，总之她没听见就好。袴田就着牛奶咽下烤面包片，急急忙忙起身说：

"你不用再惦记案子了，交给我们吧。"

"好的。"

"……？"

她这顺从的态度，和昨天比简直是一百八十度大转弯呀。

"嗯，好吧……你也跟那个叫里染的家伙说一声，不要再跟案子扯上关系了。对了，他到底是怎么回事？突然就出现了。"

"什么叫怎么回事啊？"

"学生会的孩子说他是侦探，那是开玩笑吧？"

"嗯，怎么说呢……"

柚乃歪歪脑袋思忖片刻，回答道：

"那个人嘛，与其说是个侦探，不如说是个动画宅男、没用的家伙。"

这个回答真是出人意料。

"干得不错啊，袴田妹妹。"

动画宅男、没用的家伙满意地点点头说：

"我没想到你真会干这事。"

"不客气。"

"实际上，成功率相当低吧？首先要赌一把，看你哥哥是不是会不住警署而回家，第二个还要赌你是否能够找到笔记本，而且你能否不被发现就潜入房间，本来就是一个可怕的高风险赌博。"

他依然盛气凌人，让人感觉不到自己是在受夸奖。

"我好不容易才找到笔记本呢。我没想到哥哥居然就把笔记本塞在西装口袋里。我还先在抽屉里翻了半天。"

"这只能怪你思虑不周。频繁使用的东西最好是放在固定位置不动。更何况他深夜归家，倒头便睡。把西装挂在衣架上面之后，笔记本肯定放在口袋里没拿出来。"

"你要是连这个都想到了，干吗不早说？"

"我哪知道你居然考虑得这么不周全呀？"

……果然，自己并没有受到夸奖。

咚、咚咚咚咚——极富节奏感的敲门声响了起来。这似乎已经成为了某种专用信号，里染回答道："进来吧。"门立刻打开，这才早上八点，报社社长的声音听起来就已经气势昂扬。

"早！上！好！"

"……不会是'这龟^①'吧？谁都不知道哦！"

"'这龟'里哪有这种说法呀？这是村上龙专用问候语。快说说，那东西呢？"

香织东看看西看看，最后视线捕捉到了短腿桌上的数码相机。

"哟！成功了！太厉害啦！"

柚乃被她夸张的掌声包围，终于感到自己的努力有了回报。

"案子的记录都在这里面了对吧？哇——太激动啦！如果都写进校报报道里……"

"死也不能写！这是机密！你的激动到此为止！"

"对、对呀，香织，你要写了我就会被哥哥抓起来了。"

"哎呀，我知道。不过这样真的很好哟。就像少年侦探团一样。"

"让刑警的妹妹当间谍，听起来怎么那么像坏人干的事呢。"

里染再一次否定了她的角色，然后"啊——"地打了个哈欠。

——你哥哥的笔记本里，应该有详细的调查记录。今晚你把里面的内容全都拍下来。

这是昨晚告别时里染交给柚乃的任务。

———————————

① 集英社连载漫画《这里是葛饰区有龟公园前派出所》的简称。

167

盗取警方的信息完全就是在对抗国家权力，所以柚乃不太愿意。但是，要破案，的确无论如何都需要他们查到的线索。再说自己在体育馆的走廊里已经干过类似的事情了，现在也就无所谓了。于是，柚乃勉勉强强地接受了任务。

她早晨五点起床，潜入哥哥的房间，用数码相机把笔记本的每一页都拍下来，总算成功完成了任务。筋疲力尽回到家来的哥哥睡得死沉死沉，没有发现她的所作所为——应该没有发现。因为，后来在起居室碰上的时候，他什么都没说。

虽然她觉得对哥哥不公平，但是即便当面求他，他也不会理睬自己，这也是没有办法的办法。

"……那么，在哪儿打印照片呢？这个房间里好像没有打印机。"

柚乃环视里染的房间。这里虽然有两台电脑、一台电视机，甚至还有小冰箱，却没有打印机的影子。还是说打印机被埋在杂志堆里了？

"我去熟悉的打印室打印。修图我也干得很完美哦，就交给我吧。"

香织举起手来。

"打印室，应该是在办公室旁边吧？没问题？"

"哦，不会被发现的。我会趁全校大会的时候溜出去打印。"

"啊？你不去开会？"

"去开会干吗？"

里染一边从冰箱里取出便利店买来的火腿三明治，一边说道。看来他要吃早饭。

"不是干吗不干吗的问题，一般说来……"

"开会肯定要说案子的事。香织，打印好了就拿来。我睡会儿。"

"明白了！"

"你怎么这么老套啊？"

"里染，你也不去开会？"

她不由得吃了一惊。她也觉察到，这个男生，虽然住在学校，但是既不上课也不参加活动。

"内容我都知道了，而且一谈案子，现场的气氛也会变得很奇怪。我可不想看到这种场景。再说了，我困死了。我不会容许任何人妨碍我睡觉。"

"困？"

"因为我昨天一夜没睡啊。"

这么一说，柚乃发现他的双眼皮更明显了。

"哦，你不会一整晚都在推理吧？"

"不是，我把 IS 的 OVA 和 DTB 的二期重新看了一遍，然后天就亮了。"

"……你不能用日语说话吗？"

"现在是全球化时代啦！"

里染嘴里塞满他的早饭——不，既然没睡，应该是夜宵——似乎在思考案子的事，虽然具体想的是什么她并不清楚。柚乃叹了口气说：

"你这样真的没问题？你要是破不了案，我可不会多付你那五万日元哦。"

"呼啊呜啊唔。"

"你别一边吃一边说……啊？你是说没问题？"

里染咕咚地咽下三明治，说：

"我说没问题。总之，开完会你再到这里来一趟。那就晚安了。"

吃完夜宵，里染迅速地钻进被窝，在柚乃她们离开的时候，他已经在毛毯下打起了呼噜。

"果然是个没用的家伙啊……"

站在锁门的香织身边，柚乃自言自语道。

2　话剧团的二十小时以前

和预想的一样，大会内容就是校方的案情介绍。在消息灵通的学生中间，早就开始传言，说老体育馆发生的是谋杀案，被杀害的是朝岛友树。但是，正式宣布还是引发了学生的情绪波动，新体育馆就像里染说的那样，笼罩着一种奇怪的氛围。

校长宽阔的额头上渗着汗珠，言语中间或"这个、那个"地停顿，令人焦急。在他大约四十分钟的情况介绍结束后，一个意想不到的人登上了讲台。

那是位个子高高、眼神锐利、身穿西装的中年男性。

"我是县警察局搜查一科的仙堂。"

警部把话筒从架子上取下来，做了自我介绍。学生们交头接耳的密度一下子增加了。

"刚才校长先生已经给大家介绍了情况，昨天，我们学校的老体育馆里发生了一起令人痛心的案子。据我们判断，这是一起谋杀案。目前我们正在开展搜查工作。"

一片哗然。

"目前我们所掌握的信息还不足以逮捕凶犯。这是在学校里，而且是在放学后立刻发生的一起案子，因此，理所当然需要向在校的各位了解情况。"

两片哗然。

"请大家不要误会。我们并不是在怀疑大家，只是想要掌握锁定凶犯的信息而已。所以，稍后请大家……"

三片哗然。

"都给我安静！"

——鸦雀无声。

"……所以，稍后请大家在自己的兴趣小组活动室里待命。因为凶犯实施犯罪的时候，正在参加兴趣小组活动的人很多。回家的各位同学请在大会议室待命。搜查人员会按顺序挨个了解情况。到时候，请同学们尽可能把记得的事情全都告诉我们，无论多不起眼的信息都可以——诚实地告诉我们。"

"我就说这么多——"仙堂结束发言，急匆匆地走下讲台，一副完全没有注意到听众情绪波动的模样。

话筒没有重新插回架子，而是随意地扔在了讲台上。

开完大会就解散，对于柚乃来说是求之不得的。如果就这样回到教室，自己和早苗这两个相关人员一定会被大家的问题所淹没。

早苗想和柚乃一起去乒乓球队活动室，但是她牵强地撒谎说"想起这案子，我都不舒服了"，假装要去保健室，朝文化部活动楼来了。

因为警方要求大家同时去活动楼，所以大楼周围人潮汹涌。如果进百人一首研究室的时候被人看见会惹麻烦，于是柚乃就躲在隐蔽的地方等着，直到人散得差不多了，才来到最后一个房间门口敲门。她报上自己的姓名袴田，香织就给她开了门。

"你回来了！大会开得怎么样？"

"相当刺激！刑警也上台发言了。"

"哇，这可了不得。看来我还是应该去看看。说了些什么？"

"肯定就是让大家回到自己兴趣小组的活动室待命之类的呗。"

里染盘腿坐在短腿桌前，凝视着几张纸。如果这是动画片的节目单，柚乃一定会把他推倒在地，还好，那是香织扩印好的哥哥的笔记本照片。看来她事先宣扬的补片技术确实高明，文字印刷得清晰鲜明，便于阅读。

"刑警说了些什么你都这么清楚！你推断了搜查流程？"

"外边不是吵吵闹闹的吗？一般情况下，兴趣小组活动全部取消，是不可能有人来活动楼的。"

"嗯，有道理……"

"话说回来，你哥还挺厉害的。"

里染说道。他把那叠照片扔在短腿桌上，看来已经读完了所有笔记。

"他把包括现场情况、讯问的详细回答等调查内容一字不漏全都记下来了。多亏了他，搜查情况我基本上都掌握了。"

"有什么新发现吗？"

"很多呢，尤其有意思的是最后一句。"

"最后一句？"

柚乃和香织一起凑过头来看照片。拍照的时候，柚乃没有注意内容，所以没发现，照片拍的是朝岛学生手册上发现的计划。

"朝岛在进入后台之后，放下幕布，打开了右侧台的门。这样就证明了我的观点。"

"证明？证明什么？"

"证明了朝岛被杀害的动机等。他计划在那里与某人见面，或许那个人就是凶手。那家伙从没上锁的右侧台进入后台。我昨天说过，佐川看见的女生就是凶手，这一点被否定了。或许这个女生也是从右侧台出去的。然后，凶手锁上了门。"

"啊？啊？"

柚乃还没弄明白他在说什么，里染就已经站起身来，嘴里像个老头似的哎哟一声。

"走啦！"

"……走哪儿去？"

"首先去趟话剧团。哦，不过我得先穿上校服，要不就糟了。"

里染刚起床，还穿着T恤和短裤。他满不在乎地当着两个女生的面就换了衣服。就算阻拦他也拦不住——柚乃这么想着，扭过头去不看。

"去话剧团干什么？"

"调查他们的不在场证明。虽然很麻烦。"

"不在场证明……"

终于有点侦探范儿了。

"调查不在场证明呀。太有趣太有趣！啊——让我热血沸腾！"

看来香织这次打算跟着去。她双手紧握自己掏钱买来的笔记本，满面笑容地抖擞精神。

话剧团活动室位于文化部活动室大楼的一层。也就是说，距离里染的主要根据地近在咫尺。准确地说，就是隔壁第三个房间。

听见敲门声，团长梶原打开了门。他大概以为来的是刑警，眼睛瞪得大大的。

"哦，是你呀里染。你今天又是怎么了？还当侦探？"

"我在打工，可以挣五万日元的零工。"

里染冷淡地回答，走进活动室。柚乃和香织跟着他进屋，点头哈腰地行礼说："打扰了。"把里染的那一份也替他说了。

这个房间就是个缺乏统一感的奇异空间。

靠墙摆着一排用作戏剧背景的大布景，围在中间的，是种类丰富的道具，这边是西式衣柜、餐桌、安乐椅，紧挨着的却又是榻榻米、屏风、躺在地上的两扇拉门。以废品为基础改造而成的、充满科幻气息的测量仪器。三张办公桌加转椅。窗户外的阳台上，放着把这些东西搬运到舞台去的推车。推车旁边的晾衣竿上，晒着在昨天的大雨中派上大用场的蓝色塑料布。

服装数量也相当多，如果活动经费不足，估计出租衣服都能挣钱。话剧团团员似乎已经融入了这样的环境，装扮也很奇特。

梶原穿着极为普通的衬衫，问题在于其他三个人。像个潜水员一样穿着紧身衣的三条爱美。志贺穿着宽袖和服，头上套着娃娃头假发套，而松江椿则穿着带花边的朱红色裙子。

"哎呀哎呀，小梶，爱美，早啊！还有志贺同学和松江，你们好！"

人脉极广的报社社长没有被这种气氛震住，和团员们挨个打了招呼。从四个人增加到七个人，房间里显得更拥挤了。

"今天向坂同学也来了？"

"嗯，我担任优秀的记录员。"

"'优秀'这个词是多余的。而且我又没请你做记录。"

里染态度恶劣地看了一眼给大家展示笔记本的香织，说道：

"要说起来，你们的打扮也真是够奇葩的。这是什么 Cosplay？"

"我们不是在 Cosplay，是在配戏服。我们排的戏是《今天也从天而降》，爆笑喜剧，故事讲的是魔王、未来人和座敷童子空降到一个卖不掉书的推理小说家家里……"

"我有其他几个问题要问你。"

里染打断他的话，开门见山地说：

"首先，两天以前，你们全体成员在老体育馆排戏。然后，你们去了后台的广播室，欣赏了师哥师姐的公演录像。没错吧？"

"嗯，嗯，没错。我昨天也说过了呀。大家说对吧？"

听团长这么说，身着奇装异服的团员们一起点头。

"你们只看了昨天你取出来的那一盘录像带？"

"对。"

"好，干得漂亮！"

真不明白到底是哪个部分答得好，总之里染看上去十分满意。

"好，下一个问题。关于二十小时之前，下课后，首先是梶原和叫松江椿的家伙三点零三分来到这里，松江是谁来着？"

"……是我。"

身着裙装的椿举手回答。她平常冷冰冰的面容，显得略微有些扭曲，像是对里染突如其来的到访感到疑惑。

"你是偶然碰上梶原才一起来的吗？"

"对。我总是大约这个时间来，昨天碰巧团长来得早，在一楼走廊碰上后就一起来了。"

"然后，在其他团员到达之前，你们一直在这里？"

"对。"

"好。你们俩暂且排除在外。"

"排除在外？"

梶原重复道。

"里染，你该不会是在调查我们的不在场证明吧？"

"没准就是呢。"

里染点头承认，就像是想说："那又怎么样？"

"啊？"响起一片嘘声。

"你饶了我们吧，这个不是我们干的！"

"我也这么期盼。好，下一个是志贺庆介。"

他带着胜过仙堂的冷酷——不，或许他只是觉得一个个地安抚情绪太麻烦——继续问道。被点到名的雀斑男孩志贺庆介："哦，在！"

"听说你是三点零五分左右来到活动室的。"

"对。"

"不会有错的。"梶原插嘴道。

"但是，从教室直接到这里来应该花不了五分钟。你还做什么其他事了？"

"也没做什么……在教室里和朋友说了会儿话。"

"和朋友说话。"

"大概两三个人吧。"

"知道了，没什么要问你的了。"

里染干脆地下了结论。柚乃此时也开始逐渐明白他提问的意图。

不在场证明调查——朝岛友树被杀害，是在三点零三分到三点十五分之间。里染是在寻找这一时间段内无法证明自己不在现场的人。

梶原和松江椿三点零三分进入活动室，所以他们被排除在外。三点零五分到达的志贺，有两分钟时间可以用来杀害朝岛，但是两分钟不够他杀人并从老体育馆来到这里，而且他还在教室里和几个人交谈过，所以也被排除在外。

　　"那么，下一个是三条爱美……你。"

　　里染的矛头对准了留在最后的副团长。

　　"你到达活动室，是在三点十分。没错吧？"

　　"……是的。"

　　胆怯的爱美用手把弄着长发的发梢，谨慎地回答。

　　"到活动室来之前，你在做什么？"

　　"我去了卫生间……"

　　"能证明这一点吗？"

　　"不行，证明不了……我也没跟人说话。"

　　"明白了。那么，梶原。"

　　"什么事？"

　　"十五分左右，你们拉着推车到了老体育馆。接着，三条先离开，去了舞台，你也跟着过去。没问题吧？"

　　"嗯。"

　　"你发现幕布降下来之后，从侧台朝运动队队员方向探出头，然后和佐川说话。"

　　"对……你知道得还挺清楚的！"

"是啊。那么，我要问大家一个极为重要的问题。"

里染分别看了一眼爱美和梶原，说道。

"你从侧台探出头，准确地说，是几秒钟？"

"嗯……"

这个问题要求很高的精确性。梶原为此再三纠结后说：

"大概十秒钟吧。"

"这样啊。在此期间，三条在你身边，高一两名同学在左侧台的入口，对吧？"

"……嗯。"

"好，提问结束。谢谢！"

和开始的时候一样，提问结束也来得这么突然。里染转过身，柚乃和自始至终一直在做记录的香织也慌忙跟上他。

就在里染就要离开房间的时候，仿如悬在半空中一样的三条爱美叫住了他："你等等！"她一直在搅弄发梢的手指上还缠着扯断的细长发丝。

"我说里染同学……难道，我成了嫌疑犯？"

"你岂止是嫌疑犯！"

里染像刚才一样绕弯子：

"说不定，你就是真凶呢！"

他直爽地回答。一副看不出到底是在开玩笑还是在说真话的表情。

他斜睨一眼僵立在舞台道具中的话剧团团员们，关上了房门。

3　学生会的干部们

"不不不不不不，这怎么可能呢？"

香织一边从活动室大楼向教学楼走，一边拼命摇头，一副要把眼镜也甩飞的架势。

"小爱美是真凶？不可能不可能。小爱美是自然纯真的乐天派，杀不了人的！"

"经常有人假装自然纯真其实内心一片阴暗。例如《龙与虎》里的川岛亚美之流。"

"嗯。不过呀……"

"三条同学真的是凶手？"

柚乃问道。

"还没确定，不过暂时可以放在第一位考虑。当然还有出现其他情况的可能性。"

里染的回答出人意料的慎重。

"可是，为什么要怀疑三条同学呢？"

"因为，能够创造密室条件的，目前只有她一个。"

"……Mishi？"

柚乃重复着这个词。她转过头看看香织，发现她也一脸懵懂。

按照他刚才的说法，简直就像是——简直就像是密室之谜已经被解开了。

里染并不打算做进一步说明，兀自走进了教学楼的出入口。柚乃二人也换鞋进了教学楼。看来他是来此调查刚才提到的"其他情况"的。但是，她们还不清楚目的地究竟是哪儿。

"我们到底要去哪儿？"

"去和我最不相干的地方。"

"……？"

"哦，我知道了。"

举手作答的是和他长期来往的香织。

"是去学生会办公室咯？"

"我还以为是刑警呢，原来是你呀。"

学生会主席正木章宏为到访者拉过椅子，请他们坐下。

"里染同学，现在是所有人在活动室等候的时间。你到处乱走，会不会被刑警逮捕呢？"

"真是不凑巧，我既没有参加兴趣小组活动，也没有加入学生会。"

"放学就回家的人集中在大会议室了。你没参加大会？你这家伙真是无可救药！"

和他的语气相反，正木显得神清气爽，看上去很享受目前的状况。坐在他身边的副主席八桥千鹤，像昨天那样与柚乃相视而笑。

学生会办公室收拾得干净整洁。书架上一目了然地排列着汇总文件的夹子。写了一半的文件分门别类地收在桌角的三色盒子里。笔插在笔筒里，回形针放在盒子里。地面上一尘不染。因为此前净待在里染房间、话剧团活动室这种多少有些前卫的地方，所以柚乃面对这种差异不觉幸福感油然而生。

尽管他们是不速之客，但是三个热气腾腾的纸杯还是摆在了他们面前。为他们泡茶的，是昨天紧随千鹤，却被她赶回去的学生会秘书日比谷雪子。雪子也是柚乃的同班同学。

"是侦探先生吧？原来我们学校也有侦探呀。啊呀，太让人向往了。"

雪子摇晃着她的波波头，十分高兴。这些好事的人齐聚一堂，真让人怀疑风之丘高中的学生会是否靠谱。

"说吧，你们有什么事？"

唯一看来身心都还健康靠谱的男生、负责财务的椎名亮太郎问道。和尚头、说是高一学生都没人相信的高个子，再加上毫不松懈的姿态，让人以为他是穿越时空而来的少年兵。

里染在集中了全校高手的这个地方，也一点都没露怯。

"我来调查你们所有人的不在场证明。"

"我们所有人?"

正木反问道。

"你怀疑当时身在现场附近的我也就罢了,为什么要调查学生会所有的人呢?这就有些奇怪了,为什么要这样做?"

"不知道。"

一语中的的疑问被不可理喻的里染一拳击飞。学生会主席耸耸肩,对身旁的副主席说:

"要我们的不在场证明……怎么办?"

"这有什么关系呢?挺好玩的。里染同学,很快就会结束对吧?"

"我希望是这样。"

瞌睡的侦探懒洋洋地从椅子上站起来。

"那么首先从正木开始。你是高二(4)班的,所以提前放学了。但是昨天你没有去学生会办公室,而是去了学生会备用品办公室写文件。当时是两点五十五分左右。没错吧?"

"对呀,你了解得真清楚。你是怎么查到的?"

"不知道。在那之后,大约三点十五分听到了尖叫声。然后,你朝体育馆里一看,发现朝岛被杀害了。"

"是这样。你全背下来了?"

"不知道。"

里染永远都会粗鲁地岔开话题。一句"不知道"逐渐成为了使用方便的随声附和。

"总结起来，就是你有足足二十分钟时间不具备不在场证明。"

"可是，三点十分左右我们打过电话。"

千鹤说道。

"在谋杀现场能够打电话吗？"

"想打也可以打呀。有部电视剧里，一个男人还一边打手机一边杀人呢。"

正木依然保持神清气爽的笑容，主动切断了自己的生命线。

"总之，我觉得我的不在场证明是无法成立的。我花了二十分钟做好了开会要用的资料，但是这也可以事先做完，当作伪装。从这边看过去，站在体育馆前面的针宫同学做了什么一目了然，但是她完全没有注意到我。"

"你心里清楚得很嘛。"

里染也嘴角微弯，虽然这个表情与神清气爽相距甚远。正木答道："承蒙夸奖。"

"不过嘛，你大可放心！有几个原因，相当程度上淡化了你是真凶的可能性。虽然达不到纯白的效果，但也算是朦胧樱花粉吧。"

"你没喝醉吧？这么打比方。一般都会用灰色来形容吧？"

"哈哈哈哈"——考试排名全年级第一和第二的两名学生融洽地齐声大笑，像是要驱散这种气氛。

接着，里染的视线移向年级排名第三的学生会副主席：

"然后是你。嗯，你叫……"

"我是千鹤呀。高二（3）班的八桥千鹤。"

"哦，想起来了。八桥，你三点零三分到十五分之间在哪儿？"

"我三点钟下课后走出教室……是几点到这里的呢？"

千鹤把手指头凑近唇边，略作思考后答道：

"哦，对，对。差一点十分。一进门就正好接到主席打来的电话。没错吧？"

她向雪子确认道。她也连忙点头肯定。

"十分啊。下课后，在来这里之前，你做了什么？"

"我在食堂里用自动售货机买了饮料。"

"能证明吗？"

"我没有遇见任何人，所以证明不了。"

"嗯——"

"……我也可疑？"

"是可疑呀，可疑程度是正木的两倍。"

"里、里染，你怎么这么说呀……"

柚乃终于忍不住发声责备她。千鹤可是创造了营救佐川队长机会的人，却被里染看作嫌疑犯，她本人一定也很吃惊。

她正这么想着，忽然听见千鹤呵呵地笑着说：

"双倍。那我的嫌疑程度就是惊人的粉啰。"

她太从容不迫啦！——难道是因为，她对自己不是真凶这件事一清二楚？

"接下来就是那边的两位了……小个子的叫什么来着？"

"是日比谷雪子呀。"

目瞪口呆的香织对他耳语道。

"原来如此。日比谷，你昨天放学后在什么地方做了什么？按照刚才的说法，副主席来的时候，你已经在这个房间了？"

"是的。我三点零三四分的时候来的。然后就一直在这里。"

小个子日比谷雪子用悠然自得的眼神看着里染的眼睛答道。

"大概到七分为止，我都和顾问樋口老师在一起，可以证明。"

"那就好。你被排除了嫌疑。那么最后一个是你，特攻队的。"

"我可不是什么特攻队的，我是会计椎名亮太郎。"

极为冷静地捧哏的特攻队，即少年兵，即椎名。

"椎名？学生会会计椎名？真是可惜啦。为什么名字会是亮太郎呢？"

"你问我为什么？爸妈给起的呗。"

"算了，言归正传。你昨天下午放学后干什么了？"

"昨天放学后我立刻去了图书室。还完书，想找些新的借，但是最后没有借，就来了学生会办公室，日比谷同学和副主席已经来了。"

椎名的表情也好姿态也好都没有一点变化，语气平淡地说道：

"我来了没一会儿，就听见全校广播里说，老体育馆出事了。我原本想按照要求回家，但是因为正木师哥没来办公室，我很担心，所以我们三个人就一直在这里等着，直到了解了情况。"

"那你是什么时候进入这个房间的？"

"三点二十分左右吧。不过，我在图书室里没有遇到其他人，无法证明。图书委员也在书库里，所以我把要还的书放进了归还箱里。"

"哦……"

里染沉默不语。

学生会干部，四人。有不在场证明的一人，没有的三人。

而且所有人都对自己所处的状况有着正确且客观的认识。

"原来如此。"

里染拿起纸杯喝了口绿茶，眼睛却还盯着自己面前这四个人，然后说：

"你们真不好对付！"

"谢谢夸奖！"

主席露出没有丝毫动摇的爽快表情。

4 续·侦查广播室

离开学生会办公室之后,里染伸出一只手来不断挠刘海。

"我怎么觉得你很烦躁呀?"

"没有啊。不过学生会这帮家伙让人恼火。他们居然都摆出一副与己无关的样子来,让人很焦躁。"

"这不就是很烦躁吗?"

"我是说我很焦躁。"

不明白两者有什么不同。

"尤其是正木和八桥很可疑。我原以为这起案子是单独作案,但是他们俩要在一起的话,协同作案也是有可能的。"

"嗯,这两人关系挺不错的呢。自从在大选中争夺主席之位以来,名字总是一起出现。这叫什么来着?对,昨天的敌人是今天的朋友……"

"那不对,不能因为关系好就成共犯了吧?"

柚乃责怪香织道。她依然认为,怀疑副主席是本末倒置。因为她恰恰就是推荐里染查案的人。

"那可不好说,例如正木打来的电话。说不定,正木并没有说话,而是八桥适当地说几句,假装应答而已。"

"又来了又来了……最可疑的难道不是三条同学吗?"

里染立刻点头说："对呀，没错。"

"实际上，很难认定正木是真凶啊。凶手为了伪装现场，故意把雨伞留在了卫生间。因为雨伞是男士的，所以真凶很有可能是女性。因此我认为八桥可疑。不过我觉得这家伙没有办法在体育馆创造密室。"

"那就不会是他俩啦。为什么你要怀疑他们呢？"

"他们无懈可击的态度让我看不顺眼，想要泄愤呗。"

"你是小学生吗？"

"我们接下来该怎么办？"

香织合上她又重看了一遍的笔记本，问里染。

对啊，这还没结束呢，还要继续调查不在场证明……要调查到什么时候呀？如果按房间逐个排查，那得干到天黑呢。

"难道你打算像这样逛完所有兴趣小组活动室？"

听柚乃这么问，里染摇摇头说：

"这怎么可能？接下来就是最后一个了。"

"嗯？接下来就是最后一个了？全逛完我都没意见。只逛三个是不是有点马虎啊……"

"这样就可以了。"

里染不耐烦地下了结论。行吧，他说可以就可以吧。

"那我们到底要去哪儿？"

"已经看见了。就在那儿……哎呀？"

正在指示前进方向的里染忽然愣住了。

那边挂着的是"广播室"的牌子。原来如此，要去的是朝岛友树的老家，广播站的活动地点。确实有必要对这里进行调查。

但是，让里染愣住的原因并不在此。

眼下，有两个男人从走廊相反方向的拐角转出来，比他们早一步到达广播室，正要进去。其中一个男人朝这边看过来，注意到了柚乃等人。

和昨天一样，悲痛的喊声再次响起：

"柚、柚乃！你……这次又在干什么？"

"刑警先生您好！一日不见啦！您一切安好？"

"没有比这更糟糕的了！都怪你！"

和里染的悠然自得恰好相反，警部已经极为接近临界点。

"我应该说过，要你们全体同学都在活动室里等着吧？为什么在外面乱逛？"

"等着？哦，原来是这样呀，我忘了。不过，我们在案发时的不在场证明已经很清楚了，如果有什么信息需要向刑警先生汇报，昨天也已经全说了。也就是说，你们已经没必要找我们问话了。所以，我们在外面逛也不会有问题嘛。"

"不是这回事。我说了全体那就是全体。"

"您真是官僚作风！"

"你给我闭嘴！"

仙堂瞪着里染。柚乃注意到，他手里拿着她见过的那把黑色雨伞。

"那把雨伞……"

"啊？哦，我们想找找雨伞的主人。"

"我认为雨伞的主人是不会现身的，因为这是凶手放的东西。昨天我说过吧？"

"所以我们要进行确认。"

仙堂咬牙切齿地说完，然后转身问柚乃：

"可是，袴田的妹妹又是在这里搞什么呢……而且，我听说你昨天还给负责看守的警察惹了一身麻烦……"

"我是高二（1）班的向坂香织，报社社长。"

香织和见到柚乃时一样，笑容可掬地递过一张名片。里染也好，香织也好，难道都不怵警察？

"哦，顺便说一声，她是可以证明我昨晚不在案发现场的人。"

"是的是的，我能证明。昨天从下课到三点十五分左右，我们在教室里讨论波特姆斯①的装甲骑兵进行万向轮履带滑行时使用的 turnpick。天马说那是一种革新，而我的意见呢，可能又是因为我们价值观不一样吧……"

"不用说了。"

---

① 东京电视台于 1983 年制作的动画片《装甲骑兵波特姆斯》（*Aemored Trooper Votoms*）。

仙堂打断了她，也没有接过她的名片。

"总之，请你们三个人都回到该回的地方老老实实待着。如果你们现在立刻就走，我就放过你们。"

"这可不行啊。我们接下来需要调查广播站成员的不在场证明呢。"

"嗬，真是巧得很呐。我们也是。"

警部嘴上装糊涂，额上却早已青筋暴突。

"既然这样，我们就一起去吧。如何？"

"刑警先生的建议真有建设性。那我们就恭敬不如从命了。"

"你开什么玩笑！"

怒火终于超越了临界点。站在警部身后的哥哥也不由吓得一抖。

"叫你们回去你们就给我回去！这是命令！"

可惜，他们不会老老实实听话，否则就不用这么费劲了。里染瞟一眼广播站的门说：

"从这里离开之后，我会很乐意回去，但是在这之前我不能走。我们无论如何也要向广播站的各位了解情况，这里的调查与破案密切相关哦！"

"这是当然。这是被害人参加的兴趣小组活动嘛。但是，调查是我们的工作。"

"也是我可以挣五万日元的工作。"

"这与我无关！"

"这样啊，真遗憾呀。如果在广播站了解了情况，嫌疑人的范围至少可以缩小到五人左右。"

"……什么？"

仙堂对此很感兴趣，但同时他好像也对不得不表示出对此感兴趣的自己很生气，嘴唇拧巴得不能再拧巴了。

"胡说八道。"

"这是事实。"

"……但是，这不对。有嫌疑的不仅仅是昨天的相关人员。你或许还不知道昨天夜里晚些时候的新发现。"

"如果你指的是朝岛同学笔记本里的有趣记载，那我知道。"

"你怎么会知道？"

仙堂惊声尖叫，哥哥也大吃一惊。柚乃似乎已经感觉到哥哥正在用眼神责备她说："你都干了些什么？"于是，她赶紧若无其事地把目光移向别处，生怕哥哥来追究责任。

"哎，我怎么会知道这件事是个无关紧要的问题。刑警先生，你听好了，以这一记载作为依据，才可以把有嫌疑的人缩小到个位数呢。而且不必像你们这样一个不漏地问，只要听取部分证词就行。"

"可，可是……这又是为什么呢？"

"要在这儿——说明，那可真是得等到天黑了。所以，要让我和刑警们的搜查方式都充分发挥作用，最好是我们同时进入广播站。"

面对里染的花言巧语，警部似乎有些动摇。

但是，他坚定了自己的意志，微弯的嘴角又扯成了一字形：

"不行，本来就没有证据能说明你永远都对。对了，你昨天不是让我们调查朝岛的 DVD 吗？你说应该有一张 DVD 被偷走了。但是搜查人员对照记录本全部确认了一遍，并未发现不足，真遗憾呐。"

"原来如此，这可是个好消息。"

"好……啊？你说什么？"

"好消息呀！被盗的 DVD 没有记录，也就是说，这是一件不想留有记录的东西。然后，他计划暗中和某个人秘密地见面。秘密的光盘和秘密的会面。您瞧，这不就联系起来了吗？"

"……"

看来仙堂完全没有预料到这一点，片刻间瞠目结舌。

"不，不对……还不能确定 DVD 被盗……"

"是被偷走啦。几乎是百分之百。证据嘛，搜查完广播室后我告诉你。行了，我们可以赶紧进去了吧？"

"等、等等！"

仙堂死死拦住想要敲门的里染，束手无策地低声向部下求助道：

"怎么办?"

突然掌握选择权的哥哥好像有些犹豫。但是,当他和再次抬起头来的柚乃四目相对后,他放弃了抵抗,叹了口气说:

"行吧,他们也不会像昨天那样把现场搞得乱七八糟,只是跟着我们一起去搜查而已,来就来吧。而且,即使我们把这帮孩子赶走,他们也还会回来,再乱来一气,绝对!"

"……确实如此。要是这样,还不如让他们跟我们一起呢。"

经过一番争执,仙堂终于妥协了,虽然这并不是积极的妥协方式。

他用下巴催促柚乃等人道:"跟着来吧。"

"不过,别干多余的事!"

"我不干多余的事,我从来都只做有意义的事情。"

里染又给了一个不像回答的回答,对刑警露出了微笑。

教学楼的广播室,就是老体育馆的翻版,只不过大了一倍。

墙边满是机器、机器,还有机器。地板上盘踞着各种颜色的连接线,桌上是堆成山的耳机。不过,因为这间广播室每天都在用,所以比老体育馆那边收拾得整齐。房间靠里的地方有一个屏风,里面大概是间工作室,能够看到专用大型摄像机和长柄麦克风。架子上摆着一溜儿录像带、DVD,以及白天做广播时播放的CD。还有几台笔记本电脑,这一部分和里染房间里的景象相同。

四个学生坐在钢架椅上，围在桌子旁。两名女生，两名男生。

所有人的表情都很阴郁。

"你们是广播站的各位吧？"

进入房间后，仙堂出示了自己的警徽。

"我是县警察局搜查一科的仙堂，这是我的下属袴田。另外，还有几个跟班……不过，你们不要介意。"

"向坂？你来干吗？"

一个戴眼镜、头发翘翘的女孩一见香织就叫了起来。

"哟呵，千夏！"

"你们认识？"

"对。她是高二（4）班的莳田千夏。是我的眼镜好朋友。"

"哦，你好……我是莳田。"

她向仙堂等人做了自我介绍，方式和香织没什么两样。

"你在这干什么？难道是报社采访？"

"不是不是，我是天马的随从。"

"天马……哦，里染同学。"

千夏这才注意到躲在刑警身后，紧靠墙边的里染。

"这么说来，那条传闻是真的……"

"传闻？"

"哦，没什么。"

她慌慌张张地搪塞眉头紧皱的仙堂。柚乃多少明白了她的意思。

　　千夏是高二（4）班的，和佐川队长同一个年级，队长或许把请里染破案的事告诉了几个关系好的同学。

　　"……行吧，没关系。请其他人也说说姓名吧。"

　　仙堂生怕里染继续吸引大家的注意力，赶紧展开话题。

　　听了这话，另一名女孩从椅子上起身。柚乃很熟悉她，她也参加了昨天观看的学校宣传片 VTR 的演出，是一名用深蓝色发圈将头发拢起，露出额头的少女。

　　"我是副站长森永悠子，高三（1）班的。"

　　她用播音员一样的清晰嗓音说道，和宣传片里看到的一样。

　　"你读高三啊，朝岛同学也是高三呢。你们还不打算退出这个兴趣小组？"

　　"是的，按站长的意思，我们要努力到放暑假……"

　　现在，这位站长已经不在了。

　　气氛沉重了起来。这回轮到仙堂发慌了。

　　"原来是这样呀，谢谢。那么下一个，你，叫什么名字？"

　　"我吗？我是高二（2）班的津田沼宽二。"

　　坐在森永悠子旁边高个子的男孩说。津田沼这个名字有印象，好像是话剧团的梶原提过。

　　"……高一（6）班巢鸭康平。"

就这样，最后一个广播站成员做完了自我介绍。他头发长，眉眼细长，看上去略显阴郁。虽然是高一的，可是柚乃并不认识。

了解完姓名之后，仙堂从西装兜里取出一叠用订书钉订在一起的纸。他的目光在纸上停留片刻，然后问森永悠子说：

"按照成员名单来看，除了朝岛同学之外，还有一个人没来。高二（3）班的秋月美保，她在哪儿？"

"哦，听说她感冒了，今天请了假。昨天的兴趣小组活动她也没有来。"

"她从昨天开始就不舒服吗？"

"不是，她昨天没请假就没参加兴趣小组活动，发邮件询问她也没有答复。不过，今天通过3班班主任了解到，她感冒了。所以我想，她可能昨天就已经感觉不舒服了。"

"原来如此。既然这样也就没办法了。"

警部虽然这样说，眼里却放射出严厉的光芒。没准他打算结束学校调查后，去这位成员家突击呢。

然后，他把名单放回衣兜，正式开始问话。

"大家都知道昨天的案子吧？你们的站长被人杀害了。"

"知道。"

"朝岛同学在班级和家里都不是问题少年，他在兴趣小组活动中表现怎样呢？"

"在我们广播站也没什么问题。朝岛是个好站长，负责任、性格温和，摄影技术也达到了专业水平……大家都很喜欢他。"

森永悠子答道。其他成员也表示赞同。

仙堂说了声"原来如此啊"，看上去接受了大家的观点，其实，即使有问题，当事人也不会爽快地承认。或许他在其他兴趣小组询问过广播站情况后，已经知道没有什么问题，现在只是进行再次确认而已。

"被杀害之前，他有没有什么可疑的行为？什么都行。"

"不知道……他很正常地组织兴趣小组活动。"

"昨天，朝岛同学去了老体育馆，你们不知道吗？"

"不知道，原本以为他会和平常一样的时间来，但是他总也没出现，我不知道是怎么回事，所以很担心。就在这时，老师们来了，让我们进行全校广播，通知大家老体育馆出了事……我们不知道朝岛被牵扯了进去，所以就直接回家了……"

"原来如此。那么，请告诉我，昨天放学之后，你们在什么地方，做了些什么？"

"是调查我们是否在场吗？"

当然，悠子的表情并不好看。

"我在大会上也说过，说到底只是谨慎起见地问一下。森永同学，你在哪儿？"

"昨天……下课后我立刻就到这里来了。我打算最后检查一遍朝岛拿来的学校宣传片。"

"立刻是指？"

"三点零三分左右。我在走廊里遇到了津田沼，和他一起进来的，所以他应该也记得。"

警部问津田沼情况是否属实，他回答说没错，两人后来就一直在广播室。和话剧团的梶原、椿组合形式相同。

"那么，其他成员来的时间你也知道吗？"

"嗯。巢鸭是三点十五分之后，十七分左右来的。蒋田更晚，大概是二十分。然后，老师们立刻就进来了。"

对答流利的悠子。柚乃这才发现，她们或许并不知道朝岛被杀害的确切时间。这或许也是警部的战略。

"巢鸭同学，你三点十五分之前在做什么？"

"下课后，我去了学校附近的商店，买了甜馅儿面包，因为我有点饿了。然后我回到学校，去了广播室。"

"你去了商店啊。叫什么名字？"

"叫'春日屋'，出了北门立刻就能找到。"

"学校食堂也能买到面包呀，为什么你要去外面买？"

"我喜欢的面包只有那家店才有卖。"

"那么大的雨，你还特地去买？"

"……是。"

巢鸭很肯定。脸上的表情似乎在说：这是事实，有什么办法呢？提问继续。巢鸭来到广播站活动室的时候，的确拿着面包，但是小票已经扔了。

仙堂结束了提问，说："回头我向店里确认。"但是，柚乃心想，"春日屋"是家个体户经营的商店，结账的奶奶似乎已经有几分糊涂了，恐怕难以证明。

"那么最后是蒔田同学，你是三点二十分到达的。你是高二（4）班的，所以应该提前下了课，那你在接近三十分钟的时间里在哪里？做了什么？"

"……我去了一趟保健室。"

"保健室，为什么？"

"我在生理期，肚子特别疼……想躺在床上休息会儿。"

千夏满脸通红地补充道。比起体贴的态度更看重工作的警部低头道了个歉。

"据昨天调查掌握的信息来看，那个时间段，保健老师在职员办公室。"

"是的，房间里一个人都没有，但是门没锁，所以我就吃了自己带的止疼片，然后休息了会儿。大概躺了二十分钟后，觉得舒服了些，就直接来活动室了。"

"那你很难证明自己不在案发现场了。"

"除我之外没有一个人来保健室，恐怕……"

"是吧。没关系，只是做个参考。"

言不由衷的仙堂身后，哥哥正在一字不落地做记录。看他运笔的方式，应该是记下了证词，然后把这一部分圈上了。

四个人当中，没有不在场证明的两人。而且，他们俩都覆盖了三点零三分到三点十五分之间的十二分钟。

"原来如此啊……"

接下来，仙堂一只手举起伞，一只手从衣兜里掏出领结，问道：

"这两件东西都是在老体育馆的后台发现的。你们有人对此有印象吗？"

他轮流给每一个人看并进行了确认，但是广播站成员都摇头否认。

"嗯。"

仙堂把领结放回衣兜，视线离开广播站成员们，瞥了一眼老老实实背靠墙壁的里染，来到了摆放 DVD 和录像带的架子前。

"朝岛同学好像很喜欢摄像呀。"

"是的，他毕竟是广播站站长嘛。"

"他总是随身带着照相机，看到什么拍什么。"

"是的。大家在外集训的时候，比起用眼睛直接看，他通过镜头观察的时间更长。他就是这种人。"

"你们听说过他因此而惹上麻烦吗？"

"……您是指什么？"

悠子脸上的阴云更加明显。

"是这样，有一条未经证实的信息显示，朝岛同学带的 DVD 有可能被人从案发现场拿走了……"

"DVD？是学校的介绍片吗？"

"不是，那个还在。我们认为应该是其他内容的……"

仙堂表达得越来越不清楚，他再次回头恶狠狠地盯着提供这模棱两可信息的里染。里染却装作跟自己毫无关系，摆弄着架子上的透明胶。

但是就在这时，津田沼忽然嘟哝道：

"没准是那个。"

"啊？津田沼，你知道些什么吗？"

"哦，去年不是也发生过吗？秋月同学的。"

"啊……"

副站长似乎也想起了什么。仙堂忙问：

"去年发生了什么事？"

"嗯，唉，是有点儿事……"

这事好像让人难以启齿，悠子含含糊糊地低下头。

但是，看来她还是敌不过眼前刑警施加的压力，很快就一点点地开口说道：

"去年九月份的时候……我们广播站的秋月被人欺负了。"

"被人欺负？"

"这算是欺负呢，还是恐吓呢……好像同年级的女生定期把她叫出去，拿走她的钱。"

仙堂"唉"地叹了口气。柚乃也是同样的心情。尽管这是一所相对较和平的高中，但是毕竟集中了近千名性格、思维方式各式各样的学生，发生这种情况是必然的。

"然后，有一天她实在是扛不下去了，就来找我们商量。一开始我们打算告诉老师或警察，但是朝岛说，这样的话，这种情况还会出现。成年人的应对措施只是暂时的，解决不了问题。他说话的口气，就像在什么地方见过这种事一样。"

"他说上初中的时候遇到过类似情况，所以很清楚。"

千夏补充道。

"很遗憾你没有依靠我们，不过没关系。然后，他采取了什么方法？和恐吓的人打了一架？"

"不是。朝岛在运动方面完全没有天赋，对付女生都不一定能赢。所以，他用了自己的武器。"

"摄像机？"

里染进入房间之后第一次低声地开口说话。

"对，摄像机。秋月被叫去的地方每次都一样，所以朝岛躲在隐蔽的地方，把恐吓的现场拍了下来。然后，他在第二天见了凶手，告诉她现场情况已经记录在 DVD 上，如果继续干这种事，就把影像交给警察……"

"是这样啊。如果收到这样的影像，我们确实也不能只采取暂时性的措施。搞不好他就会成为有前科的人，即使不这样，也躲不过停学的处分。"

"是的。对方好像也明白这一点，后来再也没有进行过恐吓。"

说完之后，森永悠子又低下头来，她好像因为泄密而感到难为情。这种难为情漂浮起来，被墙上的隔音材料吸收。

话说回来，朝岛的执行力的确很强。朝岛友树这个男孩，不仅认真，而且极富正义感，是个该出手时就出手的人，充分利用自己能够使用的武器。

但是——柚乃心想。

虽然朝岛拍下恐吓的现场，刻成 DVD，但是按照警部所说，房间里并没有找到可疑的影像。事情发生已经快一年了，是不是已经处理了呢？还是——

"恐吓的凶手，你们认识吧？"

仙堂告诫般地问。

虽说是恐吓的凶手，但是随随便便就把人的姓名说出来，还是有些于心不安，广播站成员们互相牵制似的沉默不语。但是，这只是一瞬间的事。

"……是我的同学，4 班的针宫。"

蒔田千夏开了口。

针宫。在老体育馆旁、一直在大雨中等待朋友的学生。衣着不整，头发染成金色的不良少女。

"哦，所以……"

哥哥说道，好像掌握了什么支撑的证据。

"哥哥，怎么了？"

"是这样，昨天问话的时候，针宫说起朝岛同学，就像是早就认识一样。我因此一直觉得有点奇怪。"

"实际上就是早就认识呢。在她看来，朝岛同学是个有来由的对手。"

双手交叉放在胸前的仙堂，说这话时，和怀疑佐川队长的时候一样，眼中充满了一种强大的力量，就像野兽捕获了猎物。

"谢谢。你们刚才提供的，是一条非常宝贵的信息，一定有助于我们逮捕凶手。"

"哦，谢谢……"

"那我们就告辞了，你们也可以回家了。我想，不说你们也知道，这里发生的事情请不要告诉任何人……"

"能稍等片刻吗？"

有人在背后叫住了警部。

是里染。他终于离开了墙壁，往前走了几步。指尖上还粘着扯下来的胶带。

"我们还有几个问题想问。"

"喂，叫你别干多余的事……"

"这是必须做的事。"

"……"

仙堂在他势在必得的气势下妥协了，或许是看在他一直乖乖待着的份上，许可的标准也降低了。

里染从左到右环视整个广播室，然后面带微笑地说：

"好房间啊。"

"……谢谢。"

悠子沮丧地回答。

"我房间里能有这些设备就好啦。不仅是硬件，软件也很齐全呀，不愧是广播站呀。下回我找你们借点东西吧。话说回来，电视机好像也是崭新的。听说是你们两个月前刚换的？"

"是的，因为以前那个已经破旧不堪了。"

"听说你们以前用的电视机和播放器都搬到老体育馆去了，对吧？"

"你了解得真清楚。"

"话剧团团长告诉我的。"

"哦，梶原同学说的呀。对了，还是话剧团的同学帮我们搬的呢。"

"这是因为话剧团经常使用广播室吗？"

"对呀。"

"想来也是啊。"

里染看上去很高兴，而广播站成员和刑警们却对这莫名其妙的问题感到困惑。

"还有其他团体经常使用老体育馆广播室吗？"

"嗯……我们和话剧团，还有学生会吧。"

"就这些？"

"嗯。合唱团和吹奏乐队等团体的演出总是用新体育馆。"

"老师呢？有老师经常使用那个广播室吗？"

"……我觉得，还是只有我们和学生会的顾问老师吧。"

"那么，其他人有可能用到老体育馆的广播室吗？"

"我觉得没这种可能性，因为门总是锁着。保管在教师办公室的钥匙，应该也只会借给话剧团、学生会和我们。"

问什么答什么的副站长。里染每得到一个答案，都高兴地点头。

"说到钥匙，朝岛同学有三把广播室的钥匙吧？这里的、老体育馆的，还有新体育馆的。"

"对，我们只配了这里的钥匙，但是站长三把钥匙都有。"

"也就是说，你们没有体育馆广播室的钥匙。真遗憾啊。"

"啊？为什么？"

"没什么。顺便问一下，你们知道朝岛同学是怎样随身携带钥匙的吗？"

"怎么带……我觉得他是把钥匙放在裤兜里的。"

"是放在右侧还是左侧？"

"这个我可就不知道了……"

"哦，这也很遗憾呀。不过没关系。那么，DVD 呢？他平常当然是放在包里了，但是野外摄影等情况下，把光盘带出去的时候，他会放在哪儿？"

"哦，这个我记得。他会放在屁股后面的裤兜里，右边的。对吧？"

悠子向同伴们确认，大家都有力地点点头，看来，屁股上的裤兜里露出光盘一角、勤于制作影像的站长形象，给他们留下了极为深刻的印象。

"他总是把光盘塞在那儿。我问过他会不会不舒服，他说已经习惯了，不愿意改。做了一半的 DVD，不会放在包里，反倒会固定放在裤兜里。"

"原来如此。顺便问一下，你们知道学校介绍片的 DVD 是什么样的光盘吗？比如表面的颜色。"

"不知道。那是站长一个人编辑，拷在光盘上的。本来昨天要给我们看……"

"结果没实现。原来如此原来如此。"

"……这些事和案子有关系吗？"

"当然有关系。比起刚才提到的恐吓，关系要密切多了，"里染微笑着点头致谢道，"非常感谢。"

因为对方是比自己年龄大的高三学生，所以态度比之前要殷勤。

"那么刑警先生，我们走吧。"

他催促着警部等人，仿佛一开始就是他在掌握主导权似的。虽然仙堂和袴田还有很多话想说，但是原本自己也打算离开，所以就按照他说的做了。柚乃她们也跟着来到走廊上。

广播站的成员们，被仙堂有的放矢的问题和里染意图不明的问题搅乱了心绪，有些恍惚。

"哦，对了对了。学校的介绍片 VTR，我昨天看了，做得非常棒，令人佩服。"

里染留下这句话，关上了门。

这个男人不会奉承人，这或许是他的真心话。

5　不停鸣叫的密室

"针宫理惠子和朝岛发生过冲突。"

离开房间后，仙堂概括了搜查结果。

"恐吓的现行犯，被录像抓了个正着。那盘 DVD 对她来说，是个决定生死的问题。"

"你是说，因此她把朝岛叫了出来？把他叫到体育馆，杀害了他，然后夺走DVD跑掉……"

"对，动机明确。这样就能敲定了。"

他左手握拳敲击在右手掌上，长长的走廊上响起啪的一声。

"可是，出入体育馆的行人好几次都看见了针宫理惠子，正木也从备品室看见了她。要说到她是否具备杀人的时间……"

"又不是一直有人在观察她。有个三分钟，就能从右侧出入口进入体育馆杀害朝岛并返回。"

"密室之谜又怎么解呢？"

"这一点我就不清楚了……"

袴田提到了最棘手的瓶颈，警部的兴奋劲儿有所减退。

"但是，她一定有重大嫌疑嘛。本来她站在那儿就是件怪事。"

"的确如此。既然朝岛的随身物品里没有找到恐吓现行犯的影像，那就只能认为是被人抢走了。"

结果又是里染说得对。不知道他是怎么进行的调查，但是他早就知道DVD被拿走了，是来进行确认的——

想到这里，袴田这才注意到了周遭的情况。

"里染同学他们呢……？"

"啊？"

仙堂也从思考的世界中回过味来，朝四周一看，发现里染等人已经消失无踪。

"搞什么呢？这帮人。明明说好离开广播室之后要谈一谈的……"

"喂，袴田，你身上粘着东西。"

"啊？"

他感觉仙堂的手触碰到了脊背。伴随着轻微的"噼啪"声，用透明胶粘在衣服上的东西被撕了下来。

是名叫向坂的报社记者的笔记本其中一页。

"什么时候粘上去的呀？"

"不知道……没注意。"

"嗯……这帮家伙可真是的！"

留个信息都像孩童搞恶作剧似的。读完之后，就连警部也不由得忍住怒火，苦笑起来。

纸上简短地写道：

"针宫同学不是凶手。请注意！陷得太深会生病的！"

"为什么说针宫不是凶手？有好几个原因。"

就在同一时间，早一步向文化部活动室大楼走去的里染，已经开始解释这条信息。不是面对两位刑警，而是面对柚乃和香织。

"第一，有好几个人看见她站在体育馆外面，联系起来的话，她的不在场证明近乎完美。"

正木看见过她，佐川队长看见过她，去教师办公室后返回的增村看见过她，柚乃和早苗看见过她，羽毛球队的男生看见过她，话剧团团员看见过她……确实，无法想象她还能去别的地方。

"但是，体育馆近在眼前，有个两三分钟是不是就有作案机会呢？"

香织反驳道。

"三分钟无法作案。至少需要五六分钟。"

"为什么？"

"太麻烦了，懒得告诉你。"

里染无比自我中心地回避了这个问题，接着说：

"原因二，她无法创造密室空间。另外还有一个决定性证据，不过就不说了吧。"

"不行，你得说说。"

"太麻烦了，懒得告诉你。"

他把这话又重复了一遍。

柚乃很沮丧。作为解谜之人，居然表示"太麻烦了，懒得解释"，这也太不着调了。至少应该说点更加知性的话吧，比如"数据还不充分""提示是……你自己想想"一类的。

他们到达了百人一首研究会门口。打开门锁，里染还没进屋，就当场伸了个大大的懒腰。

"累死我了，真不能一天跟这么多人说话。三个人就是最高限度啦。"

"又说这种奇怪的话……"

但是，里染说得对，确实感觉疲惫。尽管只去了三个兴趣小组，而且柚乃只是站在旁边看看，但是调查不在场证明还是让人在精神上产生了很强的疲劳感。

回到房间后，三个人各自找了个舒服地方坐下。香织从冰箱里取出瓶装大麦茶，倒在杯子里，大家感激地喝了。虽然味道极其普通，但是冰凉的感觉让嗓子复活了。

"最后，嫌疑犯是几个人呢？"

"嗯——"

里染专心致志咕嘟咕嘟地牛饮大麦茶，没有回应。香织替他翻开笔记本说：

"按今天调查的情况来看，没有不在场证明的是话剧团的爱美，学生会的正木同学和八桥同学、椎名同学、广播站的千夏、巢鸭同学……嗯，六个人吧。加上话剧团的志贺同学，一共七名。"

"不是还有一个人吗？"

里染终于把杯子从嘴边挪开，开口说道：

"那个叫秋月的广播站同学呀。昨天、今天，她都没有参加兴趣小组活动。"

"哦，是啊。这样一来就是八个人了。"

里染向警部夸下海口说能把嫌疑犯缩小到五个人，虽然没办到，但是范围也有了相当大的缩小。

——不过，前提是凶手真的就在今天调查的人当中。

"嗯。不过，美保跟这事应该没关系，她人超好。"

"香织，你认识秋月同学？"

"那当然了，同年级所有人我都能对上号。"

不愧是注定要搞情报工作的报社社长。

"美保呀，个子小小、老老实实的，是个人偶一样可爱的姑娘。"

"都成恐吓对象了，恐怕也只能是这种类型。"

"所以我说她杀不了人嘛。而且，朝岛同学可是美保的恩人呢。帮他还差不多，怎么可能杀害他呢？"

"我又没说秋月是凶手，我只是说她没有不在场证明。"

里染瞅一眼香织，低声补充道。

"凶手是三条爱美，几乎可以确定。"

"真的？"

"当真的吗？"

"真的当真的！"

在两个人的叫声中，他把杯子往短腿桌上一搁，倒头躺在床上的固定位置上。

"可是，可是你刚才说，这是暂定的哦，说不定还会有其他情况出现。"

"因为没有其他情况出现，所以就确定啦。"

"啊……"

"在广播站了解情况后，我就搞清楚了。符合所有条件的只有她一个人。虽然我不知道她和朝岛之间发生过什么矛盾。"

"关键因素是什么？还是密室？"

"是这样。"

这回可不是用一句"我嫌麻烦"就能躲得过去的，里染只好开始说明情况。

"按照学生手册上的备忘录，朝岛会事先打开右侧台的门，凶手可以从那里进入。虽然左侧台和舞台正面一直分别站着针宫和佐川等人，但是没有人看守右侧台。总之，只要在离开的时候把右侧台的门锁上，怎么都可以创造出后台的密室。"

"确实如此。"

"但是，钥匙被管着，用不成。既然这样，就只能从里面把门锁上了。如果门上有足够针、线穿过的空间，那另当别论。但是情况好像并非如此。你哥哥再蠢，调查一下也是能搞明白的。"

"……你能不说我哥哥坏话吗？"

"好，好。所以，只能从里面把门锁上，再进来一次。在朝岛被杀害后进入体育馆后台的……"

"只有话剧团。可是，即便这样，又凭什么能断定爱美是凶手呢?"

香织面露愠色。

"因为能够采取行动却不被人看见的只有三条一个人。听好了,首先,三条进入体育馆后,立刻离开了被阻挡在左侧台入口的其他三个人,去了侧台。这时有了第一个机会。接下来,虽然梶原来到了三条身边,但是他从侧台探出头和运动队的佐川说了两三句话。在此期间三条无人盯防,这是第二个机会。"

"啊……"

"当然,在这么短的时间内,横穿舞台,锁上右侧台门再返回,这种技术恐怕她没有。但是,就像刚才说的那样,这世上还有线这种可怕的原始的古老的方便的很万能的工具。提前把右侧台门把手绑上,拉到左侧台这边来,就可以在谁都看不见的情况下进行操作,把门锁上。然后扯动双线的其中一根,就能把线都收回来,再团成线球放在衣兜里,消灭证据。一间密室就是这样创造出来的。"

"……"

柚乃和香织都听得张口结舌。

无法破解的密室之谜,就这样轻而易举地解开了。

柚乃喝杯大麦茶,让头脑冷静下来,又独自思考了一遍。凶手可以从右侧台出入,右侧台的门只能从里面锁上。从里面锁门的机会,只有曾在后台单独行动的三条爱美……经他一说,这确实是极为易懂的逻辑。

"原、原来如此！不愧是里染同学！让我恍然大悟！"

香织作为记者的热情熊熊燃烧，把刚才对爱美庇护有加的温柔抛到了九霄云外，飞快地在笔记本上做记录。

凶手是三条爱美。

柚乃自己只和她说过两三次话。但是，按照香织的描述，她是个大大咧咧表里如一的人。柚乃喜欢这个师姐，就像喜欢佐川队长、朝岛友树一样。

她就是杀害朝岛友树的人！

"难以置信。"

"随便你怎么想，但是这是事实。"

里染和今天早晨一样，打着哈欠说道。

"总之，今天就此解散吧，明天七点半左右再集合，到体育馆实地验证一下，看看是不是真能搞出什么把戏来。香织负责准备线。如果实验成功，案子也就破了。"

"老体育馆不是还关着门吗？"

"喔唷，这样呀。那么袴田妹妹，你把哥哥带来吧。你就说凶手找到了，他一定会飞奔而来。"

"啊？好吧，我尽量试试。"

"拜托啦！好，就这样就这样。我也累了，再睡……一觉……"

最后几个字没听清，因为他立刻就开始打呼噜了。看来他真的筋疲力尽了。

房间的主人都躺下了，还能有什么办法呢？于是柚乃和香织也决定离开。

好像大部分学生还在等刑警问话，前庭里一个人也没有。今天没像昨天那样下雨，风吹拂着绿化带里的植物，让人心情舒畅。

她们穿过第一教学楼时，看了一眼出入口。鞋柜后面的告示栏里，依然张贴着期中考试成绩。

"里染成绩总是那么好吗？"

"不是一直那么厉害的。"

柚乃随口一问，却得到了一个意外的答案。

"他通常是前十名的尾巴。不过，他总是有所保留。所以，如果他上心，考个满分也很容易吧。这次考试我也没见他学习。"

"那这次他算上心啰？"

"这里面有些缘故吧。你知道教数学的冈引老师吗？"

"只知道名字。我听说他很严厉。"

"是的是的，他教我们数学Ⅱ。因为天马在课上打瞌睡打得太过分了，所以有一天老师忍无可忍，在课堂上大发雷霆，气势汹汹地说，如果天马考试拿不到满分，就不给他学分。"

"……所以他就拿了个满分？"

"不只是数学，所有科目都拿了满分，就像在故意惹老师生气一样。成绩出来后，他居然说：'这下我可以光明正大地睡觉了。'"

……没问这个问题就好了——柚乃很后悔。

"不过，他本人好像并不想考这么好。"

"你说得就像他不愿意似的……"

"他不喜欢惹人注意。"

"是因为谦虚吗？"

"他性格阴郁。而且，你看，如果引人注目，住在活动室的事不就露馅了吗？"

……还是不该问。

"为什么他要住在这种地方呀？"

"各种原因吧。"

和询问他本人时得到的回答一模一样。各种原因，到底是什么原因啊？

沿着正门坡道，一边往下走，柚乃一边回过头眺望活动室大楼。虽然建筑物本身已经看不见，但是最边上的房间里，那个打呼噜的没用家伙现在是什么模样，却轻而易举就能想象出来。

琢磨不透的男人。只知道睡觉，不做解释说明，爱好也很古怪搞笑，而且还住在活动室里。这件事交给他办真的靠谱吗？

"靠谱。"

就在她开始感到不安时，香织仿佛看透了她的心思，这么说道。

"天马虽然是个没用的家伙，但是他脑子聪明，大智若愚。"

"大智若愚，到底是好还是不好啊？"

"……不要在意细节，不要在意。总之，天马虽然这副模样，但是他说的话绝对没错，这一点很靠谱。我跟他来往十年了，我敢保证。"

被打小就认识、来往十年的人评价为没用的家伙，这事本身就有问题嘛。但是柚乃想起了昨天的事情：

"对啊，靠谱靠谱。"

看了一眼鞋子就把握所有情况的里染。从一把雨伞开始推理，巧妙证明队长清白的里染。

今天也是。那么轻巧就破解了密室的把戏。虽然三条爱美是凶手这一消息令人震惊，可这毕竟是值得充分信任的。

不管他有用没用，他的逻辑具有绝对价值。

"我杞人忧天了。"

柚乃说着，露出微笑。

在车站检票口和香织告别的时候，她担心的事情，已经切换到了如何去筹集十五万日元奖金这个问题上。

第二天。

上午八点三十分。

后台，左侧台。

柚乃、香织，还有被她们不由分说硬拉米开门的袴出优作注视着里染天马。在他们的目光中，里染绝望地嘟囔道：

"——不会吧？"

第四章　末尾明确所有线索

1　变来变去

"哎呀，哥哥，你脸色不好看嘛。"

一个小时之前的早晨七点三十分，风之丘高中的出入口。

里染一见被柚乃搜来的哥哥，便开口说道。

"我忧心忡忡啊。"

哥哥的脸色确实不好看。他好像在搜查总部工作到很晚，回到家已经是早晨了。他正打算洗个澡上床睡觉，就被柚乃好说歹说地拉到这里来了。

"搜查好像没什么进展吧？"

"是该说没有进展呢，还是该说进一步退两步呢……对了，你们真的解开密室之谜了？也真的知道凶手是谁了？"

"当然。"

里染深深地点点头。在那一时刻，他尚且胸有成竹。

"接下来我要做一个小实验，如果能够证明密室的诡计可行，那么问题就解决了。"

"我祝你证明成功。如果你搞错了，又会被仙堂警官臭骂一顿的。"

"这一点你尽管放心，恐怕实验定会马到成功！我们走吧。"

里染说完便第一个迈向走廊。

柚乃顺便看了看香织准备的线。风筝线、塑料线、麻绳加毛线，还有鱼线和铁丝，应有尽有。

"因为我不知道凶手用的是什么嘛，所以我在家居中心一样样地都买来了。"

"你想得真周到啊。"

"凑齐东西是我的特长。"

报社社长得意地抬抬眼镜。

半路上，他们去教师办公室借来了钥匙，到校的老师还很少。柚乃环视一番，看见增村老师恰好从通往打印室的门走出来。她想，既然增村老师也是相关人员，应该比较好说话，于是不失时机地向他借钥匙。

"你们要借体育馆的钥匙？这个嘛，还封锁着不让进呐……"

"您看，警察也同意我们进去了，求求您了。"

"嗯，既然是这样……"

借助哥哥力量闯过难关，这样就万事俱备了。

"我们抓紧点！我必须赶紧办完事回去睡觉。"

今天也依然睡眠不足的里染催促刑警道。

“你也没睡觉？”

“对。”

“嘿——看来高中生侦探也很辛苦呀。一个晚上都忙着推理了？”

“不是，昨天我在网上一心一意地看《禁书目录的 SS》，结果不知不觉就到了天亮。”

“啊？”

“哥哥，你别对他说的每一个字都抱有疑问，否则身体会受不了的。”

柚乃恰到好处地替他解围。

“哥哥，话说回来，你们昨天在找雨伞的主人吧？找到了吗？”

“……没有，我们向教职员工和包括请假同学在内的所有人进行了确认，但是没有找到。”

哥哥嘟哝道，好像困劲儿又上来了。

“既没有找到主人，也没有收集到有人使用这把雨伞的目击证词。”

“是啊，乍一看不过是把黑色雨伞而已。即使看见别人撑着，恐怕也不会有什么印象。给勤杂工看过了吗？他对忘在学校里的东西和遗失物品很清楚。”

“给她看了，她说没有印象。”

"如此看来，这把伞应该还是凶手放在那里的。"

"虽然不想承认，但是事实如此啊。"

在这种低血压的交谈中，他们急匆匆地穿过乒乓球队员熟悉的走廊。

"啊！"

经过学生会备品室的时候，门在柚乃等人眼前打开。

惹人怜爱的大和抚子与脸色红润的少年兵走了出来。那是八桥千鹤与椎名亮太郎。他们各自怀抱一个装满文件的瓦楞纸箱。

"早上好！你们来得真早啊。"

千鹤优雅地问候道。里染态度生硬地"哦"了一声，算是回应。

"你们去体育馆有事吗？"

"密室把戏的实地演习。"

"哟，真厉害呀。这么说距离破案不远了？"

"近在眼前。"

"你知道凶手是谁了？"

"知道。"

"那真是太好了。"

听说凶手——谁都能轻而易举地想象到，凶手就在学生当中——已经查到，椎名脸上的表情僵硬了起来，而千鹤则没有动摇的神情。那语气听上去，就像是她认定了里染肯定能够追查到凶手一样。

"八桥同学，你们是在做学生会的工作吗？"

柚乃问道。

"对。我们想整理一下东西，省得制作文件时费工夫。因为会扬起灰尘，所以想趁早晨的时间收拾。你看，要不然一下雨就不能开窗户了。"

"啊？今天要下雨？"

"是啊。天不是阴着吗？"

千鹤这么说着，朝备品室里面看了一眼。房间里摆放着和学生会办公室一样的漂亮桌子和文件架，但是其他东西基本上都是大小不一的桌椅、扫把、粗线手套，还有教材、备用的运动鞋、塑料伞，以及乱七八糟的大量瓦楞纸箱。透过里侧的窗户，可以看见体育馆和天空。

天空确实阴沉沉的。她今天一心只想着把哥哥拽来，没看天气预报。

"好像中午就有雨了，所以我们才提早进行大扫除。"

"特意赶这么个大早呀，真是辛苦了辛苦了！"

里染一副事不关己的样子说道。千鹤扑哧一笑，说：

"你的工作不辛苦吗？特地这么早奔赴体育馆来破解密室的诡计。"

话说到这儿，她停顿一下，湿润的瞳仁隔着备品室向老体育馆望去。

"……不过也真是挺有意思的呢，在那种地方搞密室杀人。"

"啊？"

柚乃被这脱俗的表达搞糊涂了，不由得反问道。

"如果要起个名字的话，'体育馆杀人'是不是很好呢？呵呵，就像开玩笑似的。"

副主席微笑着留下这句古怪的台词，催促椎名，将瓦楞纸箱朝第一教学楼的方向搬去。

里染的目光追随着她，替柚乃说出了心里话：

"这有什么可笑的。"

体育馆杀人。

多荒唐。

神奈川县立风之丘高中的老体育馆。给谋杀增光添彩的异常、疯狂、怪奇、猎奇，在这里，在这个叫做体育馆的地方找不到一丝踪影。也不存在布局、装饰等特殊的东西，不如说是简单到了极点。

在这样的地方即使发生了案件，也不可能构成神秘的"谋杀"。眼下，这起案子的秘密正在被彻底解开。

——原本应该是这样。

"——不会吧？"

里染再一次自语道。

进入体育馆后的五十分钟里，里染为了从左侧台把右侧台的门锁上，用尽了香织准备的所有线，尝试了能够想到的所有方法。

他把线绕圈套在锁把上拉拽；把线绕到讲桌后面，调整方向以便用上力量；还把线从幕布绽开的地方穿过，在操作幕布升降机时候带动门把手向上。

但是，所有的尝试都以失败告终。

从结论上来看，体育馆过于巨大。从右侧台的门到左侧台为止，隔着中间的舞台，共有十米以上。将线延伸这么长的距离，巧妙地拉拽转动门把手，这是件无论花费多长时间都无法办到的事。拉拽的力量不能很好地传递，再加上年头已久的锁把已经相当滞涩，如果不直接用手操作，连转动都很困难。

凶手是谁依然没有眉目。

谋杀案的舞台——体育馆，就这样冲着侦探露出了獠牙。

"该怎么形容才好呢……你可真行！"

哥哥环视百人一首研究会的房间，惊呆了。

"你真的住在这里？你的家人呢？学校允许你这么做？你先说说，这些海报是怎么回事啊？"

果然是亲兄妹，他和柚乃一样连珠炮似的问题一个接一个。

但是，房间的主人并不打算回答。他趴在床上不动，搞不清是醒着还是已经睡着了。

里染竟然漫不经心地让刑警进入了这个原本应该是最高机密的房间。单从这一点，就能看出他遭到的打击有多大。

主教学楼那边传来了铃声。这表示学校今天和往常一样，要开始上第一节课了。但是柚乃等人没去教室，依然待在里染房间。

"这是怎么一回事呢……"

香织一边为大家冲速溶咖啡，一边不解地说。

"我认为我们猜对了。你看，天马说得一点都没错呀。右侧台的门只能从里面锁上，能做到这一点的只有爱美。"

"可是实际上却做不到啊……"

"因此，爱美也是不可能创造密室的。可是，一旦这样，能做到的人就一个也没有了……嗯。"

"不行了。"

里染把脑袋埋在枕头里瓮声瓮气地说，好像已经醒了。

"不行，完全不行，我已经不行了，要死啦。"

"你……你说什么？你要坚持住啊！如果连脑瓜子都不行了，里染同学就真的变成没用的人啦！"

"啊，我真想死呀。真想让幼女集团轮番上阵扇嘴巴把我给扇死呀……"

柚乃和香织面面相觑。

令人悲叹的死法真是太多了，可是这一种真的是太"没用"了，他已经病入膏肓了。

"不过这种事也是常有的，不必那么沮丧嘛。"

"你能看出一个诡计，已经很了不起了。我和仙堂警官绞尽脑汁也没想出任何东西来呢。"

"可惜我想出的不是正确答案，搜查陷入困境，已经不行啦。"

"不是，所以我说……"

哥哥叹了口气道：

"我们的搜查也同样陷入了僵局。"

"对了，你说过，现在是进一步退两步的状态。"

"是啊……跟你们发两句牢骚吧。"

他筋疲力尽地摇晃着马克杯，慢慢说道：

"昨天，离开广播室之后，仙堂警官和我立刻去找了针宫同学，打算找她问清楚恐吓的事。"

"啊？天马不是忠告过你们吗？结果你们还是怀疑她呀。"

"那当然了，她有充分的动机嘛。而且，就算不怀疑她，也有必要确认证词呀。她是下课后直接回家的学生，所以我们就去大会议室以个人名义把她叫出来问了一下。然后，她承认自己曾经干过恐吓这事，也承认自己遭到了朝岛的阻拦。但是，她说自己绝对没有杀人。"

"你看，不是早就跟你说过嘛。"

"可是，香织同学，凶手一般都会否认自己的罪行……"

"当然，仙堂警官一开始怀疑她是说谎。但是，接下来又提到了那张有问题的DVD。仙堂警官目光锐利地问她，'在朝岛身边没有找到拍摄到恐吓场面的DVD，是不是你抢走藏起来了？'于是针宫同学说……"

"她当然没有承认，是吧？"

"她承认了。她痛快地点头说：'在我手里，放在我房间里了。'"

柚乃和香织都差点把嘴里的饮料喷出来：

"承、承认了？也就是说，那张DVD在针宫同学手里？"

"对。不过，她说，不是她抢来的，而是对方交给她的。我们了解了具体情况，原来是这么一回事。

"针宫理惠子在自己的恐吓行为受到朝岛同学阻拦之后，突然觉得自己干的事情很愚蠢。利用自己的才能保护师妹的朝岛同学，和威胁同班同学勒索钱财的自己，这么一想，她觉得很不好意思，就不愿意再干恐吓别人这种勾当了。总之，她改过自新了。

"然后，有一天，她把朝岛同学和秋月同学约出来，还了钱，把自己的想法也告诉了他们，说自己不对，再也不干这种事了。于是，第二天朝岛同学就把那张DVD带来交给了针宫同学，说——'既然你有诚意，我也让你看看我的诚意。这张DVD也没有再做其他备份，随便你怎么处理都行，扔了也可以。'"

"啊，就这样把好不容易拍到的东西交出去了？哇，他真是个正直的人啊……"

"太像假话，反过来就太不像假话了……"

"确实如此呢。仙堂警官也有些疑惑，不过派了搜查人员到她家一搜，还真找到那张DVD了。要单是这样，依然可以认为她抢来了DVD，却故意撒了谎。可是，找到DVD的地方是书架，上面已经布满了厚厚一层灰，一定至少有好几个月没有人动过了。"

"那么她说的果然是真话咯。"

"嗯。她改过自新看来是事实，没有把DVD扔掉就是证据。那孩子比她看起来要正直得多……虽说这样并不一定就保证她不是凶手，但是至少消除了动机。"

哥哥就像喝闷酒似的一口喝光了杯子里剩下的咖啡。

"那她在体育馆前面等朋友也是真话？"

柚乃忽然想到这一点，问道。

"准确地说并不是。她和一年级一个姓早乙女的男生开始了秘密交往，为了不被其他学生知道，所以在人少的体育馆碰头。"

"人少？其实来往的人很多呀，比如我们。"

"你看，她不参加社团活动，因此以为没什么人到老体育馆来。总之，我们向她的男朋友求证过了，他们确实约好了在那里见面。"

和男朋友的秘密约定。一旦搞清楚来龙去脉，就会发现，这的确是符合高中生风格的单纯理由。

"因此，针宫同学排除了嫌疑。没有不在场证明的学生还有很多，但是没有特别可疑的人。教师、办事员，除了灰色地带的增村老师，其他都有不在场证明，也没有继续出现新的目击者证词……搜查依然空如白纸一张。"

哥哥和上司昨天一整天的奋斗，看来都是白费工夫。难怪他唉声叹气。

哥哥说完，向仍然趴在床上的里染转过脸说：

"这个凶手不好对付呀，在学校体育馆这种地方杀了人，可是一旦逼近核心，却查不出任何线索。因此里染同学，你也不要垂头丧气，再动动脑子吧。至少关于密室，我和仙堂警官都束手无策了……"

"巢鸭的不在场证明呢？"

"啊？"

"巢鸭呀，就是说自己在学校后面的商店买了面包，结果晚来社团活动室的那个人。你们查了吗？"

"这个啊……"

哥哥虽然因为这突如其来的问题感到困惑，但依然把结果告诉了他。和柚乃预想的一样。

"'春日屋'的老板有点糊涂了，说自己记不清了。"

"是这样啊，谢谢。"

"巢鸭同学有问题吗？"

"不是，我只是想确认一下。"

"哦，对了……说到广播站，还有一个可疑的秋月同学嘛。"

"秋月同学？"

柚乃皱起了眉头。秋月美保确实没有参加社团活动，没有不在场证明，但是朝岛同学对她有大恩。如果针宫理惠子是动机第一名，那么作为受害者的她则应该站在另一个极端。

"在学校了解完情况后，我们去了她家。她感冒请假是真事，她母亲作证说，秋月昨天回家后就生病了。不过，她并不是不能说话，因此我们要求和她见面……但是她说自己什么都不知道，拒绝了。结果我们没见到她本人。我们通过门禁系统向她询问领结和雨伞的事，她也坚持说自己'不知道'。"

"哦？"

如果换做是自己，在社团的师哥被杀害的情况下，即使是感冒，即使是什么都不知道，也一定想要跟警察谈谈了解案情的。是因为香织嘴里"个子小小、老老实实"的性格导致她持这种态度，还是——

"啊，下雨了。"

香织忽然自言自语道。

一看窗户，上面确实挂着几粒水珠。很快，细密的雨丝开始流淌过眼前的风景，静静地传来沙沙的雨声。虽然不是昨天那种瓢泼大雨，但是这蒙蒙细雨看来还会下一阵才能放晴。

"怎么搞的嘛，比预报下得要早多了。"

"真让人为难呀，我又没带伞……哥哥，回家的时候我也搭你的车吧。"

"说什么傻话呢，我这就要回警署了，没带伞的话找谁借一把不就行了吗？"

"啊？这怎么好意思呢……"

"伞。"

兄妹俩的对话被里染冷不丁冒出来的这个词语打断了。

"伞……雨……"

"里染同学？你怎么了？"

"伞……雨……伞……"

"……里染同学？"

"哇啊啊啊啊啊啊啊啊！"

在尖叫声响起的同时，里染迅速把脑袋撤离枕头，蹦了起来。他两眼瞪得圆溜溜的，双眼皮撑到了极限。

"里、里染同学，你不要紧吧？"

"我是个傻瓜。"

"啊?"

"伞呀! 雨伞!"

"雨伞? 你说的雨伞, 莫非是留在男卫生间里的那把……"

哥哥话音未落, 他兜里就传来手机的震动声。他把手机取出来看了一眼, 好像是来电话了。

"哇, 是仙堂警官打来的, 我接一下。"

他慌慌张张打开门出去了。在此期间, 里染继续毫无条理地呻吟着:

"伞! 伞! 伞伞伞! 傻瓜呀我! 大傻瓜! 和南家二小姐一样傻! 和东大通的豆腐渣脑子有一拼。我搞错了! 镜花水月! 啊——天哪! 啊——天哪!"

"天、天马, 你冷静一点! 你怎么了呀?"

他一边挠着脑袋瓜一边在屋子里疯狂地乱转, 他的青梅竹马好容易才抓住肩膀把他拉住。里染依然气喘吁吁, 但是总算停止了叫喊。

"你发现什么了?"

"不是发现什么了, 而是注意到了一件了不得的事!"

"什、什么事?"

"等等! 我整理一下思路。"

里染摊开手掌朝香织面前一挡, 然后低下头, 又开始嘟嘟嚷嚷。

接着，过了片刻，他恍然大悟似的抬起头来，眼睛里再次流露出狂乱的神色。

他一步蹦到窗户边，不顾雨水溅进房间，打开窗户探出头去，然后用高八度的声音喊道：

"原、来、如、此！"

"这、这又是怎么一回事？"

"密室！"

"密室？"

"对啊。我怎么到现在才明白过来呀？这么简单的事！不行，等等还没有确定有几件事还需要去确认例如有两把雨伞不这太惹人注目应该不可能其他可能性也不能排除总之必须查一下……"

"香、香织同学——"

柚乃觉得自己无法控制局面，赶紧向香织求助。香织安抚着他，试图让他再次冷静下来。然而就在这时，哥哥兴奋地回到房间，让场面更加混乱。

"不、不得了啦，里染同学！"

"对啊，不得了啦哥哥！我们都有眼无珠，都需要戴眼镜啦！要戴上和姬宫安西一样的特大号眼镜！"

"啊？不，我不明白你是什么意思，总之你先听我说！"

袴田大声喊道，一点也没因为里染的喋喋不休而害怕。

"找到目击者了！他说，那天放学后，他看见秋月美保从老体育馆右侧的大门出来。"

2　早乙女的秘密报告

没有标志的警车刚一到达风之丘高中的前院，仙堂就从车里飞奔而出，冲向员工的专用出入口。驾驶座上的白户紧随其后赶来。

目击者的名字叫早乙女泰人，高一（1）班的。

仙堂对他印象很深。针宫理惠子所说的、最近刚开始交往的男生就叫这个名字。

昨天问话的时候，他回答说自己虽然在那里等人，但是不了解案子的情况……今天早晨大概是又想起什么了。据说早晨的班会刚刚结束，他就立刻跑到教员办公室，请老师把警察叫来。

——他看见秋月美保从老体育馆出来。

这是他在电话里提供的简明扼要的目击证词。

从了解的情况来看，秋月美保和朝岛之间并无矛盾。她感冒在家休息也是真的。但是，她从杀人现场离开，却没有说明情况和原因，这一点值得关注。这是案件开始侦查以来最高级别的关注点。

在警部脑中的搜查线上，秋月美保是继佐川奈绪和针宫理惠子之后，逐渐浮现出的一匹黑马。

职员领他们来到了两天前审讯佐川奈绪的升学就业指导室。这不是一个有着美好回忆的地方，一丝不祥的预感掠过他们心头。

打开门一看，里面已经有四个人了。面朝警部而坐的是他要见的早乙女泰人，不知为何还有针宫理惠子。背朝他坐的——

"袴田？"

"啊，仙堂警官，您辛苦了！"

"你怎么来这么早？我还以为，你从自己家里过来会迟到呢。"

"不是，我一大早就到学校来了，所以……"

"一大早？这又是为什么？"

他转眼一看坐在部下身边的人，立刻就明白了缘由。

"……怎么又是你？"

"早上好！刑警先生。"

深陷在沙发里，甚至还跷着二郎腿的里染，悠闲地举起一只手。

"让我猜猜您想说什么，是不是滚出去？"

"你既然知道还不赶快执行！"

"这可不行呀，还有最后一步就解决问题了。"

"……解决问题？案子的问题？"

"当然了。"

"听完他的话，真相就近在眼前了。"

"开玩笑！"

"真是出人意料。我又不是在大学食堂里一边往嘴里塞辣白菜一边嘟嘟囔囔的胆小好事之人！"

"啊？"

"那个，仙堂刑警，恕我直言。"

袴田态度谨慎地插嘴说：

"我觉得让他坐在这里，我们是不会吃亏的。他好像发现了什么重要线索。你看，昨天他也没错，对吧？他说针宫同学不是凶手，实际上的确如此。"

"但是……"

"我觉得没什么关系。"

白户在仙堂身后表示同意。

既然两个伙伴都当面这么说，仙堂只好妥协。因为这样争论下去也没有意义，因此他勉强点头说："好吧。"

"你随意，只不过和昨天一样，你不许说多余的话。"

"明白了。您请坐！"

里染故意恭敬地让了座。仙堂坐下后，一边和想要抽烟的强烈愿望做斗争，一边切换了脑中的频道。

"……早乙女同学，时隔一日又见面了。"

他看看眼前的少年，听见他小声地回答道："是啊。"

孩子般的眼睛、矮矮的个头、苹果般红润的脸颊。他眉清目秀，像个女孩似的，老老实实，给人纯情少年，所谓食草男的印象。难以相信他是针宫理惠子的男朋友。这个念头昨天也曾出现在他脑中。但是，两个人似乎相亲相爱，眼下也是肩并肩，手拉手，像是在互相鼓励。看来女阿飞的不良印象，只是外表而已？

"听说你有事要告诉我们？"

"是的。"

"你昨天说什么都不知道……是今天突然想起来的吗？"

"不是，其实昨天我也记得，只是有点难以启齿……然后，我今天早晨和针宫同学一商量，她说还是告诉你们为好。"

原来如此，所以她才一起来了。不过，通常都是男朋友鼓励女朋友吧？或许他们是性格上正好互补的一对。

"没关系，昨天的事不用再提了。那么你看见什么了？能从头讲起吗？"

"好……"

目击者一字一句地开始讲述：

"前天我打算和针宫同学一起回家，所以就在老体育馆等她。可是，同班的朋友让我跟他一起走。这位同学家离学校很近，所以我想，先和他一起走，分开后再回来一趟就可以了。"

他昨天说，因为接受了朋友邀请，所以没有遵守与针宫的约定，直接回家了。看来那是在说谎。

"你和针宫同学的关系，需要这么保密吗？"

"如果被爸妈发现，他们会啰嗦的……"

早乙女的脸越来越红了。仙堂太想笑了，可是现在没工夫闲聊。

"然后呢？"

"然后，我和那位朋友告别后，打算返回学校。但是，从正门或是北门走的话，如果碰上熟人，他们会感到奇怪。于是我就决定走后门，而且后门离老体育馆特别近。"

这个约会可真是相当费事啊。但是，早乙女讲到这时突然露出一丝胆怯：

"可是，当我从正门沿着栅栏朝后门走过去的时候……看见一个女生从老体育馆出来。"

"她是从哪道门出来的？"

"嗯，是侧台那扇门，和教学楼相反方向的……怎么说好呢？"

"右侧台的出入口吧？没有卫生间的那边。"

"嗯，是的。就是那扇门。"

"那个人是谁？你知道吗？"

"嗯……知道。"

早乙女紧紧握住身旁恋人的手，挤出一句话来：

"是高二广播站的秋月同学。"

"不会有错吧？"

"不会有错。我是吹奏乐团的，上次开演奏会的时候，请秋月同学帮忙做了些后台的工作，所以跟她很熟。"

"这样啊，那么……"

"你记得当时的准确时间吗？"

警部此刻正想细问秋月美保的样子，却被里染抢了先。

"喂，你别随便提问……"

"迟早都要问的嘛。怎么样，早乙女泰人，大概是几点？"

"嗯……抱歉，我记得不是那么精确……可能是三点十五分左右吧。"

"你还看见什么了？比如，有没有看见话剧团朝老体育馆走来？"

"嗯，看见了。"

看来一语中的，早乙女深深地点着头。

"秋月同学出来之后，我走近后门，隔着栅栏看见了话剧团。他们拉着两轮推车。我记得，我当时还在想，下雨天他们可真不容易。"

"这么说的话，他们到达体育馆是十五分，稍微早一点点，就是十四分左右了。谢谢你！"

"嗯，不客气……"

"咳咳。嗯，然后呢？"

仙堂夸张地咳了两声。早乙女明显被非警方人士问得发了蒙，需要把他的注意力拽回来。

"当时秋月同学什么样子？有什么奇怪的地方吗？"

"全身上下都很可疑。最奇怪的，是她没有打伞。不，不是没有打伞，是她根本就没有带伞，两手空空。还有，她的举动也很奇怪。"

"怎么说？"

"她冷不丁从体育馆跑出来……接着，又回过头去拍门。咚、咚地拍了大概两三下。然后，她靠在门上，好像在调整呼吸。"

仙堂看看部下，轻轻地互相点头。咚咚的声音，一定是佐川奈绪等人所说的敲太鼓似的声音。原来不是太鼓，而是沉重的金属门的声音。增村说，他是"十五分左右听到"的，实际上应该是差一点到十五分的时候响起的。

"嗯，她这种姿势保持了大概五秒钟，接着就突然跑了起来，打开后门，向和我相反的方向跑去。再往后我就没看见了。"

"她跑的时候没打伞？"

"是的，淋成落汤鸡了。"

"嗯。确实很奇怪啊……还有其他留意到的情况吗？"

"嗯，好像，她还穿着室内鞋呢……然后，她也没戴领结，就是校服上这个。"

早乙女说着，指了指自己胸口。

"领结，原来如此。"

这样就又解开了一个谜。掉落在右侧台的领结十有八九是秋月美保身上的。

"这些是你看见的所有情况？"

"是的。"

"你后来做什么了？"

"我从后门进来，要去老体育馆……"

"你看见脚印了吗？"

里染立刻问道。

"从你对室内鞋和领结的记忆来看，你的观察力特别强。进入后门的时候，你注意到地面上的脚印了吗？只有那一带有裸土，按理说很容易留下脚印。"

"脚印吗？"

早乙女稚嫩的脸庞显现出冥思苦想的表情，他沉思片刻，很快"啊"的一声放松了面部表情。

"我记得，因为地面被水泡得发软，所以我怕滑倒，很注意脚下。"

"干得漂亮。后门有脚印吗？"

"在我进去之前，只有一串脚印。"

"只有一串。有踩得乱糟糟的脚印吗？例如被雨水冲淡的痕迹。"

"完全没有，其他地方都很干净。"

"你女朋友在这里真是太好了，否则我恐怕已经抱住你啦！"

里染十分高兴地说。早乙女拘谨地回答说："多、多谢。"一旁的理惠子则表情诡异。

仙堂又一次——这次的故作姿态相当明显——咳嗽一声，转回正题。

"你从后门进了学校，来到体育馆之后呢？"

"嗯、嗯。到了体育馆，针宫同学不在。羽毛球队的男生表情恐怖地朝教学楼跑，再加上秋月美保的状态，我就猜想是不是出什么事了……"

"你就直接回家了？"

"是的……对不起，我当时突然害怕起来。"

"没有没有，没关系的。谢谢你告诉我们这些情况。"

概括起来，早乙女来到老体育馆，恰好是在增村让针宫、正木进了体育馆，并非羽毛球队的两个同学去教学楼找人的时候。

增村以为自己已经把觉察到案件的所有学生都集中了起来，却还是漏了他一个。不过，早乙女并没有往体育馆里看，增村没有注意到也是理所当然的。

"非常感谢你。这些情况很有参考价值。"

听见仙堂道谢，早乙女低头说：

"嗯……秋月同学果然可疑吗？"

"嗯？是啊。"

她离开杀人现场，拍门，调整呼吸后逃跑。在大雨中淋成落汤鸡，而且昨天还拒绝见警察。

这都不可疑，什么才算可疑？

"不过，并不是说她一定就是凶手，但是确实可疑。"

相当谨慎的评价。

"这、这样啊……不过，我觉得秋月同学和案子没有关系。"

"为什么？"

"秋月同学是个非常温和的好人，和广播站站长关系也很好……杀人这种事……"

早乙女说到这儿，开始含糊其辞。

这样一来，为什么他没能在昨天将目击证词说出口，也就找到了答案。

他信任秋月美保。因此，不愿意让她遭到怀疑。

无论他看到的举动有多可疑，也无法推翻师姐在他心中的"好人"形象。真是的，袴田的妹妹也是一样，所以才说这些单纯的高中生……

"好人的样子谁都能装出来。"

但是，仙堂都难以启齿的冷酷台词，却从同样是高中生的里染嘴里说了出来。

他回头一看，里染正若无其事地靠在墙边玩手机。

"如果你真的信任秋月美保，就该早一点说明情况。这样的话，说不定昨天就已经破案了。"

"……对不起。"

"没关系的，那你就回去吧，因为还在上课呢。既然是高中生，就回去好好上课！"

里染一边说着，一边打开了升学就业指导室的门，不知道他把自己的身份抛到哪里去了。不许随便让目击证人离开！——仙堂忍不住想要大吼一声，但是转念一想，该问的也都问过了，于是就不再开口。

这对情侣神情紧张地离开房间，早乙女恭敬地低头说了声"告辞了"。针宫理惠子则只是生硬地动了动脑袋。

门刚一关上，里染就猛地把自己的折叠式手机啪地合起来。

"刑警先生，现在应该立刻把佐川奈绪叫来，让她看看秋月同学的照片。恐怕，她看到的女孩就是美保。"

"这一点我还是知道的。"

听说秋月美保两手空空，仙堂脑子的一根弦也绷紧了。佐川奈绪看见的、走入后台的女孩，应该也是什么东西都没拿。

"还有，秋月美保两手空空地跑掉，说明她的东西还在学校里，请搜查一下她们班。"

"我不是说我知道吗？白户警官，能麻烦您跑一趟吗？"

好的好的——年长的巡查部长回答着，离开了房间。

"袴田，你赶紧找人支援，去了解一下情况。既然她从后门没打伞就离开，一定有人看见，正在上课也没关系。"

仙堂可不愿意继续被里染赶在前面，迅速地作出了指示。袴田也被他的气势镇住了，慌慌忙忙地要开始行动。但是，里染叫了声"哥哥"，对他说：

"在了解情况之前，还有一件事要求你，是件非常非常重要的事。"

"……什么事？"

"请重新看一遍案发当天正门和北门的安防录像，确认一下有没有学生经过的时候拿了两把以上的雨伞，然后打电话把结果告诉您妹妹。"

"……？"

仙堂和袴田面面相觑。手拿两把以上雨伞的学生？为什么要确认这个？

"对了，你不是说你发现了什么重要线索吗？究竟是发现……"

什么线索了？——当目光从正想提问的部下身上移开时，仙堂无语了。

和昨天一样，里染说完自己想说的，已经从房间里消失了。

到中午为止，调查进行得都很顺利。佐川奈绪看了一眼秋月美保的照片，就表示自己看到的就是她。

"这样呀，原来是秋月同学啊……难怪我觉得好像见过。"

白户搜查了美保所在的高二（3）班，立刻找到了她的东西。在她的储物柜里，孤零零地放着一个尼龙书包，就像是在等待它的主人。教室前面的伞架上，插着有她名字缩写的圆点印花雨伞。

另外，还有目击证词。警察按顺序走进每个教室，中断课程，询问有没有人看见没打伞奔跑的少女，结果出现了好几个目击者。其中一个甚至断言说那就是秋月美保。

这样一来，早乙女泰人的秘密报告得到了充分的证实。

广播站的秋月美保，当天三点零八分左右，从走廊进入老体育馆，在佐川奈绪眼皮底下经过，消失在后台。大概六分钟以后，她从右侧台的大门出来，在一番可疑的举动之后，没打伞就冒雨离开了，像逃跑一般。

然后，同一时刻，在那个后台，朝岛被杀害了。

破案了，这次肯定破案了。

仙堂坚信。

尽管密室之谜尚未解开，但是她的举动一定和某种犯罪手法有关。现在回忆起来，里染也在两天前说过，佐川奈绪看见的女孩子可疑。那家伙的推理又是对的……

虽然这一点让人懊恼，不过，能抓到凶手比什么都强。

一辆没有标志的警车在蒙蒙细雨中穿行。

在路上，仙堂没有说任何话，驾驶席的袴田也没有开口。每当遇到红灯停车的时候，部下都会疲惫不堪地揉揉眼睛。他按照里染的请求，真的重新看了一遍录像，然后发短信把结果告诉了妹妹。明明没必要——满足他的愿望，但是这家伙就这么死板，这也是他美中不足的一点。

目的地——秋月美保的家，位于邻镇的一座公寓一层。他们来到访客停车场，这里的地面有着童话世界般的瓷砖画，非常醒目。停好车，仙堂他们向房间走去。

按下对讲机报上家门后，她的母亲立刻打开了门。她应该做梦都没想到自己的女儿是嫌疑犯吧？

"我们能见见美保同学吗？有些事情想要问她。"

"啊，哦，不过……"

"我知道她身体不太舒服，但是无论如何我们也想见见她，失礼了。"

"啊，请稍等！那个……"

仙堂已经进了房门。依靠母亲略带疑惑的视线，他大概知道了姑娘的房间在哪里。进屋后右侧第一扇门，门没有锁，一下子就开了。

他的预测是正确的，这里一定是秋月美保自己的房间。充满了少女情趣的布娃娃围绕着床铺，床边放着盛放药、水、体温计的托盘。

但是……

"咦？"

美保本人并不在。

"那个，您女儿呢……去卫生间了？"

"不是，这个，她出门了。"

"啊？"

"大概三十分钟以前吧。她好像是接到了朋友的电话，就慌慌忙忙地出了门。天在下雨，她感冒又没好，所以我拦着不让她走，但是没拦住……"

"……"

理解力没跟上。

出门了？感冒不是还没好吗？装病？不，时间上怎么能这么巧的呢？

"……您女儿出门了？去哪儿了？"

"这个我也不知道呢。几乎是什么都没说就走了，平常她也不会这样。"

母亲看起来也很困惑，但是刑警们已经开始混乱了。两个人沉默不语，只是眼神直愣愣的，像是在盯着掀开被窝却没有人的床。

搜查进展顺利。

到中午为止。

同一时间。风之丘高中的校园内，响起了宣告午休开始的铃声。

同学们把桌子摇摇晃晃拼在一起，开始摆放便当。大家的话题一致，都是关于几个小时以前到来的刑警以及他们的提问。

"没打伞狂奔的女孩子呀？"

早苗一边往嘴里放圆白菜猪肉卷，一边说道。

"她果然和案子有关吗？"

"嗯——嗯，不知道呀。"

柚乃含糊其辞。虽然警察在寻找的人有可能是秋月美保，但是她不能说漏嘴。再说她又没亲耳听见目击者早乙女泰人的证词。

"你说呀，柚乃，实际上你觉得谁可疑？"

"哎呀，这个我可不知道……"

虽然换成昨天，她会胸有成竹地回答说是三条爱美。

"我觉得还是针宫同学吧。据说呀，她好像干过坏事哦。"

"是吗？我倒觉得她人挺好的。"

"为啥？"

"嗯，这个嘛……"

因为她改过自新，不再恐吓别人，还交了一个高一的男朋友——这个也不能说出来呀。

单是被这种话题包围已经让她待不下去，可偏偏因为她案发时在场，周围人更是纷纷投来好奇的目光，让她感觉压力倍增。柚乃逃避似的从桌子底下掏出手机查看。

第四节课上课时收到了一条短信，是哥哥发来的。她心想，这会是什么呢，打开一看，是一段简短的文字：

"请转告里染没有拍到那样的学生。"

……那样的学生，什么样的学生？

"我去一趟保健室哦。"

"什么？你不舒服？早晨也是因为这个原因才迟到的吧？我陪你去吧？"

"哦，不用。我一个人就行。谢谢！"

虽然对早苗感到抱歉，但是柚乃还是设法脱身了。她急匆匆地离开教室，朝文化社团活动室大楼跑去。

一方面需要把短信内容告诉里染，另一方面她也想问问关于秋月美保的证词到底是什么内容。而且，里染今天早晨的癫狂状态也让她不放心。好像他已经解开了密室之谜，不知是否属实。他连着喊了好几声"伞！"难道是和雨伞有关？

她穿过雨雾，奔向早就成为空壳的百人一首研究会。

咚咚一敲，香织就像平时那样为她打开了门。

"哎呀，小柚乃。"

"你好，香织同学，你一直在这里吗？"

"不是，出去了一趟。"

"出去？不是去上课？"

"我肩负着重大任务。"

"是袴田妹妹呀。你哥哥联系你了吗？"

里染的声音从房间里传来。

"他发了条短信说：'没有那样的学生'，是什么学生？"

"拿着两把伞经过校门的学生。"

"……？"

听了他的回答依然不明白。就在她困惑地走进房间时——

柚乃僵住了。

她注意到，和今天早晨景象一模一样、喧闹欢腾的房间当中，混杂着一个没有看习惯的东西。不，应该说是多了一个人。

在短腿桌对面，坐着一个肩膀上披着毛毯的少女。发梢层次分明的蓬松短发，和她娇小的体型非常相称。

少女蜷缩着身体，正在喝一杯热气腾腾的可可，看上去对忽然进屋的柚乃有些畏惧。圆溜溜的眼睛，漂亮而顺从的、洋娃娃一般的面容。她的额头泛红，似乎有些热。毛毯底下露出的衣服，并不是制服，而是自己的服装。

说她是动漫角色的人偶，大了些，说是海报，又太过立体。这是个现实中的美少女。

"我说，这个人……？"

"我来介绍一下。"

总是在固定位置——在床上躺着的里染漫不经心地说。

"这是广播站的高二学生，秋月美保同学。"

"你好。"她客气地打了个招呼。

3　你不知道的故事

"秋月同学，你怎么会在这里？"

"我叫她来的。"

听柚乃这么问，里染干脆地回答。

"不，准确地说，是我请香织把秋月同学叫出来，并接到了这里。"

"我不是问这个，我是说为什么……"

"警察在找美保呢。"

"哦，原来是这样……啊？"

柚乃差一点就被香织简单的解释说服了。但是再怎么说，柚乃也不是那么容易就会上当的。

"你说警察在找美保，是把她当成嫌疑犯了？"

"既然警察在找她，一般都是这种情况咯！"

"那，那可就麻烦了！我们就成窝藏嫌疑犯了……"

"啊，我说。"

出问题的当事人举起了她纤细的胳膊。

"我，不是凶手。我什么都，没做。"

"……情况是这样啊？"

"是这样呀！"

"这事儿我知道！"

里染下了床，隔着短腿桌和美保面对面坐下来。

"你不是凶手这一点，即使警察不知道，我也清楚。一听完早乙女泰人的证词我就一清二楚了。"

"所以你才把我从警察手里救出来？"

"与其说是救出来，还不如说是先下手为强。"

"什么？"

"因为我有很多事情想要问你嘛。你要是被警察抓走就不好办了。"

"想要问我什么……？"

柚乃总算明白了个大概。

按照里染的说法，美保——原因就不知道了——不是凶手。但是同时，她确实是从谋杀现场离开的。不是凶手的人，为什么会在谋杀现场？在这奇怪的行为后面，一定有相应的情况和原因。

里染想要的是信息。是美保在案件内部经历的、只有她才知道的故事。

"因此，虽然你感冒还没好，我觉得很抱歉，但还是需要请你讲讲当时的情况。为什么你会进入谋杀现场，为什么又会从那里逃离？"

"这件事……"

美保把毛毯拢到胸口，低下了头。他们等了一会儿，美保却没有开口的迹象。

她好像在害怕什么。

"不用担心。"

里染很快说道。

"你在这里把一切和盘托出，也绝对不会发生你害怕的事。凶手还来不及盯上你，就会被警察教训的。这一点我向你保证。"

"可是，我……"

"你希望杀害朝岛的家伙被抓起来，对吧？"

"……"

"我也一样。"

他又低声地补充了一句。

里染的视线和美保的眼睛保持一致的高度，纹丝不动。他平常显得昏昏欲睡的双眼，现在却炯炯有神，黑色的瞳仁目不转睛地凝视着美保。

柚乃心想，原来他也会有这样的表情啊。虽然被盯着的不是自己，可是她也像是要被那漆黑的眼眸吸进去了一般。这双冷冰冰的眼睛，震慑的不是美保，而是美保证词前方的杀人凶手。

美保此后依然紧紧拽着毛毯犹豫了片刻。但是，她看看等待回音的里染，再看看身边柚乃与香织充满鼓励的目光，像是下定决心似的叹了一口气，终于轻轻地——真的是轻轻地——点了点头。

接着，她结结巴巴地开始讲述整个故事。

＊

接到朝岛友树的电话，正好是在一周之前，六月二十二日的晚上。

"其实，我月初的时候拍到一个学生在干坏事。"

他匆匆忙忙打完招呼，就直截了当地切入正题，语气很严肃。

"我把这件事告诉了对方，他找我商量说，自己再也不干坏事了，让我把录像还给他。因此我决定下周三放学后，在老体育馆把DVD交给他。"

"老体育馆？为什么？"

"为了公平。对方不是盏省油的灯，如果在没人的地方见面，不知道会出什么事。不过你看，如果是老体育馆的舞台，放下幕布可以避人耳目，而一旦发生什么情况，大声喊叫或是从幕布里出来，立刻就会有人注意到。对吧？尤其是乒乓球队的佐川同学，她每天都第一个去体育馆，所以可以放心。"

"哦，确实如此……嗯，然后呢？"

"我虽然采取了刚才说的应对措施，但是还是有些担心。所以想请秋月同学也到交还录像的现场来。"

"让我也去？"

"说是到现场，其实你在附近躲着就行。你不能来吗？"

"不是，既然站长要我帮忙……"

"我计划周三下午三点十分，和对方一对一见面。我会事先放下幕布，把右侧台大门的锁打开。他为了不让人看见，会从那里进来。所以请你也到后台，悄悄躲着，一旦发生情况，就赶紧叫人帮忙。"

"帮忙？"

"对方是比针宫同学要危险得多的人。为了保全自己，他有可能什么事都干得出来。虽然我还不确信，但是有这种直觉。所以，我想慎之又慎。"

朝岛的声音很沉重，我能感到他是发自内心地戒备对方。

"好，好的。不过，我的力量很小，不知道能不能帮上你……"

"我知道。不过，在这种事情上能够帮我忙的只有秋月同学了。在针宫同学那件事情上，广播站其他成员并不知道我已经把录像交给了她。"

"啊，对呀……我知道了，我去，周三的三点十分对吧？"

"嗯。不要紧，不会对你造成伤害的。一旦出事，你就赶紧逃掉找人来。不用勉强，能做什么就做什么。好吗？"

"好……"

谢谢！再见——朝岛说完就把电话挂了。美保因为这突如其来的请求感到吃惊，呆呆地盯着电话。

站长在自己不知道的情况下，又戳穿了别人的坏事。然后，和自己那件事发生时一样，要求对方道歉，并把作为证据的录像交给他……

不，和自己当时有些不同。这次站长戒备得有些太过充分。

是不是他还没有找到对方已经反省的确切证据？对方是什么样的人？拍摄下来的坏事是什么行为？

美保虽然放不下心，但是朝岛最终也没有将真相告诉她。

六月二十七日，下午三点零五分。

在教室里等待的美保，向老体育馆走去。

她把东西和伞都放在教室里。虽然朝岛说得那么严重，但是应该不会发生什么事，自己还会回来吧？又不是什么需要特意带上书包去的事。

她穿过走廊，朝着老体育馆前进。

她看见针宫理惠子打着伞在雨中站着。虽然她为恐吓的事情道了歉，也还了钱，但是美保依然害怕她。所以，她急匆匆地跑过走廊。还好，针宫似乎没注意到她。

进入体育馆，乒乓球队的佐川奈绪正在勤勉地独自做着拉伸运动。不愧是老体育馆的主人，就像师哥说的那样，她总会待在那里。如果发生什么情况，叫她就可以了。美保小跑着从她面前经过，从右边的门进了侧台。

在昏暗的光线下，她看了一眼手表，三点零八分，时间正好合适。幕布已经放下来，站长应该已经到了。

她从侧台的幕布间观察舞台上的情况，但是一个人都没有。这是怎么回事呢？她心中疑惑，于是朝舞台中心靠近，看见了讲桌对面伸出的脚，然后——

"什么？"

她整个人都僵了。

朝岛友树，已经死了。

为什么会死了？朝岛同学，站长，为什么？发生什么事了？刀，鲜血，流了这么多血。是有人拿刀捅了他吗？谋杀？究竟是谁……

她猛然醒悟。

眼前是站长的尸体。他背靠讲桌，表情平静，双眼紧闭，纹丝不动。略微倾斜的左半身被鲜血染得通红。

她很难受，但是没有想吐的感觉。她默不作声，只是茫然呆立，一动也动不了。

或许是乒乓球队队员吧。幕布的那一侧传来少女们欢快的交谈声。明明距离只有几米远，可是她却觉得声音像是从遥远的地平线那端传来的一样。

就在这时。

她听到"哐"的一声。

声音很小，但是确实能听见。不是在幕布外面，而是在这边——确切地说，是从左侧台方向传来的。

哐、哐、哐……

有人正从二楼下来。从广播室那边的、左侧台的铁楼梯下来，故意把脚步放得很轻。

是谁？

肯定是凶手。

就在明白这一点的同时，美保的脚开始朝相反方向的右侧台挪去。不知为何，她没想到自己可以到幕布外面去。她的第一反应就是朝与凶手相反的方向直线逃离。

她进入右侧台的幕布里，看见地上有一摊血。她快要晕过去，本能地避开了。

她一步两级台阶地蹦到楼梯上，躲在阴暗处，喘了口气，开始观察舞台。但是，由于侧台拉着幕布，她看不见舞台上的情况。不过，她能通过脚步声等迹象了解凶手的动向。他好像从左侧台走到了舞台中央的讲桌旁，然后稍微停了一会儿。她听见校服摩擦的声音。看来他还没注意到自己的存在。

怎么办？

美保问自己，汗津津的手攥得紧紧的。

总之，必须先逃掉。

如果和凶手狭路相逢，自己也会被杀掉。朝岛不是也说了吗？一旦出事，立刻跑出去叫人。目前的情况不是"出事"还是什么？赶紧从出入口跑到佐川她们身边去，然后寻求帮助。这很简单，自己也能因此而获救。

但是，她还是一动不动。

她不是因为吓破了胆动不了，而是因为一个疑问在脑海中掀起了波澜。

如果，自己此时此刻跑掉——凶手岂不是也就逃之夭夭了？

离开后台，求救。佐川等人恐怕会因为无法立刻把握局势而乱哄哄的。这样一来凶手就会发现异常。等她们检查幕布内侧的时候，凶手早就从右侧台的大门离开了。然后，或许一辈子都抓不住他了。

唯独我不能逃跑。

那么怎么办？探出头叫佐川等人？接着，如果凶手试图从自己身边逃跑，就挺身而出拦住他……不行，这太可怕，自己没这种胆量。

既然这样，我能做的事——

舞台上好像有人在动，脚步声在向这边靠近。凶手做完了一切，想要从进来的大门出去，从自己身后这扇通往外部的出入口出去。

美保在近乎狂乱的焦躁中环顾四周，忽然发现台阶底下平铺着一张文化节的海报，或许是文化节组织委员在某次集会上用完之后就一直放在这里的。

海报上躺着一把黑色长伞。旁边是一个鼓鼓的塑料袋，里面好像装着一双运动鞋。

在这种地方放雨伞和鞋子的人不会有其他，这一定是凶手的东西。

接下来，美保的一切行动几乎都是出于直觉。她把领结从胸前解下，尽可能醒目地扔在伞腹上。接着，她打开锁出了门。

凶手进入侧台，和她轻轻把门关严，几乎是在同一时刻。

来到开放的外部空间，美保深吸一口气，任凭雨点打在自己身上，默默祈祷。

打算拿东西的凶手，当然会注意到领结。也会留意到，自己进来的时候明明锁好的门，现在却没上锁。接着，他会觉察到除了自己这里还有别人，他会产生戒备之心而无法从这道门出来。左侧台有针宫理惠子，外面还有佐川她们，他完全无法脱身。老天爷保佑，一定要这样啊——

然而，老天爷没有听见她的祈祷。

在下一个瞬间，门把手转动了起来。

凶手选择不是戒备，而是确认。究竟是谁把领结放在了伞上？这个人是否就在大门的另一侧？对方似乎想要搞清状况。

美保的混乱终于达到了最高峰。凶手这就有可能要出来了，和自己狭路相逢。他会把我杀了吗？还是说他只是想要逃跑而已？

不，他是杀害了朝岛同学的人。恐怕也会杀了我——

杀害了朝岛同学——

咚！咚！

意识到这一点，美保使劲儿地拍打铁制的大门，来替代对凶手的喊叫：不许过来！

不许过来！不许从这里出来！

我不会让你跑掉！

于是她立刻听见啪嗒一声。

在门的那一侧，有人把门锁上了。

"……呼……呼……"

美保背靠大门，调整着自己的呼吸。

等了几秒，她没感觉到有什么变化。凶手恐怕已经放弃了从这里出来的念头。他已经无路可逃了，成了后台上钻进笼子里的老鼠……理论上应该是。

"太好了……"

她轻声自语道。但就在这一瞬间，恐惧感对她发起了逆袭。

凶手真的没看见我吗？他真的不会再从这里逃走？

会不会他现在仍然在门的那一侧对我虎视眈眈……？

朝岛被杀害的样子在她脑中回闪，美保再也撑不下去了。

她慌慌张张地离开大门，头也不回地向近在眼前的后门跑去。没有打伞，衣服湿透了，还穿着室内鞋，也没拿东西，但是她完全顾不上了。

跑啊跑啊，直到跑到车站前，她终于开始注意旁人的目光了。罩衫湿漉漉地贴在身上，透出了内衣的轮廓。因为钱包装在衣兜里，她就在超市买了伞和鞋，把室内鞋扔进了垃圾桶。

濡湿的身体开始发冷，一回到家她就发起了高烧。本来她就不是身强力壮的人。

感冒了。

*

"原来如此。"

听完这番话，里染解开交叉在胸前的胳膊。

"你果然碰到凶手了。不，不是直接碰到，而是相互觉察到了对方的存在。所以你才不能告诉警察。"

"是的。我一想到自己作证有可能遭到凶手报复，就害怕……"

美保低头望着空了不少的马克杯，热可可也不再冒热气了。

"对不起，如果我更有勇气，事情也不会……"

"哪里哪里，你做得已经足够好了。听了你刚才的话，很多事情都得到了印证。"

"可，可是。"

她皱着眉头说：

"如果我当场拦住凶手，看清他长什么样，或是到了外面之后没有逃跑，而是留在原地……应该立刻就能抓住凶手了。"

"不是，没有这回事……"

"就是的！"

还没等柚乃否定，美保就斩钉截铁地说。

"凶手还没被逮捕吧？他一定是在我走后，从右侧台的大门逃跑的。就是因为我胆小，才让凶手逃掉了……"

"不过右侧台大门是锁着的，对吧？"

香织一边机灵地重新冲热可可，一边说。

"嗯？"

"是呀，现场是密室状态呢。所有的出口都锁着，所以，还不知道凶手是怎么消失的呢。又不是美保的错……"

"密、密室？怎么回事啊，这是？"

美保狂叫一声。或许是因为警察不允许，媒体还没有报道这起案件。她因为请假没上学，和警察也还没有谈过，所以当然不了解情况。

"嗯，是这样……"

"没关系，反正已经到现在这一步了。"

柚乃正想详细解释，却又被打断了，这次是里染。

他用手指头敲着短腿桌的桌沿，好像在思考什么。

"不能逃跑。嗯，这确实是句著名台词。不能逃跑。嗯，这是教训。"

他一个人自顾自地表示理解，站起身来。

"秋月，我有三个问题要向你确认。首先，你在右侧台观察凶手情况的时候。你说你听见了衣服摩擦的声音，那你有没有听见塑料摩擦的声音？"

"……没有，没听见。"

美保答道，脸上流露出的表情似乎在说：为什么问这个？

"第二个，和伞放在一起的鞋子。是什么样的鞋子？请你尽可能按照记忆回答。"

"是一双普普通通的、感觉略旧的、偏白的运动鞋……抱歉，其他就记不太清了。因为没从袋子里露出来。"

"那么雨伞呢？你把领结放在了雨伞上，多少还是仔细看了的吧？"

"嗯，是一把偏大的雨伞，显得挺贵的……啊，对了。在伞布上淡淡地印着商标。"

"雨伞上没有伤吗？"

"没有，和新伞差不多……哦，不过，在伞把上可能有一点伤。好像是大概两厘米长的擦痕。"

里染似乎对她的回答很满意，嗯嗯地点了好几次头，然后向桌子旁边挪去。他不顾房间里越来越乱，在漫画堆里翻找。

"秋月，你干得不错，和朝岛一样。你们都没有硬碰硬，而是做了自己力所能及的事，用你们独有的方式和敌人做斗争。"

"可、可是，最后我还是没有做任何能够迫使凶手……"

"没有做？哪有这回事！正好相反！"

一边喊叫，他一边从漫画中找到什么，取了出来。

是柚乃昨天拍的那叠照片——哥哥笔记本的拷贝。

"如果你从那里一溜烟地逃掉，恐怕就抓不住凶手了。但是你没有逃跑。你做了一点点抵抗。而这就成了关键。你的行为把杀害朝岛的傻瓜逼上了绝路。"

"这、这个，我不太明白您说的意思……"

但是，里染没有回答美保的问题，他默不作声翻看照片，很快他的手就停在其中一张上。

"嗯，果然是这样。没错。"

"怎么了？天马？"

"发现什么了？"

香织和柚乃满怀期待地问道。

回过头来的里染，没有像今天早晨那样发出杂乱无章的呻吟。

"袴田妹妹，你有你哥的电话号码吗？"

"有。"

"现在，估计他们正因为找不到秋月而手忙脚乱呢。你给他打电话，赶紧把他带回来。然后，告诉他让所有相关人员集合。"

"好……这是指？"

关在屋里不出门的动漫宅男加无用之人的侦探，平静地说：

"我知道凶手是谁了。"

幕间休息——给读者的挑战

在现代社会，即使推理小说中间添加"给读者的挑战"这一栏目，实际上在哪儿都找不到那种奇特的读者，会去接受这一挑战，重新阅读问题汇总，猜想凶手是谁，犯罪手法等。因此，添加这种东西就是在浪费纸张浪费时间，愚蠢透顶。但是这是作者的个人想法。说不定，在这世上就是存在远远超出我们想象的、极其好事的闲人，而且，我认为轻视这种智慧型绅士风的出色发明实在是种愚蠢行为，因此按照传统添加了"给读者的挑战"。

各位看到第四章的题目就会明白，在目前这一时间点，解开谜团的一切材料全都具备。大家不必振奋精神地猜想，"启示或许就藏在这段若无其事的对话中""这个一眼看上去毫无关系的场景也许是伏笔"，等等。所有的线索都明显地记录在从第一章的开头到第四章的结尾的文字中，不需要跨越式的点子。各位读者兄台如果极为理所当然地一个个分析线索，有逻辑地进行思考，自然就能推导出答案来。

作者向各位读者兄台发起挑战，非常希望大家能够沿着和那位住在学校里的无用之人构筑的推理相同的路线，先于他找到真相——也就是杀害朝岛友树的凶手的姓名，以及密室之谜的真相，因为各位很有可能做到。

最后，为了让解谜过程更为公平，我在此注明三条注意事项。

① 袴田刑警的搜查笔记极为详细，从问话的对答到现场的情况等无一遗漏地记录在案。也就是说，你们可以认为，里染天马在案发第二天，就已经知道了袴田到此为止所了解到的一切信息。

② 里染在第四章开篇就已经注意到了雨伞和密室的相关性，但是如同他本人所说，当时仅仅只是抓住了契机，建构了假设而已。他坚信这是事实，是在听了秋月美保的证词之后。

③ 里染天马的推理都基于客观事实。因此，我不太推荐大家从动机的角度来查找凶手。

那么，祝愿大家旗开得胜。

青崎有吾

第五章　是破案的篇章

1　准备!

下午的大会议室里，大概二十个人在警察的安排下坐在钢架椅上。

女乒乓球队的王牌、一度被当作凶手的队长佐川。柚乃的朋友野南早苗。她们的顾问、青年教师增村。也有恰好在案发现场的两名羽毛球队的男生。此外，还有话剧团的四人组以及学生会的四名干部。在昨天的基础上加入了秋月美保（依然穿着自己的衣服）的广播站五人组。针宫理惠子和早乙女泰人也并排坐着，但是他们好像说定了在大家面前要装成毫无关系的样子。

会议室里的长条桌原本摆放成出席者可以面对面的样子，但是现在全都推到了房间的后部，只有椅子放在讲桌前面。一动不动地坐在那里，等待"某件事"开始的他们，仿佛也是等待舞台幕布拉开的观众。

柚乃和香织远离这些相关人员，在窗户边坐下来。因为睡眠不足而老打哈欠的哥哥和仙堂警部板着脸站在一旁。

屋子外面，蒙蒙细雨渐渐地变成了瓢泼大雨。

"喂，真的找到凶手了？"

哥哥凑过脸来压低声音问道。柚乃只能耸耸肩。

"不知道，他也让我们等着。"

"他什么都没说？"

"嗯……不过他本人好像胸有成竹。"

"不要紧吧？"

估计今天早晨犯罪手法实际演习的失败或许正在哥哥脑海中闪回。说实话，柚乃说自己不担心，也是在撒谎。虽然里染说他已经找到了凶手，可是究竟是怎么找到的呢……

"不要紧，相信天马吧。"

香织在一旁插嘴道。

"有相信他的证据吗？"

"没有。"

"没有啊……"

她说得很乐观，可从红色边框眼镜里投射出的眼神却非常认真严肃，她从昨天就抱有的信赖并没有动摇。或许这是十年来的交情带来的礼物，从中可以看出他们友情的深厚，让柚乃产生了些许羡慕之情。

"不过，也只能这样了……"

实际上，自己能做到的只有这些，只有相信和等待。

就在柚乃下定决心的时候。

——叮咚叮咚。

铃声在扩音器里响起。

虽然相关人员被专门集中在这里，可其他的学生还在上课。刚才就是第六堂课开始的信号。

与此同时，会议室的门开了，里染天马出现在门口。

他的装扮不像平时那样随意，而是穿着冬装的深蓝色外套，领口端正地系着绿色领带，这是风之丘高中的"正装"。他一只手拿着瓶装饮料。

他面无表情地走到黑板前，然后驻足转向观众。

他们都安静了下来，只听得见呼吸和调整姿势的声音。整个房间都充满了紧张的气氛。从面部表情就能看出，所有人员都已经理解，大家集中在这里意味着什么。

"谢谢大家到场。"

里染开口说道，如同开始演讲的讲师一般。

"麻烦大家特意跑一趟，不为别的，就是为了谈谈案子。两天前在体育馆发生的案子。

"内容本身很简单，有人用刀刺死了一名学生，时间是在大白天、放学后，地点是在周围有人的老体育馆，让人觉得这是一起粗放的犯罪案件。但是，揭开盖子一看，案发现场是密室，谜一般的目击证词很多，可是却几乎没有找到线索，难以破案。凶手是个相当谨慎且聪明的人。"

他扫视了一遍相关人员——仿佛是在对藏身于其中的真凶宣战。

"但是，一切都已经结束。刚才我终于得出了结论，我知道凶手的真面目。凶手就在你们当中。"

话音刚落，相关人员便一片喧哗。仙堂也大声问：

"你真知道了？"

"当然，否则我也不会这么郑重其事地让大家来。"

"瞎说。"

警部瞪着里染，坚决不相信他。对方好像也已经习惯了这个好对手的态度。

"照你的口气看，你似乎觉得我的正确率是百分之一。可惜很遗憾，正确率是百分之百。接下来我要阐述的推理，绝不是一拍脑门想出来的，也不是直觉，是基于确凿证据的、符合逻辑的事实。这是公平竞争哦，刑警先生。"

"你说的都是诡辩。"

"是不是诡辩，请您听完再做判断。"

"……"

听他这么说，仙堂这次也只能妥协。好像他已经知道是里染把美保藏起来的，所以显得比平时还要焦躁。今天早晨就开始偏向于柚乃这一边的哥哥，安慰着这样的上司。

就在这时，会议室的门又开了。

进来的是保土之谷警察局的巡查部长白户。不知为何，他的西装是湿的。

他走近里染，跟他耳语了几句。里染玩笑着向他道谢。白户就那样用手帕擦拭着头发稀疏的脑袋，走到哥哥身边。

柚乃用眼神询问道："会是什么事呢？"香织像刚才柚乃对哥哥那样耸耸肩，表示"不知道"。

"行，准备都做好了，铺垫到此为止，我们进入正题。"

"……正题？"

广播站的莳田千夏用沙哑的嗓音反问道。意思她应该是明白的，或许就是忍不住要这么问一句。

"是的，正题。接下来我要问大家的问题只有一个。也就是——'谁杀害了朝岛友树'？"

里染挑战一般地宣布了题目，然后——

开始解谜。

2　体育馆谋杀案

"在这起案件当中，要锁定凶手，大概需要四个条件。"

里染竖起右手除大拇指外的其他几个指头。

"凶手是个什么样的人？有可能行凶的人数多得数都数不清。

学生们在刚放学的时候乱哄哄的，再说了，本来就没有任何证据说明凶手就在学校的相关人员当中。这样一来，嫌疑犯就太多了。所以，我们首先要缩小范围。”

他转过身在黑板上竖着写了一行字——

“第一个条件。”

文字的位置靠黑板右侧，可以预见到，随着推理的展开，剩下的左侧空间会被逐渐填满。柚乃第一次见识里染的字，发现和他邋里邋遢的生活态度相比，他的字倒是出奇的工整，或许是因为场合原因。

放下粉笔，他抓紧时间开始解释“第一个条件”。

“事情的根源，在于朝岛手里的一样东西。案发当天，我在升学就业指导室里看过保管在那里的现场遗留物品。由于现场是只有少量物品的后台，所以遗留物品几乎都是被害人的东西。可能还有人不清楚，哥哥，麻烦您介绍一下。”

被点名的袴田愣了一下，但他还是顺从地翻开笔记本，念了一遍物品清单。柚乃脑子里却又冒出无聊的念头，她不想听见里染的这种叫法，大家或许会误认为他们是兄弟俩。

“嗯，朝岛同学随身携带的东西，首先是餐巾纸，放在左侧口袋里。广播室的钥匙、钱包和手机放在右侧口袋里。学生手册放在前胸衬衫口袋里，DVD放在屁股兜里了。剩下的都是遗留在现场的东西，一把黑色雨伞，放在男卫生间的隔间里。领结在右侧台海报上……就是这些。"

"谢谢！那么各位，朝岛同学携带的东西，有一点特别奇怪。就是左侧裤兜和右侧裤兜的比例很不协调。左侧只有一包餐巾纸，而右侧既有钱包、手机，还塞着钥匙串。右侧裤兜拿东西再怎么顺手，通常也不会放这么多东西吧？"

"哦，确实是这样……"

对于柚乃来说，这是她已经在升学就业指导室听过一遍的内容，但是不了解情况的哥哥和白户等人则感到出其不意。

"可是，这个至于那么奇怪吗？"

学生中有人质疑道，是和尚头的学生会干部椎名。

"有时候，也会有人养成习惯，只把东西放在单侧的口袋里，不管什么都往里塞。"

"你说得对。不能断言这件事一定就很奇怪。在口袋里放什么，每个人都不一样，说不定朝岛同学就是很特别呢。但是，假设，说到底只是假设，如果朝岛同学平时不会往口袋里塞太多东西，只在被杀害的那一天与往常不同，情况特殊的话，会怎么样？

"按照朝岛同学一丝不苟的性格来看，这个假设是有一定参考价值的。于是，我发挥了一下想象力。"

里染离开讲桌，就像真的在追寻思考路径一样，在黑板前走来走去。

"左边一个小东西，右边三个。如果把右边任何一件东西转移到左边，比例都会均衡得多。可是，仅仅只有右侧口袋塞满了东西，为什么？首先能够想到的可能性，是凶手移动了物品。

"也就是说，情况是这样。一开始，口袋里各放了两件小物品。但是凶手杀害朝岛之后，因为某种原因将左侧口袋里的一样东西抽了出来，然后又放回了相反的右侧口袋里。结果，产生了这种比例不均衡的情况。"

"为什么要这么做？"

话剧团的松江椿不解地问。

"为什么？当然是因为凶手需要使用这件东西咯。杀人之后，他被迫需要立刻用到钱包、手机和钥匙串当中的某一样。因为凶手没有拿走钱，所以恐怕不会是钱包。他是想删除手机上的某些记录吗？可是，电话公司留有记录，警察一查就暴露了。我觉得可能性最高的应该是钥匙串。

"那是广播室的钥匙。而且，谋杀现场的老体育馆的后台就有广播室。凶手是不是利用从朝岛那里夺取的钥匙进入了广播室呢？"

听到这里，柚乃终于明白了。两天之前，里染突然说"去广播室"，是因为有这样的缘故——

"胡说八道。"

但是，和柚乃的接受正好相反，仙堂的评价很低。

"全都是臆测，只是把随意想到的东西罗列起来而已。"

里染又一次回答说：

"说得对。"

"我的推理依然仅限于假设，很难说是绝对准确的……在这个时间点。"

"什么？"

"请大家再陪我臆测一小会儿。嗯，说到哪儿了？对、对，说到凶手用钥匙打开门进了广播室。他去广播室干什么呢？我不知道，所以我决定姑且去一趟广播室。"

"啊，所以当时你让我……"

话剧团团长梶原小声说道。

"对，我向有着确凿的不在场证明，而且熟悉广播室的梶原寻求帮助。接着，他偶然告诉了我一件很有意思的事情。"

"我说什么了？"

"那是无意间的一句话。他说，老体育馆里也可以看录像。"

梶原确实这么说过。

在等待警察问话的教室里，他被点到名后很快就说了这句话。他随口说，话剧团在看师哥师姐的公演录像，然后，里染还向他确认，是不是可以看录像。

"录像，让我恍然大悟，朝岛同学携带的东西里有DVD。是不是那张 DVD 里有什么秘密？我有了这个想法，所以在哥哥的允许下借来了钥匙和 DVD，去了广播室。"

"等等，我怎么不记得我同意了？"

"我记得。"

"不对，我真没同意……"

"好了，我们接续往下说。"

哥哥的反驳被无视了。尽管里染穿着正装，尽管他用词礼貌，但是里染这方面的态度并没有改变。

"再重申一次，到此为止都是我的臆测，没有决定性的证据表明凶手一定就抢夺了朝岛同学携带的钥匙，进入了广播室。但是概括一下的话，可以说这个假设——至少在凶手搜寻过被害人物品这一部分，可能性是相当高的。

"这是因为，朝岛同学的遗体被移动过。从侧台幕布的后面移动到了舞台中央。可以解释为，试图搜寻物品的凶手把尸体从光线昏暗的侧台转移到了灯光明亮的地方。另外，关于从左侧口袋取出的钥匙放入了右侧口袋的原因，其实也很简单。是因为尸体的左半身被流出的鲜血弄脏了。

"凶手从左侧口袋里取出钥匙串的时候，血还没有流到下半身。但是，尸体放置在讲台旁边的时候，没过一会儿血就流到了下半身，弄脏了裤兜，餐巾纸就已经被血染红了。如果自己的手沾上了血，或许会留下证据，因此凶手为了避免这一情况出现，只好把钥匙放进了没被污染的右侧口袋。"

嚙——白户佩服地感叹道。

"同时，这件事也意味着，从凶手抢到东西到他归还为止，花费了一定时间。只是操作手机的话，用不了几分钟。所以，被抢走的物品应该还是钥匙串，凶手很有可能在广播室做了些什么。"

经过长时间的解说，里染的臆测逐渐产生了真实感。但是，即便是这样仙堂也没有让步。

"这只是可能性而已，不过就是拼凑得听上去有道理罢了。"

"完全就是这样！"

"……你自己都知道了，为什么还说？"

"为什么？因为我发现，广播室的调查结果全都是事实。"

不断升级大家的焦躁感，让演出获得了极佳的效果。学生们再次哗然，仙堂紧闭的嘴巴都咧歪了。

"事实？"

"是的。我的观点是正确的。凶手从朝岛同学身上拿走了钥匙，侵入广播室，在那里观看了 DVD。"

"怎、怎么可能？你怎么……"

"我怎么会知道？接下来我来说说。"

他不再来来回回，而是返回讲桌，面对观众露出了微笑。

"广播室里确实各有一台电视机、DVD播放器和录像机。"

里染语气平淡地继续说道。

这是紧跟着他去过广播室的柚乃也难以置信的事。居然说，当时的搜查结果全是事实？那次搜查，不就仅仅只是看了一下学校的宣传录像吗？不会吧？

"据说，都是主教学楼的广播室更换新电视的时候搬到体育馆的旧东西。我为了观看DVD，姑且打开了播放器的总开关。但是……"

"结果机器没开机，对吧？"

梶原像是想起来了。

"对，因为没接电源。插座上插着录像机的插头，对吧，袴田妹妹？"

"对，是这样。"

柚乃回答。

"因为DVD播放器的插头是拔下来的，所以我就把录像机的拔下来，把它插上去了。"

然后，她在心里添加了一句埋怨："就这样你也没谢谢我。"

"我又一次按下开关，这回顺利地接通了电源。可是，这次播放键又不管用了。用梶原的话来说，是因为用得太多，按钮不管用了。没办法，我只好决定使用遥控器。我没能立刻找到遥控器，这也是理所当然的。遥控器放在一个日式点心盒子里。听他们说，和新体育馆不一样，老体育馆的广播室乱七八糟的，所以器材的遥控器全都收在里面。如果梶原不在，估计我得找上好几分钟吧。我从他手里接过遥控器，按下播放键。于是，录像马上开始播放了。各位听清了，录像立刻就开始播放了。"

"这有什么问题吗？"

就连当时身在现场的梶原也不解地问。

"这是个重大情况。但是，我当时也没有注意到。等我发现，已经是在看完录像之后了。

"DVD是学校宣传片，拍得很好，但是和案子没有什么关系，不清楚凶手有没有观看它。我想，可能还有其他痕迹，于是四处查找……但是最终没有任何收获。

"但是，就在我正犯愁的时候，梶原叫了我一声。他说，昨天看的录像带还在播放器里，想要取出来。我当然没有理由拒绝，所以就同意了。他把插座上的插头换成了录像机的插头，靠近播放器，伸手拿过我放在那里的遥控器就开始操作了。然后录像机就启动啦！"

里染摊开两手，试图表达他所感受到的冲击，可是并没有产生共鸣。

"你在说什么？"仙堂问。

"你没明白吗，刑警先生？遥控器是录像机和DVD机通用的！梶原作证说，遥控器可以通过开关在录像机模式和DVD机模式之间进行切换。切换成录像机的时候，只能操作录像带播放器，切换成 DVD 的时候只能操作 DVD 播放器。"

"这有什么问题？这又不是什么罕见的情况……"

"刑警先生，不，各位也都请思考一下，梶原等话剧团团员们在案发的前一天很晚还在老体育馆的广播室观看公演录像。而且，由于马上就要放学，所以他们急急忙忙地回家去了，连录像带都忘记取出来，应该是相当着急的。"

话剧团的各位成员互相看看，嗯嗯地直点头，但依然是一副不解的表情。

"接下来到了案发当日。上课期间没有人使用老体育馆的广播室，插座上插着录像机的插头，录像带也好端端地放在播放器里，一切都保持着前一天的状态。但是——我按下遥控器的按钮，DVD 立刻就开始播放了。

"也就是说，从一开始，遥控器就设定在了 DVD 模式。"

"我就是在问你，这有什么……"

抱怨到一半，仙堂留意到了这一事实。因为怒火而泛红的脸色，刹那间变得苍白。

柚乃也醒悟了，哥哥和梶原好像也反应过来了。

"梶原把遥控器给我的时候，一个按钮也没碰。对这一点，当时在场的我，以及袴田兄妹等人都有绝对的自信。

"重新整理一遍。话剧团前一天观看了录像，然后急急忙忙回了家。梶原自己说过，录像机的播放键不管用，而且，他在取录像带的时候，尽管离播放器那么近，却依然使用遥控器。他的行为也让这种情况一目了然。对吧，梶原？"

"对、对。"

"也就是说，前一天你们观看录像带的时候，也是用遥控器操作的，没错吧？"

"那当然了。"

"话剧团用遥控器观看了录像带。也就是说，当时遥控器设定在了录像带播放器的模式。后来，他们慌慌忙忙离开了。录像带还放在录像带播放器里，插头也还在插座上。各位请听清了，在那个时候，收拾遥控器的话剧团团员们应该不会特意去切换遥控器的设定模式。"

啊——学生会主席正木叫了一声。不了解广播室情况的其他观众也总算开始注意到了这件事的重大。

"但是，我拿到遥控器的时候，设定的模式是 DVD！真是很奇怪啊。我只能认为，有人在我之前使用过 DVD 播放器。DVD的取出按钮等按键都能正常运转。因此，只要使用遥控器，就一定能播放影像。案发当日，有人在广播室观看了 DVD！"

里染把身体向讲桌上探出，控诉般地说：

"那么，这个人到底是谁？一直有体育馆广播室钥匙的只有朝岛同学。也就是说，只有他能出入那个房间，而不受到任何怀疑。三点零三分进入后台的朝岛同学，在被杀害之前进入广播室，观看了 DVD。这是有可能的。

"……但是问题来了。那就是，事实上插座上连接的插头是录像机的。观看 DVD 的这个人，一度把插头改插为 DVD 播放器，然后又再一次把录像带播放器的插头插了回去。这显而易见是在遮掩。观看了 DVD 的那个人，想要消除自己曾经来过广播室的痕迹。既然是这样，与其说他的真面目是正大光明进入后台，并被人看见的朝岛同学，不如说是杀害他的凶手更为现实。

"根据以上情况可以证明，凶手从被杀害的朝岛同学身上抢走了钥匙，在广播室里观看了 DVD。"

里染这时停顿了一下，打开瓶子喝了口水。

所有人都呆若木鸡。梶原张口结舌，仙堂僵直地呆立着，没有能力来反驳。

"……没有还原遥控器的模式设定。这件太过琐碎的小事，是凶手犯下的唯一错误。"

里染把瓶装水从嘴边挪开，接续说道。

"如果没有这个错误，我的推理恐怕就遇到障碍了。但是，反过来说，这一事实恰恰成为了锁定凶手的重要线索。我继续展开推理。

"凶手在杀害朝岛之后依然留在现场，观看了 DVD。他观看的是什么影像呢？为什么不在其他地方，而必须特意留在谋杀现场观看呢？我建立了一个假说。

"首先，那是朝岛同学的 DVD。因此，在杀害他并抢到 DVD 之前，凶手是没有办法观看的。

"而且，凶手不得不立刻确认 DVD 的内容。抢到 DVD 后先逃跑，然后再找安全的地方播放，对于凶手来说是不可行的，他必须当场确认……为什么？

"答案很简单。在被杀害的那一刻，朝岛同学手里有两张 DVD。一张是社团活动用的学校宣传片，还有一张是对凶手来说非常重要的东西。而且，恐怕这两张 DVD 都没有写标题。"

柚乃想起来了。学校宣传片的那张 DVD，无论是碟片上还是盒子上都没有写标题。

"凶手分不清哪一张才是自己想要的光盘。他可以把这两张都拿走，但是另一张很有可能是与广播站相关的影像，如果丢了，会立刻被人发现。这样一来，搜查重点就会放在和影像相关的事情上，最终会把他自己套住。

"凶手这么一想，便决定冒险：当场确认光盘的内容，选出正确的一个。他牺牲了几分钟时间，到二楼广播室，播放 DVD，只拿走自己需要的那一张，把学校宣传片放回了朝岛的裤兜里。"

"原来如此……"

哥哥低声叹道。但是，里染就像故意跟他唱反调似的，一听这话便摆摆头说：

"但是，这个假设依然没有超出推测的范围，结果会通过今后的调查来证明。不过，现在我们先把它放在一边。比这个更重要的是，根据在广播室里观看影像这一事实，是否能够查明真凶？第一个条件最有意思的内容就在这里了。"

啊，是这样呀——柚乃更新了自己的想法。里染推理的中心，在于如何查明凶手。仅仅是猜中凶手的行为，并不意味一切结束。

"这里的重点，是原本老体育馆的广播室里并没有电视机和播放器。刚才也说过，大概两个月前，主教学楼使用的旧机器被搬到了老体育馆。在此之前，那个广播室是看不了影像的。

"但是凶手很自然地就去了广播室，在那里播放了 DVD。他——或是她，知道广播室里可以观看影像。通过这一点我们可以得知，凶手是个对广播室的情况很熟悉的人。再说得明确一点，他是使用老体育馆广播室的人。"

观众当中，的确在使用广播室的大部分学生都因为紧张而不约而同地绷紧了身体。

"使用老体育馆广播室的人相当有限，只有几个社团和他们各自的顾问老师。既然电视机搬到这里来是在仅仅两个月之前，所以毕业生应该不知道。此外，教职员工里，除增村老师外，其他所有人都已证明不在场。这意味着，这件事一定是在校生干的。也就是说，目前在场的话剧团团员、学生会干部，以及广播站成员……"

"等等!"

有人举起了手,那是广播站给人阴郁印象的高一学生巢鸭。

"我觉得,不能因为我们知道广播室能看影像,就认为我们可疑。电视机的情况我们并没有刻意隐瞒,所以,也许有人听我们偶然提起,就知道了这件事。我就曾经跟几个朋友说过,搬电视机把我给累坏了。"

"哦,哦。"

尽管巢鸭的话说得挺有道理,但是里染似乎并不紧张。

"那么,你有没有把遥控器的保管地点也告诉朋友呢?"

"什么?"

"遥控器呀,就是装在樱花羊羹盒子里的。"

"没有,这事我可没说……"

"各位,请听好了。"

里染的视线从巢鸭身上转移到全体人员,说道:

"这是第二个要点。那个羊羹空盒子,遥控器一直放在里面。话剧团即使慌慌忙忙回家的时候,也没有忘记把遥控器放回去——如果放的地方不对,梶原就会发现,因此这一点显而易见——对于老体育馆广播室的使用者来说,羊羹盒子是理所当然的保管场所,这已经成为了他们的习惯。

"但是,且慢!对于第一次使用广播室的人来说,没有比这盒子更难找的地方了，使用新体育馆广播室的人估计也不知道。因为我听说呀，把遥控器收在日式点心盒子里，是乱七八糟老体育馆独有的规矩。一般说来总是放在显眼位置的遥控器，居然收在那样一个盒子里，无论是多么出色的侦探也推测不出来呢。要在那个杂乱无章的房间里把它找出来，会花费相当长的时间。"

"这一点确实有些出人意料。"

哥哥一边回忆广播室的情况，一边表示赞成。这次里染也大幅度地点点头。

"对吧？而且，我已经说过好几遍，想要播放DVD，没有遥控器是绝对办不到的。

"假设凶手不是广播室的使用者，而是普通学生。他或是她机缘巧合得知那里有电视机和播放器——又或者，虽然他或她对广播室完全不了解，却断定既然是广播室，就一定有电视机——于是就去了广播室。那里的确有电视机，也有DVD播放器。但是——按键不管用。想要使用遥控器却找不到。因为他或她处于作案现场，所以应该会惜时如金。但凡是有正常思考能力的人，都会放弃尝试，而是拿着两张DVD逃跑。

"然而，凶手却从空羊羹盒子里取出了遥控器，而且使用了它，把模式切换成了DVD，没有在室内留下任何翻找过的痕迹。我不认为有普通学生会知道遥控器的保存地点，即使他知道有电视机。因此，我们要找的人，范围可以缩小到熟悉老体育馆广播室规矩的学生。"

他说到这里又停了下来。

巢鸭彻底沉默了，不再反驳。

里染面向黑板，在"第一个条件"的旁边，写下了冗长的推理结论：

——"第一个条件·在校生，老体育馆广播室的使用者。"

柚乃一个字一个字地读，感觉一股寒气从脊梁上穿过。

他刚才的那番话解答了好几个疑问，里染把不在场证明调查的范围缩小到话剧团、学生会及广播站的原因，以及建议仙堂关注朝岛的 DVD 的原因，都得到了解释。此外，在老体育馆广播室里对梶原提的问题、在主教学楼对森永悠子提的问题，全都基于这一推理。

当时，在她认为光是看看影像对于搜查来说没有任何意义的时候，这个男人就已经把推理进行到这种程度了。在哥哥惊讶地问他是否有所发现时，他已经在脑中把嫌疑犯缩小到了十几个人的范围内。凶手行凶之后的动向已经清晰，甚至连与影像有关的动机、移动尸体的原因，他都明明白白。就从遥控器的模式设定这件不起眼的小事开始——

里染坦然面对观众们战栗的眼神，继续平静地说道：

"第二个条件，以及第三个条件，都是关于不在场证明的。朝岛同学是在三点零三分到十五分之间被杀害的。但是这样的话，无法明确凶手是何时进入体育馆行凶，又是何时逃离体育馆的。因此我想确定这一时间带。"

"怎么确定？"

话剧团的志贺催促他继续往下说。

"基本和第一个条件一样，关注某一个证据。"

"证据？"

"雨伞。"

"又是雨伞呀……"

警部的脸色很不好看。佐川队长的时候，他就是在雨伞上栽了跟头。

"仅仅是把雨伞而已，但就是这把雨伞啊，警部先生。在这一线索中，恐怕隐藏着大量重要的信息。我就告诉大家吧，接下来所有的推理，都用这把雨伞当钥匙。简单地说，就是——关注雨伞，就能轻松地解决密室之谜。"

"啊？"

他若无其事的补充，引起了很大反响，尤其是在现场实际体验过密室的乒乓球队、话剧团的成员们，更是反应强烈。

"解开密室之谜？就凭这把雨伞？"

"里染同学，你解开密室之谜了？真的吗？"

"解开了，今天终于解开了。" ·

里染回答了瞠目结舌的梶原和佐川队长的问题，说道：

"那么，那把有问题的黑色雨伞，是在男卫生间的隔间里找到的。我首先考虑了一下，这意味着什么。我跟刑警先生也解释过一次……"

他把两天前在升学就业指导室里做出的推理，简要地告诉了所有同学。

在那个时间带，把雨伞带进卫生间的人极少。即使有，也不太可能放了学还把伞留在那里。因此，这把雨伞不是简简单单被人忘在那里的，而是有人故意放下的。那个人——

"那个人就是凶手，这是我得出的结论。事实上，在那之后进行的详细搜查中，雨伞的主人也没有出现，因此我认为，这个结论是正确的。

"雨伞是凶手故意留下的东西。一般说来，凶手通常不会把自己的东西留在作案现场，所以这一定是伪装。也就是说，那把黑色雨伞不是凶手平时使用的东西，而是为了避开嫌疑而特意准备的假东西……我一直把一观点当作准则。

"但是，今天早晨，还没到天气预报估计的时间，雨就开始下了。看着这场雨，我忽然意识到一个问题。这个准则或许存在好几个矛盾的地方。

"为什么呢？这是因为，案发当日，天气预报失算了。"

除了里染，所有人都转头望着窗外。

滴落的雨珠，六月的代名词。今天预报说降雨会从中午开始，可实际上雨从早晨九点左右就开始下了。

那一天——

"那一天，前一晚的天气预报还说是阴天。但是，黎明时分突然下起了倾盆大雨。大家听好了，没有一个人预料到那天会下雨。当然，凶手也没想到。"

确实如此。案发当日的天气，就像是和前一天的预报在对着干似的，下起了瓢泼大雨。因此，柚乃和早苗才抱怨说不喜欢下雨的日子。

"明明不下雨，现场却有一把伞，这是极不自然的，无法称其为伪装。因此，我不认为凶手是在案发当日之前就准备好这把伞的。也就是说，如果雨伞是伪装，那么情况就变成：凶手在案发当日才想出伪装的点子，并准备好了雨伞，而这是非常奇怪的。"

"这有什么奇怪呢？"

广播站副站长森永悠子问道，声音和平时一样清脆。

"你看，不就是把伞拿来放在卫生间就行吗？又不需要做什么特殊的准备。这点小事，当天想到也不足为奇……"

"或许是这样。那么，案发当日，凶手是如何准备这把雨伞的呢？我们来分分类，看看用哪些方法可以把伞带进学校。既然不能事先准备，那么雨伞的来源，一定是这当中的一种。"

里染拿起一支粉笔，在"第一个条件"的左侧，画上了①、

②、③的编号，写下三种可能性，分类极为简单。

①上学时带来。

②到校后，在学校获取。

③到校后，离校一次，在校外获取。

里染用粉笔在"②"下面砰砰地敲击，说道：

"首先从②开始讨论。在学校获取——比如，找学生或老师借伞、要伞，或是偷伞。但是，这样的话，警察在寻找雨伞主人的时候，应该会有人自报家门说'那是我借给某某人的伞'，或是'那是我昨天丢的伞'。然而很奇怪，没有人提供这种证词。唯一无法主动说明情况的人只有被杀害的朝岛，但是他的伞还好端端地放在教室里呢。在雨伞这件事上，'死无对证'的法则行不通。如果是这样，还有……"

"我有问题！"

就像记者见面会的提问环节一样，香织高高举起手里的钢笔，说道：

"这把伞，会不会是凶手捡来的呢？或者，是他从遗失物品认领处擅自拿走的？"

是的——里染面对自己的青梅竹马，仍然一本正经。

"捡一把没有主人的雨伞——存在这种可能性吗？在这么宽敞的校园里，没人要的伞数不胜数。把它据为己有，不会有人注意，也不会有人提意见……但是，那把黑伞很高档，而且几乎是全新的。伞布上印着商标，没有污渍，伞架也很干净。我觉得不会是被人扔掉不要的。即便是扔掉的，那也应该是最近的事。那么，原来的主人不出面认领，仍然很奇怪。而且，熟悉遗失物品情况的勤杂工也说没见过这把伞。

"雨伞的主人不现身，雨伞几乎是崭新的。从这两点出发就能断定，凶手在学校里获取这把雨伞是不可能的。"

里染总结完，拿起黑板擦，把刚才讨论的第二种可能性擦掉了。还剩下两个。

"接下来我们讨论③。到校后，离校一次，在校外获取——这种方法是指，在课间休息时偷偷离开学校，在某个地方买伞或偷伞，再装作什么都没发生过一样地回来。"

"有点不现实吧。"

八桥千鹤说道，一副事不关己的样子。

"麻烦不说，还容易被人看见。我觉得凶手不会采取这样的行动。"

"这一点我完全赞同，所以我非常仔细地进行了调查取证。虽然看上去有点偏离正题，但是作为前提条件，我还是需要先谈谈三道校门的情况。"

"我们高中四周围着栅栏，不能翻越。因此，如果想要出入校园，就必须经由三道校门：正门、北门以及后门。"

他配合口头说明，伸出手来分别指向三道门的方向。

"在这当中，正门和北门装有安防摄像头。后门没有安装，但是幸运的是，当天有位少年替我们看着……早乙女同学，请你在这里把证词重复一遍。你在两天前的下午三点十四分左右，看见秋月美保从老体育馆出来，然后，她穿过后门离开。对吧？"

"是，是这样。"

听到早乙女的回答，其他人的视线都集中到观众席中一个身材娇小、客客气气的少女身上。森永悠子大声叫道："秋月？"

"你在体育馆？你在那儿干什么……"

"等等，森永同学。这一点一会儿会提到，现在请听我说说别的事，她从后门出去才是重点。早乙女同学，后来，当你靠近后门后，地面的情况如何？"

"嗯，这个，因为下雨，地面被水泡得又松又软，只有一行脚印。"

"不会有错？"

"不会有错。"

"再次谢谢你！"

那么，各位——里染把大家的注意力拉回来，说道：

"既然秋月刚刚经过后门，那么这唯一的一行脚印只可能是她留下来的。如果这样，从逻辑上看来，在此之前没有一个脚印，这意味着什么呢？很简单。当天，从开始下雨的早晨，到下午三点十五分为止，出入后门的只有一个人。这是个确凿的证据。

"顺便再做一个简单的推理。在三道门当中，没有人使用后门，而另外两道门装有安防摄像机。这样的话，当天出入学校的所有学生——包括凶手——毫无例外都会被摄像机拍下来。"

"……是啊。"

千鹤优雅地表示赞同。其他的学生也各自点头。

"以此作为前提，我们继续讨论③。假设凶手一度离开学校，又再返回。但是，我已经重复了很多次，当天下大雨。要外出的话，必须拿着自己的伞。打着伞离开学校，再多带一把伞回来……也就是说，返回的时候，凶手理所当然必须持有两把雨伞。一把是撑开给自己挡雨的伞，另一把是作为伪装，计划扔在卫生间里的黑伞。黑伞相当长，所以无法藏在书包里，应该是拿在手里的，从外面可以看得出来。那么，哥哥。"

里染再次转头看着站在窗边的哥哥。

"麻烦你像早乙女同学一样，再重复一遍证词。那天，安防摄像机有没有拍到手拿两把以上雨伞出入校门的学生？"

"……没有，一个人也没有。"

哥哥回答道，连笔记本都不用翻看。还能听见他低声对坐在旁边的柚乃说："原来他就是为了这个才确认的呀。"

"各位都明白了吧？学生的出入都被摄像机拍了下来。要把用于伪装的雨伞带进学校，需要拿回来两把雨伞。但是，摄像机没拍到拿着两把雨伞的学生——这个逻辑非常简单，凶手到校后，再次外出获得雨伞的可能性为零。"

里染一口气说完，转过身背朝大家，没有一个人反驳他。

黑板擦擦去粉笔字的低沉声音传到耳边。当他再次转身面对大家的时候，剩下的选项只有一个了。

"这样一来，雨伞的获取途径就一清二楚了。到校的时候，凶手已经拿着雨伞了。可以说，相比擦掉的另外两种可能性，这个要自然得多，可能性也更高。"

就像确认似的，他用指尖敲击着"①"这种可能性。柚乃也认可这一结论。

的确，如果凶手是当天准备的雨伞，那么到校时顺便带来，应该是最稳妥的假设。可以把家里多余的伞带去，或是上学途中从某个地方买来。哦对了，还有可能在车站或电车里偷别人的，然后再把雨伞带到学校里来……咦？

等等，因为一大早就开始下雨——

"要是这样，岂不是和刚才的情况一样了？凶手必须带来两把伞，可是摄像机却没拍到……"

听了她低声的发言，里染略显意外地向柚乃转过脸来。冷冰冰的嘴角，一瞬间似乎浮现出了高兴的微笑。

"聪明呀袴田妹妹，你哥哥在这里真好。"

"啊？"

这话什么意思？——柚乃看看哥哥，发现他脸上的表情很微妙。

"的确如她所说。说到底，凶手为了把伪装的雨伞带进学校，就一定要被摄像机拍到。无论是上学时带来，还是到校之后拿来，都一样。我再说一遍，当天，摄像机没有拍到拿着两把伞的学生。警方已经确认过了，从早晨到放学，一直都没有。森永同学，你这下该明白了吧？我最初说的'奇怪'是什么意思。"

听里染这么说，森永悠子为难地缩了缩脖子。柚乃拼命开动脑筋。

凶手是从哪里搞到这把黑伞的呢？既然没有办法在校园里获得，就只可能从校外带进来。但是，没有学生携带多余的伞。他们带进来的，都是各自为了避雨而使用的伞，唯一的伞。

也就是说——

"也就是说，留在现场的伞是凶手自己的东西。只有这一种可能性。凶手把自己的伞放在了谋杀现场的卫生间里。"

里染取过黑板擦，把残留的最后的一个条件"①"也擦了。细碎的粉笔末飞舞着。三种可能性都擦掉了，但是，每个人都看见了明明白白的事实，仿佛用大号文字写在了黑板上一样。

"原来这不是伪装呀……"

哥哥说道，像是在问自己。

里染对他点点头表示肯定，接着又喝了一口瓶装水润嗓子，然后慢慢地拧上瓶盖，继续说道：

"关于那把黑色雨伞的推理，终于得出了一个绝对无法推翻的结论。但是我想，大家也应该都意识到，这个结论有多离奇。疑问可以大致归纳为以下两点：

"第一——为什么凶手要把自己的伞放在卫生间里？第二——把自己的伞扔在现场的凶手，是如何来到室外，却一点都没被雨淋湿的？

"他行凶时候外面依然下着瓢泼大雨。如果不打伞逃跑的话，一定会被淋成落汤鸡。凶手不会采取这么引人注意的行动，第一个条件里限定的嫌疑犯们集中在社团活动室，或是体育馆里，没有一个人的衣服或头发是湿的。而且，体育馆里也没有说用就立刻能用上的雨伞。因此，唯一能够想到的可能性就是，凶手把预备好的伞带到了案发现场……"

"等等！"

一直胳膊交叉听他叙述推理过程的仙堂插嘴道。

"没有打伞离开体育馆的嫌疑犯只有一个人，那就是秋月美保。可疑人物只剩她一个了。"

"是啊，刑警先生。但是秋月是空着手进入后台的。她和朝岛一样，从一开始就不可能把伞带进来。"

"……！"

"除此之外，还有几个证据可以说明她不是凶手……在此之前，我们先听她说说吧。"

观众们的目光再一次集中在秋月美保身上，这一次里染也没有阻拦大家。美保双手放在膝盖上，紧紧地握在一起，低着头，看不清表情。

"早乙女同学看见秋月同学从体育馆右侧台大门出来，没有打伞，看上去非常慌乱，拍了好几次大门，然后逃走了。我认为，直接询问秋月同学本人，能够更加接近真相，所以就把她叫到学校来，听取了她的证词。"

他省略了没有把这件事告诉警察的细节。

"她在后台的经历十分可怕。就结论而言，多亏了她的证词，我才得以确定凶手。"

里染一边说，一边闪身让到一旁。看来事先就已做好安排，秋月美保站起身来。

她神情紧张，肩膀颤抖，但是大家感受到了她内心把恐惧一扫而光的凛然正气。她替代里染站到讲桌前，用坚定的目光扫视观众，仿佛是在逼视身在其中的凶手一样。

深呼吸之后，她用比午休时略显坚强的语气开始讲述：

"一个星期之前……我接到了朝岛同学的电话……"

"谢谢你！"

美保讲完来龙去脉，里染立刻让她回到座位，自己也返回原来的位置。得知少女在凶杀现场体验到的冲击，观众席又一次人声鼎沸。

"请大家冷静！尤其是刑警先生，你们可能还有很多事情想要询问秋月同学。但实际上，没有必要再给她增加多余的负担了，因为我已经知道谁是凶手了。"

说完这话，他便一言不发了。窗外的雨声打破了寂静。

里染吐了口气，调整了一下姿势，说道：

"当我听说'秋月同学从右侧台的大门出来'的时候，我就确信，她不是凶手。为什么呢？这是因为，当她出来之后，右侧台大门的锁需要有人从里面才能锁上。

"我和哥哥已经验证过，那扇门的锁，是没有办法从外面或是其他地方锁上的。既然如此，就只可能是某个人从里面锁上了门。那个人后来故意制造密室，从现场消失，因此他的可疑程度要比秋月同学高得多。与其把她作为凶手看待，不如把锁门的第三人当作凶手更为妥当。"

"原来如此……秋月同学从体育馆出来，反而证明了凶手还在体育馆内。"

哥哥低语道。通过今天早晨的调查，他们已经搞清楚，彻底锁上右侧台大门只有一个方法，就是用手直接拧锁把。

在体育馆对犯罪手法的实际演练绝对没有白费工夫。

"而且，她完全不打算隐瞒自己的行为。她进入后台的时候被佐川同学看见了，出体育馆的时候又被早乙女同学看在眼里，并且她没有打伞，非常引人注目。我认为这不可能是凶手会采取的行动。而且还有一个证据……这与第四个条件相关，所以我现在暂且不提。

"总之，基于以上情况，可以说，她的证词具有充分的可信任度。再说了，对照目击证词和时间来看，也完全不存在自相矛盾的地方。我把她的所见所闻全都作为线索采纳……那么，最后我发现什么了呢？"

这一次，里染把手背到身后，绕着观众席迈开了步子。

"首先，她的话证实了我推理过程中的几个点。例如，第一个条件中很微妙的部分——凶手的目标真的是 DVD？使用广播室的人真的是凶手？因为凶手是为了获取影像而来，所以他偷走 DVD 就是非常自然而然的事了。另外，在朝岛同学死后，有人从左侧台的二层下楼，也证明凶手就在广播室。

"而且，最根本的一点，在于凶手是单独作案。朝岛同学在电话中告诉秋月同学，他要和那家伙一对一地进行谈判。从广播室下楼来的脚步声是一个人的，右侧台放着的鞋子和雨伞也是一个人的。这样一来，存在共犯的可能性被排除了。"

果然如此，推理一点点地变得更加牢不可破。里染所说的——"她的话证实了我推理过程中的几个点"包含着什么样的意义也终于不言自明。

"还有新的发现，就是侧台的那把黑色雨伞，连品牌的标志和把手上的轻微擦伤都完全一致，所以毫无疑问，它就是卫生间里的那把伞。出现在卫生间以前，它与一双运动鞋一起摆放在侧台。这样的话——刑警先生，那把雨伞是什么东西呢？"

里染绕场一周，经过柚乃等人身前，最后停在仙堂面前。

对方似乎已经死心，第一次借助侦探的推理说道：

"按照你的推理，确实能认为这是凶手的个人物品。那家伙从外面绕到朝岛同学打开锁的右侧台大门进入体育馆。然后，为了不在体育馆里留下多余的脚印，他把鞋子脱下来装在袋子里，把伞也收了放在侧台。接着，在舞台上杀害了朝岛同学。"

"也就是说，秋月同学看见的是凶手放在那里的东西？"

"是的。"

"为什么凶手会把东西放在那里呢？"

"为什么？这还用想吗？没有人会抱着伞和鞋子去杀人。"

"完美的观点，谢谢！"

"……？"

警部没听懂，皱起了眉头。里染转身回到黑板前。

"请回忆一下我刚才提出的两个问题。'凶手在扔掉雨伞的情况下，是怎么样来到外面却不被淋湿的？'

"凶手带了两把伞，是能想到的合乎情理的答案。他或许是带了一把折叠伞，或是校内捡来的雨伞到现场，把自己的雨伞扔了之后，再打着它离开。我有点想不明白他为什么要大费周折地这么做，姑且保留这一可能性吧。

"但是，凶手带进体育馆的东西都统一放在侧台，就像刑警先生说的那样，因为这些东西会妨碍他杀人。那里只有一件雨具，在这种情况下，凶手还带了一把雨伞到现场的可能性，依然存在吗？"

柚乃听见身边传来微弱的"咕咚"声。那是仙堂往后倚靠的时候，背部撞在玻璃窗上的声音。

"在体育馆里行凶杀人的时候，有必要带雨伞吗？当然没有必要。去广播室的时候有机会用到雨伞吗？也没有。既然统一摆放东西的地方只有一把伞，凶手携带两把雨伞的可能性几乎为零。"

里染又得出一个结论，然后看了一眼墙上的钟。

"那么，雨具不是伞的话情况又会如何呢？也就是说……"

"雨衣！"

头发乱蓬蓬的话剧团团长恍然大悟地叫道。

"难道凶手在现场时一直穿着雨衣？用雨衣帽子遮住面孔的话，即使有人来到后台，也看不出他是谁，杀人的时候也可以防止血溅到自己身上。而且，雨衣还能防水！"

"……梶原，你还真有犯罪才能呢，比这起案子的凶手能干。"

里染嘴角往上一扬，带点黑色幽默地称赞道。

"是这样。剩下的唯一例外，是凶手身着雨衣的可能性。但是，穿着雨衣的话，动起来难免发出刺啦刺啦的声音。秋月同学说，她完全没有听到塑料摩擦的声音，她只听到了制服面料摩擦的声音，却没有听到塑料的声音。如果穿着雨衣，这种情况是不可能出现的。"

他干脆地否定了这唯一的例外。

柚乃看了一眼秋月美保。尽管她本人就是证人，但是她的脸上依然浮现出了惊讶的神色。原来那个她没搞明白意图的问题，是用来确认这一点的。

推理还在展开。但是随着推理的展开，谜团一般的情况却越来越不明朗。眼下，全体观众的头脑和窗外的风景一样灰茫茫一片。有的人与邻座面面相觑，有的人则独自默默沉思。

凶手只带了一件雨具进入现场，一把黑伞。雨伞是凶手自己的东西，凶手把雨伞留在了左侧台的男卫生间。也就是说，他没有拿伞就逃走了。没有任何人看见，没有被雨淋湿，在门上锁的情况下，离开了……

"那凶手是采取什么方式，从哪儿逃走的呢？"

哥哥疑惑地说。

"最终，疑问就集中到了这里。但是，关于这一点，秋月同学等人的证词也给我提供了答案。我在今天早晨，注意到雨伞有可能是凶手个人物品的时候，就已经建立了一个假设。要解释三件事——凶手不被淋湿就离开体育馆的方法、把雨伞放在现场离开的原因以及密室之谜，除此之外没有其他可能性。而且，这个假设也得到了证实。"

在期待与不安的情绪交织中，里染继续说道。

"秋月他们的证词提供给我的重要线索，还有一个。那就是'时间'。早乙女同学看见秋月同学从体育馆出来，我向他确认时间，他说，'隔着栅栏看见话剧团的同学们正在向体育馆走来'。话剧团团员们经过那个地方的时候，马上就要到三点十五分了。也就是说，秋月同学从体育馆出来是在三点十四分左右。佐川同学等听见咚咚声的时间也与此一致——也就是，我想说的是，当时凶手仍然在体育馆里。

"发现尸体是在三点十五分多一点，所以凶手几乎没有逃跑的时间。在这仅有的短暂时间里，存在不打伞逃出体育馆的方法吗？不只是不淋雨，还不能被人看见，也不能从右侧台离开。舞台外面已经有运动队的队员，剩下的左侧台外又站着针宫同学，而且话剧团团员们正在靠近。在这种情况下，他是怎么逃脱的呢？不被淋湿，不引人注目的逃跑方法……"

他停了下来，又一次拧开饮用水瓶盖，喝了一口水。观众们纹丝不动地等待他的下一个答案。

"……方法，是有的。"

里染缓缓说道。

"答案就在我们眼前，从一开始就一目了然。为什么没注意到呢？清楚得不能再清楚了——请各位到走廊来。也该到了。"

他这么说着，伸手指向门口。从坐在边上的佐川队长开始，大家按顺序起身离开。仙堂、哥哥也站起身，柚乃一边想着究竟是什么"也该到了"，一边跟着起身。

宽度仅有两米多一点的走廊，被二十五个人挤得水泄不通。里染最后一个从大会议室里出来，回身关上了拉门。

然后，他探出头向走廊深处望去，确认了一下。

"哦，来了。大家看，就在那边。"

全体人员应声朝同一个方向看去。

"怎么会是这样！"

仙堂第一个叫起来。

几名制服被雨淋湿的警察和某个东西一起朝这边靠近。

他们从走廊的那一端走来，离会议室越近，形象就越加清晰。惊叫声接连不断地响起，其中只有里染在冷静地解说。

"没错，就是大家看见的这样。凶手和它一起离开了体育馆。"

白户的下属们不怕路远特地搬来的东西，就是——

罩着蓝色塑料布的两轮推车。

"仔细一想，这个问题其实很简单。一度进入体育馆，又从那里离开的东西只有一个，就是那辆两轮推车的前部。"

里染让所有人回到房间里，指着穿过拉门缝隙能够看见的蓝色塑料布说道。搬运两轮推车的警察们也进入会议室，屋里的人更多了。

简直就像是推理已经进入最后一步，要把凶手逼得走投无路似的。

"那辆两轮推车堆满了话剧使用的各种道具。不仅是瓦楞纸箱、舞台布景，还有椅子、衣柜等大家具。而且，为了不让这些东西被雨淋湿，外面还罩着塑料布，所以车上的东西堆得相当高。就在刚才，刑警们模仿梶原等人的行为，再现了左侧台大门口当时的情景，已经证实，从两轮推车的另一端看不见推车前部。让我们以此为基础，来复习一下当天两轮推车的动态吧。

"首先，只有前半部分进入体育馆。因为被台阶挡着，前方的梶原和三条又离开了，所以推车动不了了。梶原二人走向侧台，拉起幕布，接着就响起了袴田妹子的惨叫声。

"留在入口的志贺庆介和松江椿大吃一惊，想要进入体育馆。可是两轮推车太大，挡着路进不去。他们没有办法，只好把推车先拉出来，放在备用品仓库的窗户前，自己再单独进去。然后志贺习惯性地锁上了门。"

这么一想，情况也就极其清楚了——只有两轮推车能够进入密室。

"这里的重点是，从梶原等人进入左侧台，到两轮推车被拉出去为止，卫生间这一侧的走廊完全处于死角。也就是说，凶手躲在卫生间里。由于秋月同学的灵机一动，他没有办法从右侧台逃走，想要从左侧台逃出去，偏偏话剧团又来了，而且外面还站着针宫同学。正在他苦于无路可逃之际，机会突然来了。罩着塑料布的巨大两轮推车，还有惨叫声，后面的家伙们看不见前头，他们正想把推车拉出去好让自己进来。如果藏在推车里，就能瞒过话剧团团员和针宫同学的眼睛，逃到外面去……凶手抓着这一瞬间的时机，靠近两轮推车，躲进了塑料布。当然，两轮推车的重量会有相应的增加，但是，推车的人从四个减少为两个，这会掩盖重量增加的事实，因而不必担心暴露自己。

"但是，还有一个问题——雨伞。凶手的雨伞太大，而塞满东西的两轮推车空间又太小。而且，塑料布的边缘很容易被风刮起来。一只手拿鞋子，一只手抱雨伞的话，就没有办法抓住塑料布以免它被风刮开了。凶手为了保证自己隐藏得万无一失，不得不把雨伞扔掉。是的，雨伞成了他逃跑时的负担。这就是雨伞被丢弃在卫生间的原因。

"塑料布可以挡雨，没有雨伞也不要紧。这里和右侧台不同，一出去，三米开外就是风雨走廊。等到体育馆外面一个人都没有的时候，悠然自得地走进教学楼就可以了——实际上，体育馆周围的人听到惨叫声后，都跑进去看热闹了，所以这个机会立刻就来了。就像这样，只有在利用两轮推车脱身的时候，凶手才用不上雨伞。"

里染的推理，在从冲击中清醒过来的观众脑海里掀起一阵涟漪，层层渗透。

当时身处现场的人，还有把现场调查得底朝天的刑警，都哑口无言。尤其是让凶手从自己手中逃脱的话剧团团员们，再加上广播室的一出戏，都像丢了魂一样。

因为惨叫而给凶手创造了逃跑机会的柚乃，此刻的心情和他们如出一辙。就像刚才一样，一股凉意袭击了她的后背，让她起了一身鸡皮疙瘩。

"原来是两轮推车啊，我真没注意到……"

香织自言自语地说道，就像在代表所有人发言。

"这也难怪。我也是在建立了雨伞的假设，后来又听了秋月同学的讲述，才弄明白的。真可笑啊，我居然还试图用手操作绳子来锁门……但是，无论如何，密室之谜已经解开。除此之外，我认为凶手没有其他任何方法，可以在不被雨淋湿的情况下逃离体育馆。那么——"

里染转身面朝黑板，说道："我们在这里返回原点。"

他在"第一个条件"的左侧写下一行新的文字，当然就是"第二个条件"。刚才，他就在这个位置写下了关于雨伞的三个条件，然后又逐一擦掉。

"我刚才提过，在解释第二个条件和第三个条件的时候将会提到不在场证明，也会讲到凶手何时进入体育馆，又是何时离开。我刚才花费了很长时间来证明的，就是后者，即凶手是何时离开体育馆的。

"凶手躲在两轮推车的塑料布下逃到外面。话剧团团员把两轮推车拉出大门和发现尸体几乎是在同一时间，也就是三点十五分多一点。反过来说，凶手到三点十五分多一点为止，还藏在后台。"

里染一边说一边拿起粉笔列出了条件。

——"第二个条件·三点十五分多一点之前没有不在场证明的人。"

搜查的范围进一步缩小。

"上述内容就是我关于雨伞和密室的最终结论。怎么样，刑警先生？"

里染向仙堂等人征求意见。警部有些精神恍惚地说：

"唉，该说什么好呢……"

"我们认输了！"

白户笑容满面地回答。

"我不得不赞同你的推理。"

"谢谢，我从被窝里爬出来干活也还是有价值的……那么，我们基于刚才的叙述，想象一下凶手采取的行动。"

这一回，里染把双手撑在讲桌上，开始编故事。

"凶手杀害朝岛同学之后，为了寻找他的随身物品而把遗体拖到了光线明亮的舞台上。凶手在那里找到了DVD，但是因为有两张，所以搞不清哪一张是自己想要的。幸亏他在左边裤兜里找到了钥匙，而且距离话剧团来体育馆还早，因此凶手决定到广播室确认一下内容。毕竟是自己熟悉情况的广播室，有个五分钟也就解决问题了。凶手搞清楚哪一张是自己想要的DVD之后，把电线恢复原状，离开了房间。然而这时候，他偏偏忘记了一件事，他没有还原遥控器的操作模式。

"他放轻脚步回到舞台，想要把学校的介绍片和钥匙串放回原处。但是，这时出现了一个问题。鲜血已经流到了裤子上，没有办法碰了。即使戴上手套，如果染上血迹也还是有可能遭到怀疑。凶手没有办法，只好把钥匙放到右侧裤兜里，然后，就在他慢悠悠想从右侧台大门逃走的时候……发现了异样之处。

"在雨伞上放着一个领结。大家都知道了，那是秋月同学灵机一动放在上面的。凶手觉得不对劲儿，是谁放的？有人在这里？他抬眼一看大门，本来应该上了锁，而现在锁却被拧开了。凶手为了明确这一点，想要把门拉开一条缝看看……就在这时，咚！！！"

里染突然抬高音量，坐在前排的几个人吓得浑身一抖。

"那是秋月同学在门外以丧黑福造①一般的势头在拍击大门。当然，凶手也害怕了。有人与他一门之隔，还怎么逃跑呢？凶手为了避免对方闯进来，从里面锁上了门。这么一想，凶手是为了保全自己才把房间封闭起来的。这间密室的类型还真是少见呢。

"那么，无法从右侧台脱身的凶手，横穿舞台向左侧台跑去。但是，问题又来了。卫生间窗户外面站着针宫同学，而且话剧团团员们正推着两轮推车朝这边走来。据说他们当天比平常早来了大约五分钟，对于凶手来说这一偶然太过不幸。现在出去的话会被看见，于是凶手暂时躲藏在卫生间里。

"接下来的事，在解释密室的时候也说过了。发现尸体，传来惨叫声。躲在两轮推车里有可能成功脱逃，虽然不能带着伞，但是躲在塑料布下不会被淋湿。正好地面也有水，即使擦掉指纹人们也会以为是水泡掉的，不会生疑。在这些事情上作出的判断，是凶手十分可怕的地方。结果，凶手成功脱逃。然后志贺同学一锁门，密室就形成了。"

"我真是多此一举啊……"

志贺抱歉地挠挠脑袋。里染否定说：

---

① 丧黑福造是藤子不二雄作品中的人物。

"不是，一点都不多余。如果你没有锁门，我就无法弄清凶手是怎么逃跑的了。要是那样，不在场证明的范围也就模糊了。志贺同学细小的动作，和秋月同学一样，对于锁定凶手起到了很大的作用。"

"我正想问这个。"

八桥千鹤举起了她白皙的手。

"秋月同学最终并没有看见凶手的样子呀。这样的话，离确定凶手还远着呢。不是吗?"

"你这么认为?"

里染平静地反问道，看来这是个预料中的问题。真是的，这家伙要装模作样到什么时候呀?

"其实离得一点都不远哦，就在眼前呢。拿小说打比方的话，还有五页吧。圈定凶手的线索，在秋月同学的讲述中全都出现了。"

"……真的? 不像这么回事呢?"

"雨伞呀，我不是说过吗? 从第二个条件开始的推理，全都以雨伞作为出发点。"

里染缓缓地，一字一句对所有人说:

"那么，接下来推理渐入佳境——我来给大家解释一下第三个条件和第四个条件。"

"剩下的两个条件一下子就能说清楚，就是这么简单明了。

"秋月同学说，凶手的雨伞和鞋子放在了侧台。准确地说，是藏在了台阶下的阴影处，放在文化节海报的上面。我听到这里的时候受到了巨大的冲击，就像在读《大魔法岭》的第一章。"

"你打的比方我听不懂，你受冲击的原因我也不明白。"哥哥说道。

"不明白？那么，我换种说法。雨伞放在海报上，可是海报上却没有出现任何异常情况。"

"……？"

"我是说，海报上本来应该放着一把湿淋淋的雨伞。"

"啊！"

听到第三个提示，所有人都明白了里染的意思。袴田手里的笔记本也不由自主地落在了地上。千鹤圆溜溜的眼睛瞪得更大了。

"朝岛同学的学生手册上写着要'事先打开右侧台大门的锁'。也就是说，凶手应该是从朝岛同学打开的右侧台大门进来的。在大雨中，从外面绕一圈进入体育馆——既然这样，雨伞理所当然会被淋湿。这样一把雨伞，放在了模造纸的手绘海报上，恐怕放了五分钟以上。纸会泡软，墨水也会渗透开，至少绝对无法保持原样。但是，警察发现领结时拍的照片上，只有一张极其普通的海报。没有褶皱，也没有墨水浸染的痕迹，是一张干燥的海报。这种情况是不可能发生的。"

柚乃想起来了。午休时间，听了美保的叙述，里染查阅了哥哥笔记本的复印件。他确认了其中某一页的内容之后，自言自语地说了一句："果然是这样。"

他是在调查领结的发现地点、放着雨伞的海报是什么状态。

"为什么海报没有异常？雨伞确实是放在上面的。那么，答案只有一个，那就是，雨伞并不是湿的，而是干燥的。正因为如此，凶手才敢放心大胆地把雨伞放在海报上。

"也就是说，凶手进入体育馆的时候并没有打伞。这样一来，他就只可能是从室内进入体育馆的。我们一直以为凶手是从右侧台的大门进来的，可是实际情况并非如此。凶手是从教学楼里直接进入体育馆的，在屋檐底下——穿过那条风雨走廊。"

"精彩！"

白户佩服地摆摆头。

"实在是精彩！"

"凶手穿过风雨走廊。雨伞和运动鞋，不是进入体育馆时用的，而是为脱身准备的。但是，下午三点以后，佐川同学一直在体育馆，所以那个时间段进来的话会被看见。因此，凶手进入体育馆的时间比下午三点——下课时间早一点，这也一定不会有误。然后，当天没有学生早退，所以，能够在上课时间自由活动的，只有提早下课班级的学生……当天，提早下课的只有一个班级。"

里染滔滔不绝地讲完这番话，又拿起粉笔面朝黑板。

写下的是第三个条件。

——"第三个条件·从快到三点时开始没有不在场证明的人。"

然后在旁边加了一条备注：高二（4）班的学生。

"凶手因为提早下课，所以能比朝岛同学早一步到达后台，伺机而动。朝岛同学不是在舞台中央，而是在右侧台被刺死的，而且死亡时间早于约好的三点十分。这些情况都是出于这个原因。恐怕，就在朝岛走向右侧台，想去打开门锁的时候，遭到了躲藏在侧幕里的凶手出其不意的袭击。"

"原来如此，所以才在右侧台……"

仙堂小声地说道，语气中的恶意已经完全消失。

最后，里染又喝了一口水，继续开展推理：

"那么，我们已经有三个条件了。还有一个，这最后一个条件，每个人都已经清楚了。

"凶手带着黑色雨伞。那是男士品牌的高档雨伞，是凶手的个人物品。他是一个使用属于自己的男士黑伞的人。想都不用想，这个人明明白白就是个男性。最不可撼动的证据就是，安防摄像机里拍下的打着黑伞的学生都是男生。"

这个事实如同里染的描述，简洁明了且准确无误。黑板上立刻响起了粉笔写字的声音。

——"第四个条件·男性。"

写完最后一个条件，里染转过身面朝观众说：

“……现在，就像我一开始跟大家说的一样，四个条件已经全部具备。”

柚乃一边深呼吸，一边凝视着黑板。

这是经过长时间思索后推导出来的，是推理的结晶。

第二个条件·凶手是三点十五分多一点之前没有不在场证明的人。

第三个条件·凶手是从快到三点时开始没有不在场证明的人。

第四个条件·凶手是男性。

“或许已经有人发现了吧？符合所有条件的只有一个人。也就是说，这个人就是凶手。”

“啊……”

温习了一遍笔记的香织小声地叫道。柚乃凑过头一看，那一页上总结了昨天调查的每个人的不在场证明。

使用老体育馆的人当中，到三点十五多一点为止没有不在场证明的，只有四个人。学生会的主席正木和椎名，广播站的巢鸭和蒔田千夏。

他们当中属于高二（4）班，且为男生的——

“他从快到三点起就没有不在场证明，也没有到十五分为止的不在场证明。而且熟悉广播站情况，还可以在确认DVD内容时打电话，伪造形式上的不在场证明。他躲在两轮推车里逃离体育馆后，还可以立刻跑进教学楼，从备品室拿走一把雨伞，掩盖自己扔掉雨伞的事实。带进体育馆的运动鞋和行凶时戴的手套，或许本来也是备品室的东西。他处理完这些证据之后，为了监视搜查的进展情况，装作若无其事的样子来到体育馆看热闹，一直隐藏着自己的真面目……"

所有人都配合里染的叙述，把目光集中到一个人身上。

他并不打算辩驳，因为他无法辩驳。里染基于好几个证据而展开的推理正确无误，是所有人——包括凶手自己——都很清楚的事实。

而且，他也逃不掉。因为门口、窗边都有身强力壮的警察们负责看守。

他已经走投无路了。

"……混蛋！"

几秒的沉默之后，学生会主席正木章宏发出了小得几乎听不清的嘶哑声音。

3　门关了就闭幕

"这房间真够糟糕的。"

头一回进入里染根据地的仙堂，发表的感想和柚乃及下属类似。

"不要你管，我待着可舒服了。"

穿着 T 恤衫、躺在床上的里染无精打采地回答。

"不只是电视机，连电脑都有……你是怎么布线的呢？"

"房间里本来就是布好线的。"

"你真的住在这里？你征得学校许可了？"

"当然没有了。"

"那不就违法了吗？"

"你要逮捕我吗？"

"……唉，放你一马吧。"

仙堂叹了口气，在短腿桌前找到一块仅有的空地坐下身来。哥哥也在他旁边坐下。香织鼻子里哼着歌，倒好了大麦茶。在此期间，柚乃打开了用来配茶的点心琼脂冻。

六月三十日，星期六。

梅雨前锋的活动告一段落，一大早开始天空就瓦蓝瓦蓝的。天气晴朗，气温可能会达到七月下旬的水平——天气预报员早晨这么说过。这回好像挺准的。

"来，请用茶。"

香织笑容可掬地摆好了杯子。仙堂默默地取过杯子喝了一口，然后擦擦汗低声说：

"昨天，谢谢你了。"

"不——用——谢。"

里染软绵绵地说。

破案之后第二天，警部和哥哥早晨提出来要和里染见一面。柚乃联系里染，却听他滔滔不绝说了一大堆：傻瓜你以为现在几点呢这才上午呢别把我叫起来什么刑警想见我那你随便把他们叫来好了我可不出门好不容易休息一天傻子才出门呢就这样晚安。于是柚乃只得无奈地把警部等人带到了里染的房间。

柚乃原本担心，让仙堂看见里染私自居住的这个房间会有问题，但是刑警们对里染协助搜查的感激之情似乎占了上风，态度显得相当宽容。

"但是，我们真的可以把破案作为警察的功劳吗？"

"当然啦。我可不愿意在法庭上作证。接下来的事情全都交给你们吧，里染天马想过平静的生活。"

"不过，你会受表彰……"

"光想想我都会起鸡皮疙瘩，如果能给奖金的话——"

"奖金啊？你要多少？"

"嗯，能有五万日元我就会高兴得蹦蹦跳跳。"

"……好，这么些的话，可以从搜查费的余钱里出。"

"哟呵！"

里染就像他自己形容的那样蹦了起来，开始在床上踏步。"这么做行吗？仙堂警官？"哥哥责备上司道，"你怎么随便答应人呀！"

"没关系，欠着人情不还，心里不舒服。"

仙堂发挥着东京人的气质，帅气地拍着胸脯说道。不过，实际上里染的报酬早就有了充足的保障。柚乃她们乒乓球队会支付他十五万日元。再加上警察的酬金，就有二十万日元了。

恐怕，这些钱他不会花一分钱在正道上。她仔细一听，原来蹦蹦跳跳的里染嘴里念经似的说着：《fate》的蓝光碟、《fate》的蓝光碟！"

归根结底，他还是为了增加动画片的收藏数量才调查案件的……

"果然还是和侦探有些不一样呀。"

"柚乃，你在说什么？"

"哦，没什么没什么……呵呵。"

柚乃冲着哥哥甜甜地笑起来。

"那么，凶手最终确定为正木了，对吗？"

就在里染终于停下舞步的时候，香织一边喝大麦茶一边问道。

"嗯，就是他。……这东西是从正木房间里的垃圾桶里找到的。"

仙堂就像广播站站长还活着的时候那样，从裤兜里掏出一张DVD来。

DVD 盒子和碟片上都没有写题目。一眼看上去和学校的宣传片 DVD 几乎一样。唯一不同的是碟片表面的颜色。那张是绿色的，而这张是蓝色的。

"我们运气真好，正木居住的区域，DVD 属于可燃垃圾，回收日是每周两次，周二和周六。要是再晚一天，就再也找不到这个证据了。"

"这么说，果然就是那张 DVD……"

就算是里染也表现出了兴趣。

"哦。要不要在这里看看？我这里可好了，有全套家电哦。"

仙堂看看二十六英寸的液晶电视，点点头。

黑暗中，窗户玻璃和白色墙壁的轮廓，朦朦胧胧地呈现在月光下。那是学校的教学楼。

近处不知是窗户框还是锁扣聚焦不准的影子。好像是在第三教学楼的某个房间里拍摄对面的第二教学楼。画面中央是一扇窗户。虽然焦距一点点在校准，但是因为里面很黑，所以看不清是什么房间。

就这样，大概一分钟之后，窗户对面发生了变化。

黑色阴影的深浅发生了细微的变化，是里侧的门打开了。紧接着，似乎有一个人影进入了房间。

他融入黑暗当中，立刻就看不清动作了。大家急不可耐地又等了大约二十秒。

就在柚乃正想询问这是怎么一回事的时候，窗户对面忽然被笼罩在光亮中。

就这样，详细情况终于一目了然。那个房间是职员办公室。它突然变得亮堂，是因为灯的开关打开了。紧靠房门，站在开关前，环视房间的人——

"正木同学……"

"你看看摄影的日期！"

哥哥用手指着画面的右下角说道。2012 年 6 月 4 日·晚上 8 点 25 分。

"大约四个星期之前。"

"原来如此，难怪是在职员办公室。"

里染明白了这是怎么一回事，自顾自地说道。但是柚乃还糊涂着。当她把注意力转回影像上的时候，看见正木正把散落在地上的一些碎纸屑放回垃圾桶。看来他在黑暗中摸索时不小心踢翻了垃圾桶。

"难怪是在职员办公室？这话什么意思？"

"四个星期以前，就是临近期中考试的时候。"

期中考试。职员办公室。

柚乃的脑海里，回响起早苗的声音——

主席八百七十分位居第二名。不过，这也是超级厉害了……

"难道是？"

就是这个"难道是"。

正木迅速地翻找各个老师的办公室抽屉，抽出了几张印刷品，然后用房间一端员工专用的复印机进行了复印。

他把印刷品分别放回各个抽屉，把复印件装进书包，然后朝门口走去。在灯光下终于看清，他使用的不是面朝走廊的门，而是和职员办公室隔壁的印刷室连通的门。他向门旁的灯开关伸出手去，窗户对面又陷入了黑暗。他好像离开了房间，与此同时，影像也终止了。

录像从头到尾不到五分钟。然而，这当中准确无误地记录下了成绩优秀的学生会主席大胆的作弊行为，记录下了决定性的一刻。

"哇，他居然干了这种事！"

鉴赏会结束后，香织感叹道。

"正木偷偷地复印了期中考试的题目。"

仙堂一边取出 DVD 一边解释道。

"当天，学生会的正木和八桥千鹤为了复印文件，在印刷室里待到很晚。老师们全都回家了，剩下的只有楼下的办公室职员。通常正木等人会保管印刷室的钥匙，回家时再还回办公室。但是职员办公室的门已经锁了。"

"八桥和他在一起吗?"

里染敏锐地提出问题。

"嗯,工作的时候在一起。他们俩一起印刷文件,工作全部结束后,一起离开房间回家。"

"那为什么正木……"

"在走廊里,八桥千鹤发现有东西忘在了印刷室。据说是学生会的文件,还放在印刷机旁。虽然第二天去取也没问题,但是他们认为好事不宜迟,于是决定当场返回。不过,为了这点小事,没有必要两个人都回去,所以正木就一个人回到印刷室……问题就发生在那之后。"

"嗯。印刷室和职员办公室之间的那道门的确没有锁……"

经常使用印刷室的报社成员香织说道。

"对,所以发生了这样的事。"

老师们无论如何也不会把钥匙交给其他学生,正因为他是学生会的优等生,才有机会犯下这样的恶行。

"据说正木从高一开始也时常干点这样的事,他是个作弊惯犯。朝岛就是注意到了这一点,才悄悄拍下这一幕的。"

"然后,等到考试结果出来,证实主席的成绩好过了头,才去追究他的责任。"

香织皱起了眉头。

"对。然后,他以道歉为借口,与朝岛进行交易,然后杀害了他。"

"太过分了！对吧，天马？"

"嗯？哦。"

里染继续注视着模糊而昏暗的画面答道，好像刚刚才注意到大家的对话。看上去他对动机并不怎么感兴趣。

"唉，总之，既然这种东西是从他自己房间里找出来的，正木的罪行也就确凿无疑了。他本人说，自己是因为害怕被赶出学生会，别无他法才作弊的，而且这是第一次。但是，关于杀害朝岛一事则供认不讳。不过，任何人听了你的推理也无法反驳啊。"

"谢谢夸奖。"

"那我们就告辞了。"

出于礼貌，哥哥喝完大麦茶，站起身来。

"还有好多善后工作要做呢，写报告什么的。"

"真是辛苦啊。"

"……听你这么一说，我感觉内心很烦躁呀。"

望着躺在床上享受慵懒的里染，刑警们苦笑起来。

"那就先这样，总之很感谢你。"

"好的好的。五万元，别忘了哦！"

本以为两个人会就此并肩离去，没想到仙堂到了门口却转过身来。他的身影，和案发当日在体育馆走廊里回头看警部的里染重叠了起来。

"里染同学，有个事想问你。"

"什么事？"

"这只是假设啊……如果我们又来找你，付钱请你帮忙破案——当然不是官方的合作——你会接受吗？"

出人意料的话语。但是，这体现出了硬撑着也要付报酬的警部内心的诚意。不愧是县境的搜查一科，吃一堑长一智。

一瞬间里染也愣了。但是他立刻笑喷了，回答道：

"正好！我正需要夏季 Comiket 的军费呢，接受！"

刑警们关门时露出的表情很微妙，说不清到底是高兴，还是愕然无语。

晴朗天空中，缓缓飘过小片云朵。杯子里剩下的冰块融化了，发出的声音让人感觉凉爽。

已经是七月了，夏天近在眼前。

"那我也走了。"

刑警们走后，三个人悠闲地待了个够。看到时针已经指向正午，香织起身要走。

"我得去写报道了。题目不变，《体育馆的谋杀案》！小标题是《高中生破案》！总之就是这一类的。"

"啊？写报道？可以这么做吗？"

"这可不行。"

"当然不行了!"

"在这一点上想方设法解决问题的就是杂志记者!那么再会啦!"

报社社长被莫名其妙的热情所包围,离开房间前往自己社团的活动室。里染叫喊着:"不要把我的名字写出来!"但是这喊声究竟有没有传到香织耳朵里就不得而知了。

"无可救药的家伙!"

"里染同学可没资格说别人。"

"……什么意思?"

"不知道。"

柚乃模仿里染搪塞问题的样子回答,把盘子里剩下的琼脂果冻都塞进了嘴里。果冻无色透明,不知道是什么口味,放嘴里一尝,一股柠檬味冲进鼻腔。然后她起身说:

"我也走了,下午社团有活动。"

"社团活动?老体育馆不是还不能用吗?"

"所以是在社团活动室开会。制定今后的训练计划,还要商量怎么筹集给你的十五万元。"

"哦,原来如此,是要筹钱啊。那你赶紧去吧,拜托你啦。"

他一下子变得兴致勃勃。这个男人,果然没资格批评别人无可救药。柚乃真想叹气。

——不过。

"不过，你昨天的推理真的很厉害！"

"干什么呀你，突然这么说。"

"哦，不是……我就是这么觉得。"

柚乃说出这话，突然觉得不好意思了，低下头去。

对方似乎没在意，抬眼向窗外望去。

"我也并不想那么夸张地解开谜团。"

"啊？"

"一个确凿的证据都没有，为了让正木认罪，我必须创造一个绝对不会放过他的氛围。为了创造这样的氛围，我才召集全体人员，规规矩矩穿上校服，在黑板上写字，还让警察们中途登场，以免他突然产生戒备之心……总之——"

"就是在表演？"

"你不是挺明白的吗？"

"……唉。"

柚乃这回真的叹了口气。

"里染同学，你说话能当真点吗？"

"我最近当真喜欢若本①的演技哦。"

"若本？"

"穴子和沙鲁呀！这么基础的知识你也该记住了。"

---

① 若本规夫，日本著名男性配音演员。

既不知道这些人到底是谁，也不懂他的意思，总之一点都没体会到他的"当真"。

"算了算了……再见。"

伴随着里染"嗯"的回答声，柚乃打开了门。直射的阳光猛然向她袭来，气温出人意料的高。

她犹豫了一下，不确定是不是要冲进暑热中。她回头看看里染，他背朝这边躺着，一动不动。已经睡着了？很有可能。

既然睡着了——

虽然是个把天气这么好的休息日浪费在睡觉上的、没用的人。虽然是个为了增加动漫藏品而当侦探的、无可救药的高中生。虽然是个把难得的解密工作蔑称为表演的、乖僻的家伙——

柚乃转身对着他的后背小声说：

"但是，解谜时的里染同学，有一点点帅哦。"

没有反应。

看来他果然是睡着了。入睡速度和伸太有一拼。

"……再见。"

柚乃再次向他告别，这次是真的离开了房间。

就在这一瞬间，柚乃在吹奏乐团的练习声和运动队的吆喝声中，听见有人低语：

"抓到凶手真是太好了。"

"啊？"

她忍不住反问道。

但是，他不再开口说一句话，连身体都一动不动。是在说梦话？不可能吧？

"……呵呵。"

她不知为何觉得很滑稽，不由得笑了起来。

"对，谢谢你！"

她精神饱满地道了谢，关上了活动室的房门。

在门的那一边，里染一定在笑——她感觉到。

幕　后

打开门，一股墨水的气味就钻进了鼻腔。

光线从东侧的小窗投射进来，照射着这间布满灰尘的小房间。入口旁边高高地堆着褪色的废纸，占据房间中央的是宽阔的编辑台。墙上用大头针别着好几张照片。桌上放着已经用习惯的电脑，角落里有两台电扇，静静地等待着夏天的到来。

这是第二教学楼三层、报社活动室。

编辑台上铺着宽大的绘图专用纸，上面写满了字。香织干劲十足，想要写一篇有关体育馆谋杀案的报道。但是，文稿和标题上布满红笔的修改痕迹，看来报纸的编辑工作陷入了僵局。

一位少年倚靠在编辑台的一角。

他……不是报社成员。

"里染同学！"

里染天马应声转过身来。

"我都等得不耐烦了。"

他一边说一边打了个大呵欠：

"早起果然对身体不好啊，困死我了。"

"那是因为你睡得晚！"

"你不困吗？"

"有点困呀，比平常起得早嘛……都怪你把我叫出来。"

她盯着他说道，对方也凝视着她。

双眼皮深处的瞳仁漆黑却没有光泽，黑得像要把人吸进去一样。

"说吧，周一一大早找我有什么事？不可能是要向我表白吧？"

"没错，我不是要表白。"

里染离开倚靠的编辑台，朝这边紧逼过来。

"我是要让你表白。"

"……表白什么？"

"你诱导正木作弊，并且让朝岛拍下整个过程。"

"……"

"没错吧？学生会副主席？"

"我不明白你在说什么。"

八桥千鹤温柔地微笑着，没有流露出丝毫动摇。

"我诱导正木同学作弊？为什么我要这么做呀？"

"我不知道你的动机何在，但是我知道你这么做了。"

"为什么？"

"因为朝岛拍摄的影像证明了这一点。"

里染开始讲述。七月的朝阳照射在他的后背上，说话方式也好，声调也好，都和周五夸张的解谜迥然不同，就像是在轻声自语。

"影像从正木闯入职员办公室之前开始。也就是说，朝岛在那之前就知道正木会去偷看试卷。警察的理解是，朝岛一开始就怀疑正木的动向，所以发现相关迹象的时候，就尝试了暗中拍摄。但是这有点说不通。"

"什么说不通？"

"那天是正木第一次在职员办公室偷看试卷。"

里染轻轻抬手指向千鹤身后的某件东西。

她回过头看看，但是没弄明白他指的是什么。是门，还是墙上的白板？

不，那是——

"电灯的开关。不仅是学校，任何一种建筑物，都会把这种开关安装在紧挨出入口的地方。原因很简单，这样安装，一进屋立刻就能把灯点亮，对吧？"

"……对呀。"

"但是，正木进入职员办公室之后，花了超过二十秒的时间才把灯打开。通常一两秒都用不了的行为，他却花了二十秒。而且，他还踢翻了垃圾桶。也就是说，他在黑暗中，围着门口摸索

342

了一会儿。你觉得他为什么会这么做呢？"

"不知道。"

"正木不知道，他不知道开关的准确位置是在什么地方。所以，他才摸索着寻找，像没头苍蝇一样绕来绕去，踢翻了垃圾桶。你不觉得奇怪吗？如果他不是初犯，而是屡次从印刷室那道门闯进职员办公室的话，他理所当然会知道开关在哪里。即使他需要花费时间，也绝对不会出现来回走动、踢翻垃圾桶的情况，不可能。"

"对啊，是有些奇怪。"

千鹤老老实实地表示赞同，而心里却不由咂舌。

"也就是说，正木同学是初犯。但是，朝岛却知道他要作弊。为什么？当天正木得以闯入职员办公室，完全是个偶然。是因为副主席有东西忘在印刷室了。也就是说，能够诱导正木作弊的，只有副主席一个人。换句话说，事先知道正木要作弊，并且可以把这一消息通知朝岛的人，也只有副主席一个。"

"了不起的洞察力，我快要晕了。"

"要晕了？顺便再补充一句。朝岛是在确认正木考试排名第一才去追究他责任的。考试结果张榜是在案发当天。但是，朝岛和正木约好在体育馆见面是在案发的五天前，时间点上存在矛盾。肯定有人在排名结果出来之前，就向朝岛透露了正木的考试结果。这个人和正木关系最为亲近，亲近到可以告诉对方自己所有科目的分数。这个人，我觉得只可能是你。"

"……"

"正木挡了你的道。"

她没有回答这个问题。

"我不知道原因何在，但是你就是想要灭掉正木，想要陷害他。所以，你做了一个计划。首先，你告诉一天到晚都在摄影的朝岛，正木在考试中好像有作弊行为，自己很担心。不，你还会说，因为学生会的活动回家晚的日子或许很危险，说不定还指明了日期和地点。否则，他是无法在那么凑巧的时间和地点偷拍的。然后，你诱导正木去作弊。你暗示正木，从印刷室的门可以进入职员办公室，接着把东西忘在印刷室，再让他一个人去取。朝岛会把这个过程拍摄下来……"

计划完美地获得了成功。朝岛就这样把影像交给老师，正木会被赶下主席之位——本来应该是这样。

"然而，出现了两个问题。首先，朝岛确实像你判断的那样，是个充满正义的男子，但是他太看重公平了。朝岛在公开这一消息之前，和正木本人谈了谈，因为正木道了歉，所以他决定把作为证据的 DVD 交给正木。还有一个问题就不用说了，正木认为，不能放过能够证明他犯下恶行的人，于是用谈判之机杀害了朝岛。无聊的抹杀计划最后演变成了谋杀案。"

"……即便是这样，又能说我犯了什么罪呢？我又没有杀害朝岛同学。"

"当然，但是制造契机的人是你。"

"契机？这怎么能算呢……"

"你根本不打算出面啊。"

里染继续说道，不容许千鹤开口。

"你给正木设套的时候不出面，朝岛被杀害后也不出面。你明明一开始就知道正木是凶手，却不说出口，而是利用袴田柚乃让我扮演侦探的角色。自己不直接出手，一直藏在后台。唯一一次出面的，就是在解谜当天的早晨吧。"

"……我做什么了？"

"雨伞呀。你假装观察天色，告诉我学生会备品室里有准备好的塑料伞和运动鞋。仔细一想就会觉得奇怪，明明走廊上有窗户，你却偏要去看房间里的窗户，这是为什么？你是想让我看看备品室内部，这样来传达给我一个信息：正木可以从那里搞到鞋子和雨伞。的确，没有这些东西的话，有些细节就吻合不上了。"

"你又没证据！"

"的确如此，所以我不会告诉别人，这只是你和我之间的事。"

里染围着编辑台转了一圈，然后靠在堆满旧报纸、稿纸堆的书架角落，然后问道：

"为什么你觉得正木挡了你的路？"

"……他不是当主席的料。"

唉——千鹤叹了口气，耸耸肩。

"他只知道关注周围，抓不住实质性问题。上个月的选举虽然我输了，但那只是因为女生的票流到他那里去了。这和只靠颜值取胜的政治家一样。然而，他却能在校长推荐信上填写主席的头衔。你不觉得这样很过分吗？"

"总之，你就是想自己当学生会主席啰？为了大学的入学推荐。"

"你没证据。"

"你才是'抓得住实质性问题'呀。"

千鹤湿润的双眸升起寒意，变得冷冰冰的，瞪着里染。这真是个乖僻的男人。

"就为了这个，牺牲了朝岛的性命？"

"犯错的是干蠢事的正木，责任又不在我！"

"或许是这样……但是，我讨厌你这种手段。"

里染俯身，把手伸向书架上重叠的报纸。

千鹤不明白他的意图，却看见他从纸张的缝隙里取出了一样东西。

千鹤大吃一惊。

"那是……"

"这是真正的记者也在用的高档品哦，保证音质。"

里染说着关掉了那支超薄录音笔的开关。

"难道你把我们刚才的对话全都录下来了？"

"全部录下来了，全部。当然，没有证据显示这一切都是你策划的。但是，如果这段录音在校园里流传，学生和老师们会怎么想呢？"

愤怒、后悔、恐怖与打击一起在脑海中攒动。这个男人，刚才还说这只是两个人之间的谈话……上他的当了。

混蛋，混蛋，混蛋。

"我不是告诉过你吗？我要让你表白，你不是表白得挺清楚吗？"

里染说道，一副若无其事的表情。

"不过，也可以这么办。如果你改过自新，我也可以考虑一下，像朝岛那样把记录还给你。不过，单是道个歉的话可不够。你最好是显示一下你的诚意，比如说，因为没有发现搭档作弊而辞掉学生会的工作。"

"……"

"而且，遗憾的是，我可没有师哥那么好说话。所以，即使你显示出了诚意，我也不敢保证自己就一定会把东西老老实实地给你，说不定半道上又会改变想法。不过，你只能按照我说的做，对吧？"

这个厚颜无耻的男人！这个乖僻的男人！

"……卑鄙！"

千鹤终于从嘴边挤出这么一句话来，然后忍无可忍地转过身，把拉门狠狠地在身后合上。砰的一声，回音笼罩整个房间。

只剩下里染一个人。

"卑鄙的是我们两个人吧？而且……"

他一只手把玩着录音笔，笑了起来：

"我讨厌公平竞争。"